La dama y el unicornio

ALFAGUARA

Tracy Chevalier

Discarded by MVCL

La dama y el unicornio

Traducción de José Luis López Muñoz

ALFAGUARA

Título original: The Lady and the Unicorn
© 2003, Tracy Chevalier
© De la traducción: José Luis López Muñoz
© De esta edición:

•Santillana Ediciones Generales, S. A. de C. V., 2004
Av. Universidad, 767, Col. del Valle,
México, D.F. C. P. 03100 Tels. 5604-9209 y 5420-7530
www.alfaguara.com.mx

ISBN: 970-770-038-6

Primera edición: octubre de 2004

Diseño:
Proyecto de Enric Satué

© Cubierta:
Retrato de una muchacha (detalle),
atribuido a Domenico Ghirlandaio (1490).
Fotografía: The Bridgeman Art Library / National Gallery, London

© Tapices:
La dama y el unicornio, finales del siglo XV,
Musée du Moyen-Âge, París.
Fotografía: RMN

Para mi hermana Kim

I. París

Cuaresma-Pascua de Resurrección de 1490

Nicolas des Innocents

El mensajero dijo que tenía que ir de inmediato. Así es Jean le Viste: espera que todo el mundo haga al instante lo que pide.

De manera que sólo dediqué unos momentos a limpiar los pinceles antes de seguir al mensajero. Encargos de Jean le Viste pueden significar comida en la mesa durante semanas. Únicamente el Rey dice que no a Jean le Viste, y yo, desde luego, no soy rey.

Por otra parte, ¿cuántas veces no me habré apresurado a cruzar el Sena hasta la rue du Four, para luego regresar a casa con las manos vacías? No es que Jean le Viste sea una persona veleidosa, todo lo contrario; es tan sobrio y enérgico como lo era en otro tiempo su amado Luis XI. Sin sentido del humor, además. Nunca bromeo con él. Es un alivio escapar de su casa a la taberna más próxima, para volver a animarme allí con una jarra de cerveza, una carcajada y algún que otro manoseo.

Sabe lo que quiere. Pero, a veces, cuando voy a hablar con él de otro escudo de armas con el que decorar la chimenea, pintar en la portezuela del coche de su esposa o incorporar a un fragmento de vidriera para la capilla —la gente dice que las armas de Le Viste se encuentran con tanta facilidad como un montón de estiércol—, se detiene de repente, mueve la cabeza y dice, frunciendo el ceño: «No hace falta. No debería estar pensando en cosas tan poco importantes. Vete». Y así lo hago, sintiéndome culpable, como si fuera el responsable de hacerle perder el tiempo, cuando ha sido él quien me ha llamado.

Como digo, ya había estado otras veces en la casa de la rue du Four. No es un lugar que impresione. Pese a todo el campo a su alrededor, está construida como si se hallara en medio de la ciudad, con habitaciones largas y estrechas, las paredes demasiado oscuras, los establos demasiado cerca (la casa siempre huele a caballos). Se trata de la mansión típica de una familia que ha llegado a la Corte gracias al dinero: suficientemente espléndida pero mal situada. Jean le Viste piensa —es muy probable— que ha sido todo un éxito conseguir un sitio así para vivir, mientras que la Corte ríe a sus espaldas. Tendría que estar cerca del Rey y de Notre Dame y no fuera de las murallas, en los campos cenagosos en torno a Saint-Germain-des-Prés.

Cuando llegué, el mayordomo no me llevó al despacho particular de Jean le Viste, una habitación con las paredes cubiertas de mapas donde trabaja para la Corte y el Rey y atiende los asuntos familiares, sino a la Grande Salle, donde los Le Viste reciben visitas y dan fiestas. Nunca había estado allí. Era una estancia larga con una gran chimenea en el extremo contrario a la puerta y una mesa de roble en el centro. Aparte de un escudo de armas de piedra colgado sobre la campana de la chimenea y otro pintado sobre la puerta, carecía de adornos, aunque el techo era un hermoso artesonado de madera tallada.

No tan espléndida, pensé mientras miraba a mi alrededor. Aunque los postigos de las ventanas estaban abiertos, no se había encendido el fuego y la habitación, con sus paredes desnudas, resultaba fría.

—Espera aquí a mi señor —dijo el mayordomo, lanzándome una mirada iracunda. En aquella casa, la gente o bien respetaba a los artistas o les manifestaba su desprecio.

Le volví la espalda y miré por una ventana estrecha desde donde había una buena vista de las torres de Saint-Germain-des-Prés. Algunos dicen que Jean le Viste tomó esta casa para que su piadosa consorte pudiera cruzar sin problemas a la iglesia todas las veces que quisiera.

La puerta se abrió y me volví dispuesto a hacer una reverencia. Era sólo una criadita, que se sonrió al sorprenderme medio inclinado. Me enderecé y la miré mientras recorría la habitación, golpeándose la pierna con un balde. Luego se arrodilló y empezó a limpiar las cenizas de la chimenea.

¿Era ella? Traté de recordar: la noche estaba muy oscura detrás de los establos. Me pareció más gorda de lo que recordaba, y hosca, debido al espesor de sus cejas, pero con un rostro lo bastante agradable como para merecer unas palabras.

—Espera un momento —le dije cuando se incorporó con dificultad y se dirigió hacia la puerta—. Siéntate y descansa los pies. Te contaré un cuento.

La muchacha se detuvo de golpe.

—¿Te refieres al del unicornio?

Era ella. Abrí la boca para responder, pero se me adelantó.

—¿Llega a decir el cuento que la mujer queda embarazada y quizá pierda su trabajo? ¿Es eso lo que sucede?

De manera que por eso había engordado. Me volví hacia la ventana.

—Deberías haber sido más cuidadosa.

—No tendría que haberte escuchado, eso es lo que tendría que haber hecho. Cortarte la lengua y metértela por el culo.

—Será mejor que te vayas, como una buena chica. Ten —me busqué en el bolsillo, saqué unas monedas y las arrojé sobre la mesa—. Para ayudar con lo que venga.

La chica cruzó la habitación y me escupió en la cara. Para cuando me quité las babas de los ojos ya se había marchado. Con las monedas.

Jean le Viste no tardó en aparecer, seguido por Léon le Vieux. La mayoría de los clientes utilizan a un mercader como Léon para que haga de intermediario, para regatear sobre las condiciones, redactar el contrato, proporcionar el dinero inicial y los materiales, asegurarse de que el trabajo se lleva a cabo. Ya había tenido tratos con el viejo mercader sobre escudos de armas pintados para la campana de una chimenea, una Anunciación para la cámara de la esposa de Jean le Viste y algunas vidrieras para la capilla de su castillo cerca de Lyon.

Léon disfruta del favor de los Le Viste. Lo respeto, aunque no me gusta. Pertenece a una familia que fue en otro tiempo judía. En lugar de ocultarlo lo ha utilizado para beneficiarse, porque Jean le Viste también procede de una familia que ha cambiado mucho a lo largo del tiempo. Por eso prefiere a Léon: son dos desconocidos que han logrado abrirse camino. Por supuesto Léon tiene buen cuidado de oír misa dos o tres veces por semana en Notre Dame, donde muchas personas lo ven, de la misma manera que Jean le Viste se esfuerza por comportarse como un verdadero aristócrata, y encarga obras de arte para su casa, da fiestas espléndidas y exagera las manifestaciones de afecto y cortesía hacia el Rey.

Léon sonreía entre la barba y me miraba como si tuviera monos en la cara. Me volví hacia Jean le Viste.

—*Bonjour,* monseigneur. Deseabais verme —me incliné tanto al hacerle la reverencia que las sienes me latieron con fuerza. Nunca es perjudicial inclinarse mucho.

La mandíbula de Jean le Viste era un hacha, los ojos, cuchillos que, veloces, recorrieron la sala antes de descansar en la ventana, por encima de mi hombro.

—Quiero que hablemos de un encargo, Nicolas des Innocents —dijo, tirándose de las mangas de la túnica, que estaba adornada con piel de conejo y teñida del rojo carmesí que usan los abogados—. Para esta sala.

Recorrí la habitación con la mirada, sin dejar traslucir mis pensamientos. Con Jean le Viste era mejor así.

—¿Qué idea tenéis, monseigneur?

—Tapices.

Reparé en el plural.

—¿Quizá un juego con vuestro escudo de armas para colgar a ambos lados de la puerta?

Jean le Viste puso mala cara. Habría hecho mejor callándome.

—Quiero tapices que cubran todas las paredes.

—¿Todas?

—Así es.

Volví a recorrer la habitación con los ojos, esta vez con más cuidado. La Grande Salle tenía más de diez pasos de largo por cinco de ancho. En una de las paredes largas —muy gruesas, hechas con la piedra de la zona, áspera y gris— se abrían tres ventanas y, de la situada frente a la puerta, la mitad estaba ocupada por la chimenea. Un tejedor necesitaría varios años para cubrir toda la sala con tapices.

—¿Cuál sería el tema, monseigneur? —había diseñado ya un tapiz para Jean le Viste: un escudo de armas, claro está. Un encargo bastante sencillo: ampliar el escudo a tamaño de tapiz y dibujar alrededor un poco de fondo vegetal.

Jean le Viste se cruzó de brazos.

—El año pasado me hicieron presidente de la Corte de Ayudas.

Aquel cargo no significaba nada para mí, pero sabía lo que tenía que decir.

—Sí, monseigneur. Un gran honor para vos y vuestra familia.

Léon alzó los ojos al artesonado del techo, mientras Jean le Viste movía la mano como para apartar un humo imaginario. Todas mis palabras parecían molestarlo.

—Deseo celebrar ese éxito con una colección de tapices. He reservado esta sala para una ocasión especial.

Me limité a guardar silencio.

—Por supuesto es necesario que el escudo de armas esté presente.

—Por supuesto, monseigneur.

A continuación, Jean le Viste me sorprendió.

—Pero no él solo. Ya hay demasiados ejemplos del escudo de armas sin nada más, tanto aquí como en el resto de la casa —señaló con un gesto los escudos sobre la puerta y la chimenea y algunos tallados en las vigas del techo en los que no había reparado—. No; quiero que sea parte de una escena más amplia, que refleje mi lugar en el corazón de la Corte.

—¿Una procesión, quizá?

—Una batalla.

—¿Una batalla?

—Sí. La batalla de Nancy.

Mantuve una expresión pensativa. Incluso sonreí un poco. La verdad es que sabía bien poco de batallas, y nada sobre la de Nancy, ni sobre quiénes habían tomado parte, quién había muerto y quién había resultado vencedor. Había visto cuadros de batallas, pero nunca había pintado ninguno. Caballos, pensé. Tendré que pintar al menos veinte caballos para cubrir las paredes, mezclados con brazos, piernas y armaduras. Me pregunté entonces qué había llevado a Jean le Viste —o a Léon, más probablemente— a elegirme para aquel trabajo. Mi reputación en la Corte es de miniaturista, pintor de retratos diminutos que las damas regalan a los caballeros para que los lleven consigo. Esas miniaturas, alabadas por su delicadeza, están muy solicitadas. Pinto escudos y portezuelas de coches de damas para ganarme unas monedas, pero mi verdadera especialidad es pintar rostros del tamaño de un dedo gordo, utilizando unas pocas cerdas de jabalí y colores mezclados con clara de huevo. Se necesita tener buen pulso, y eso no me falta, incluso después de haberme pasado la noche bebiendo en Le Coq d'Or. Pero la idea de pintar veinte caballos enormes... Empecé a sudar, aunque la habitación estaba fría.

—Estáis seguro de que queréis la batalla de Nancy, monseigneur —dije. No llegaba a ser una pregunta.

Jean le Viste frunció el ceño.

—¿Por qué no iba a estar seguro?

—Por ningún motivo, monseigneur —respondí muy deprisa—. Pero serán obras importantes y tenéis que estar seguro de que habéis elegido lo que queréis —me maldije por la torpeza de mis palabras.

Jean le Viste resopló.

—Siempre sé lo que quiero. En cuanto a ti, sin embargo..., no parece interesarte mucho este trabajo. Quizá sea mejor buscar otro artista que esté mejor dispuesto.

Volví a hacer una profunda reverencia.

—No, no, monseigneur, me llena de gratitud, por supuesto, que se me proponga para una obra tan espléndida. Estoy seguro de que no soy digno de vuestra amabilidad al pensar en mí. No debéis temer que no ponga todo mi corazón y toda mi cabeza en esos tapices.

Jean le Viste asintió, como si arrastrarse a sus pies fuese la cosa más natural del mundo.

—Te dejo aquí con Léon para arreglar los detalles y medir las paredes —dijo mientras se daba la vuelta para marcharse—. Espero ver los dibujos preliminares antes de Pascua, el Jueves Santo, y los lienzos para la Ascensión.

Cuando nos quedamos solos, Léon le Vieux rió entre dientes.

—Qué idiota eres.

Con Léon lo mejor es ir directamente al grano y no hacer caso de sus pullas.

—Mis honorarios son diez *livres tournois;* cuatro ahora, tres cuando termine los dibujos y tres al acabar la obra.

—Cinco *livres parisis* —respondió Léon muy deprisa—. La mitad cuando termines los dibujos, el resto cuando entregues los lienzos y monseigneur los encuentre satisfactorios.

—De ninguna manera. No puedo trabajar si no se me da un anticipo. Y cobro en *livres tournois* —era muy de Léon intentar una cosa así—. Las *livres* de París valen menos.

Léon se encogió de hombros, los ojos alegres.

—Estamos en París, *n'est-ce pas?* ¿No es lógico usar *livres parisis*? Al menos yo lo prefiero así.

—Ocho *livres tournois,* tres ahora, tres con los diseños y dos al final.

—Siete. Te daré dos mañana, luego otras dos y tres al final.

Cambié de tema: siempre es mejor dejar que los mercaderes esperen un poco.

—¿Dónde se harán los tapices?

—En el norte. Probablemente en Bruselas. Allí están los mejores artesanos.

¿Norte? Me estremecí. Tuve que ir una vez a Tournai por razones de trabajo y me gustó tan poco la luz sin matices y lo desconfiada que era la gente que juré no volver nunca a ningún sitio que quedara al norte de París. Me consoló saber que sólo me correspondía preparar los dibujos y que eso podía hacerse en París. Una vez terminados, no tendría nada más que ver con la fabricación de los tapices.

—*Alors,* ¿qué sabes de la batalla de Nancy? —preguntó Léon.

Me encogí de hombros.

—¿Qué más da? Todas las batallas son iguales, *n'est-ce pas?*

—Eso es como decir que todas las mujeres son iguales.

Sonreí.

—Lo repito: todas las batallas son iguales.

Léon movió la cabeza.

—Me compadezco de tu mujer, el día que la tengas. Ahora dime, ¿qué vas a poner en los tapices?

Caballos, soldados con armadura, estandartes, picas, espadas, escudos, sangre.

—¿Qué llevará Luis XI?

—Armadura, por supuesto. Quizá un penacho especial en el casco. No lo sé, a decir verdad, pero conozco a gente que me puede asesorar sobre ese tipo de cosas. Alguien llevará el estandarte real, supongo.

—Espero que tus amigos sean más listos que tú y te cuenten que Luis XI no estuvo en la batalla de Nancy.

—Ah —era el estilo de Léon le Vieux: dejar por idiotas a todas las personas que tenía a su alrededor, excepto a su señor. A Jean le Viste no se le ponía en ridículo.

—*Bon* —Léon se sacó unos papeles del bolsillo y los dejó sobre la mesa—. Ya he hablado del contenido de los tapices con monseigneur y he realizado algunas mediciones. Tú tendrás que hacerlas con mayor exactitud, como es lógico. Veamos —señaló seis rectángulos que había esbozado muy someramente—. Hay sitio para dos largos aquí y aquí, y cuatro más pequeños. Éste es el orden de la batalla —procedió a explicármela cuidadosamente, sugiriendo escenas para cada uno de los tapices: la distribución de los dos bandos, el ataque inicial, dos escenas del caos de la contienda, la muerte de Carlos el Temerario y el desfile triunfal de los vencedores. Aunque escuché e hice esbozos en el papel por mi cuenta, una parte de mí permaneció al margen, preguntándose qué era lo que me estaba comprometiendo a hacer. No habría mujeres en aquellos tapices, nada en miniatura ni delicado, nada que me resultara fácil pintar. Ganaría mis honorarios con mucho sudor y largas horas.

—Una vez que hayas hecho las imágenes definitivas —me recordó Léon—, tu trabajo habrá terminado. Me encargaré de llevarlas al norte, al tejedor, y su cartonista las ampliará para utilizarlas en el telar.

Debería haberme alegrado de no tener que pintar caballos grandes. Lo que hice, en cambio, fue preocuparme por mi trabajo.

—¿Cómo sabré que ese cartonista es un buen profesional? No quiero que eche a perder mis dibujos.

—No cambiará lo que Jean le Viste haya decidido; sólo hará modificaciones que ayuden al diseño y la fabricación de los tapices. No te han encargado muchos hasta ahora, ¿verdad que no, Nicolas? Sólo un escudo de armas, si no recuerdo mal.

—Que amplié después yo mismo; no tuve necesidad de cartonistas. Seguro que también soy capaz de hacerlo en este caso.

—Estos tapices son una cosa muy diferente de un escudo de armas. Necesitarán un cartonista de verdad. *Tiens,* hay una cosa que había olvidado mencionar. Asegúrate de que el escudo de armas de Le Viste figura en todos los tapices. Monseigneur insistirá en eso.

—¿Participó monseigneur en la batalla de Nancy?

Léon se echó a reír.

—Ten la seguridad de que Jean le Viste estaba en el otro extremo de Francia durante la batalla de Nancy, trabajando para el Rey. Eso no importa: limítate a poner sus armas en banderas y escudos que lleven otros. Quizá quieras ver alguna representación de esa y de otras batallas. Ve a la imprenta de Gérard en la rue Vieille du Temple; te podrá mostrar un libro con grabados de la batalla de Nancy. Le avisaré de que irás a hacerle una visita. Ahora te voy a dejar solo para que tomes medidas. Si tienes problemas, ven a verme. Y tráeme los dibujos el Domingo de Ramos; tal vez quiera que introduzcas cambios, y necesitarás tiempo para hacerlos antes de que monseigneur vea los resultados.

No había duda de que Léon le Vieux era los ojos de Jean le Viste. Tenía que complacerlo, y si le gustaba lo que veía, Jean le Viste estaría de acuerdo.

No me resistí a hacer una última pregunta.

—¿Por qué me habéis elegido para este encargo?

Léon se recogió la sencilla túnica marrón que llevaba, en su caso sin adornos de piel.

—No he sido yo. Habría elegido a alguien con más experiencia en tapices, o habría ido directamente al tejedor; tienen dibujos preparados y pueden trabajar con ellos. Resulta más barato y los dibujos son buenos —Léon era siempre sincero.

—¿Por qué me ha elegido Jean le Viste, entonces?

—No tardarás en saberlo. *Alors,* ven a verme mañana; tendré preparados los papeles que has de firmar, y el dinero.

—Todavía no he aceptado las condiciones.

—Me parece que sí. Hay algunos encargos a los que un artista no dice que no. Y éste es uno de ellos, Nicolas des Innocents —me miró significativamente mientras salía.

Tenía razón. Había hablado como si estuviera dispuesto a hacerlos. De todos modos, las condiciones no eran malas. De hecho, Léon no había regateado demasiado. De repente me pregunté si al final me iban a pagar o no en *livres* de París.

Me puse a examinar las paredes que iba a vestir de manera tan suntuosa. ¡Dos meses para dibujar y pintar veinte caballos y sus jinetes! Me coloqué en un extremo de la habitación y caminé hasta el otro y conté doce pasos; a continuación la crucé, y conté seis pasos. Puse una silla junto a una de las paredes, me subí, pero incluso alzando un brazo todo lo que pude, aún quedaba muy lejos de tocar el techo. Retiré la silla y, después de vacilar un momento, me subí a la mesa de roble. Volví a alzar el brazo, pero aún faltaba la altura de un hombre para llegar al techo.

Me estaba preguntando dónde podría encontrar una vara lo bastante larga para hacer las mediciones cuando oí que alguien tarareaba detrás de mí y me volví. Una muchacha me contemplaba desde la puerta. Una joven encantadora: piel blanca, frente alta, nariz larga, cabellos color de miel, ojos claros. No había visto nunca una chica así. Durante unos momentos no supe qué decir.

—Hola, preciosa —conseguí articular por fin.

La chica se echó a reír y saltó de un pie a otro. Llevaba un sencillo vestido azul, con un corpiño ajustado, cuello cuadrado y mangas estrechas. Estaba bien cortado y la lana era delicada, pero carecía de adornos. Llevaba además un pañuelo sencillo y el cabello, largo, le llegaba casi hasta la cintura. En comparación con la muchacha que había limpiado el hogar de la chimenea, era a todas luces demasiado elegante para ser una criada. ¿Quizá una dama de honor?

—La señora de la casa quiere veros —dijo; luego se dio la vuelta y escapó corriendo, sin dejar de reír.

No me moví. Años de experiencia me han enseñado que perros, halcones y mujeres vuelven si te quedas donde estás. Oí el ruido de sus pasos en la habitación vecina, pero acabaron por detenerse. Al cabo de un momento se reanudaron y la joven reapareció en la puerta.

—¿Venís? —aún sonreía.

—Lo haré, preciosa, si caminas conmigo y no corres por delante como si fuese un dragón del que tienes que huir.

Rió.

—Venid —me llamó; y esta vez me bajé de la mesa de un salto. Tuve que darme prisa para mantenerme a su altura mientras corría de habitación en habitación. Su falda ondeaba, como si la empujase un viento secreto. De cerca olía a algo dulce y picante, subrayado por el sudor. Movía la boca como si estuviera mascando algo.

—¿Qué tienes en la boca, preciosa?

—Dolor de muelas —la joven sacó la lengua; sobre su punta sonrosada descansaba un clavo de olor. El espectáculo de aquella lengua me excitó. Tuve ganas de montarla.

Ah, eso debe de molestar mucho —yo la libraría mucho mejor de aquella molestia—. Vamos a ver, ¿para qué me quiere ver tu señora?

Me miró, divertida.

—Imagino que os lo podrá decir ella.

Aflojé el paso.

—¿Por qué tanta prisa? A tu señora no le importará, ¿no es cierto?, que tú y yo charlemos un poco por el camino.

—¿De qué queréis hablar?

Empezó a subir por una escalera circular. Salté para ponerme delante de ella y cortarle el paso.

—¿Qué clases de animales te gustan?

—¿Animales?

—No quiero que pienses en mí como un dragón. Preferiría que me vieras como otra cosa. Algo que te caiga bien.

La muchacha pensó.

—Un periquito, quizá. Me gustan los periquitos. Tengo cuatro. Me comen en la mano —me esquivó para colocarse velozmente por encima de mí. Pero no siguió subiendo. Sí, pensé. He sacado mis mercancías y viene a verlas. Acércate más, cariño, y contempla mis ciruelas. Pálpalas.

—Un periquito, no —dije—. Seguro que no te parezco un tipo que arma bulla y sólo sabe imitar.

—Mis periquitos no hacen ruido. Pero, de todos modos, sois un artista, *n'est-ce pas?* ¿No es eso lo que hacéis, imitar la vida?

—Hago las cosas más hermosas de lo que son, aunque hay algunas, niña mía, que no se pueden mejorar con pintura —la evité para colocarme tres escalones por encima. Quería ver si vendría a mí.

Así fue. Mantuvo los ojos serenos y muy abiertos, pero apareció en su boca una sonrisa de complicidad. Con la lengua se pasó el clavo de una mejilla a otra.

Vas a ser mía, pensé. Estoy seguro.

—Quizá seáis un zorro, más bien —dijo—. Vuestros cabellos tienen un poco de rojo entre el castaño.

Torcí el gesto.

—¿Cómo puedes ser tan cruel? ¿Parezco taimado? ¿Engañaría yo a alguien? ¿Corro de lado y nunca en línea recta? Mejor un perro que se tumba a los pies de su señora y le es siempre fiel.

—Los perros quieren que se les haga demasiado caso —dijo la muchacha—, y saltan y me manchan la falda con las patas —dio la vuelta alrededor de mí, y esta vez no se detuvo—. Venid, mi señora espera. No debemos impacientarla.

Tendría que apresurarme; había perdido mucho tiempo con otros animales.

—Sé qué animal me gustaría ser —jadeé, corriendo tras ella.

—¿Cuál?

—Un unicornio. ¿Sabes algo del unicornio?

La chica resopló. Había llegado al final de las escaleras y estaba abriendo la puerta de otra habitación.

—Sé que le gusta reclinar la cabeza en el regazo de las doncellas. ¿Es eso lo que ansiáis?

—Ah, no pienses tan mal de mí. El unicornio hace algo mucho más importante. Su cuerno tiene un poder especial, ¿no lo sabías?

La muchacha aminoró el paso y me miró.

—¿Cuál es?

—Si un pozo está envenenado...

—¡Ahí abajo hay un pozo! —se detuvo y señaló el patio a través de una ventana. Una chica más joven que ella se inclinaba sobre el pretil y miraba hacia el interior del pozo, mientras la luz dorada del sol le bañaba los cabellos.

—Jeanne siempre hace eso —dijo mi acompañante—. Le gusta verse reflejada —mientras mirábamos, la chica escupió dentro del pozo.

—Si ese pozo lo envenenaran, preciosa, o lo ensuciaran como acaba de hacer Jeanne, podría llegar un unicornio, introducir el cuerno y el pozo quedaría purificado. ¿Qué te parece?

La muchacha movió varias veces con la lengua el clavo que tenía en la boca.

—¿Qué queréis que piense?

—Quiero que me veas como tu unicornio. Hay ocasiones en las que incluso tú te ensucias, preciosa. Les pasa a todas las mujeres. Es el castigo de Eva. Pero te puedes purificar, todos los meses, sólo con que me permitas atenderte —montarte una y otra vez hasta que rías y llores—. Todos los meses volverás al Jardín del Edén —aquella última frase no fallaba nunca cuando cortejaba a una mujer: la idea de un paraíso tan sencillo parecía atraparlas. Siempre se me abrían de piernas con la esperanza de encontrarlo. Quizá algunas lo hallaban.

La joven se echó a reír, a voz en cuello ahora. Estaba lista. Extendí la mano para apretar la suya y sellar así nuestro pacto.

—¿Claude? ¿Eres tú? ¿Por qué has tardado tanto?

Frente a nosotros se había abierto otra puerta y una mujer nos contemplaba, los brazos cruzados sobre el pecho. Dejé caer la mano.

—*Pardon,* mamá. Aquí lo tienes —Claude se apartó para señalarme con un gesto. Hice una reverencia.

—¿Qué llevas en la boca? —preguntó la mujer.

Claude tragó saliva.

—Un clavo. Para mi diente.

—Deberías mascar menta, es mucho mejor para el dolor de muelas.

—Sí, mamá —Claude rió de nuevo, probablemente al verme la cara. Se dio la vuelta y salió de la habitación, dando un portazo. Hasta donde estábamos llegó el eco de sus pasos.

Me estremecí. Había intentado seducir a la hija de Jean le Viste.

En mis visitas anteriores a la casa de la rue du Four, sólo había visto de lejos a las tres hijas de Le Viste: cuando corrían por el patio, al salir a caballo o de camino hacia la iglesia de Saint-Germain-des-Prés con un grupo de damas. Por supuesto, la chica junto al pozo era de la familia; si hubiera prestado atención habría entendido —al ver sus cabellos y su manera de moverse— que Claude y ella eran hermanas. En ese caso habría adivinado su identidad y no le habría contado nunca a Claude la historia del unicornio. Pero no había pensado en quién era; sólo en llevármela a la cama.

Bastaría con que Claude repitiera a su padre lo que le había dicho para que me echaran a la calle, retirándome el encargo. Y nunca volvería a ver a Claude.

Ahora, de todos modos, me gustaba más que nunca, y no sólo para montarla. Deseaba tenerla a mi lado y hablarle, tocarle la boca y el pelo y hacerla reír. Me pregunté a qué sitio de la casa se habría ido. Nunca se me permitiría entrar allí; un artista de París no tenía nada de que hablar con la hija de un noble.

Me quedé muy quieto, pensando en aquellas cosas. Quizá estuve así demasiado tiempo. La dama en el umbral se movió de manera que el rosario que le colgaba de la cintura chocó contra los botones de la manga, y salí de mi ensimismamiento. Me miraba como si hubiera adivinado todo lo que me pasaba por la cabeza. No dijo nada, sin embargo, y abrió la puerta por completo; luego regresó al interior de la habitación. La seguí.

Había pintado miniaturas en las cámaras de muchas señoras y aquélla no era tan diferente. Había una cama de madera de nogal, con dosel de seda azul y amarilla. Había sillas de roble formando un semicírculo, acolchadas con cojines bordados. Vi también un tocador cubierto de frascos, un cofre para joyas, así como varios arcones para ropa. Una ventana abierta enmarcaba la vista de Saint-Germain-des-Prés. Reunidas en un rincón estaban las damas de honor, que trabajaban en bordados. Me sonrieron como si fueran una sola persona en lugar de cinco, y me insulté por haber pensado en algún momento que Claude pudiera ser una de ellas.

Geneviève de Nanterre —esposa de Jean le Viste y señora de la casa— se sentó junto a la ventana. En otro tiempo, sin duda, había sido tan hermosa como su hija. Aún era una mujer bien parecida, de frente amplia y barbilla delicada, pero si bien el rostro de Claude tenía forma de corazón, el suyo se había vuelto triangular. Quince años de matrimonio con Jean le Viste habían hecho desaparecer las curvas, afirmarse la mandíbula, arrugarse la frente. Sus ojos eran pasas oscuras frente a los membrillos claros de Claude.

En un aspecto, al menos, eclipsaba a su hija. Su vestido era más lujoso: brocado crema y verde, con un complicado dibujo de flores y hojas. También llevaba joyas delicadas en la garganta y el cabello trenzado con seda y perlas. Nunca se la tomaría por una dama de honor; estaba inconfundiblemente vestida como alguien a quien hay que servir.

—Acabáis de entrevistaros con mi esposo en la Grande Salle —dijo—. Para hablar de tapices.

—Sí, madame.

—Imagino que quiere una batalla.

—Sí, madame. La batalla de Nancy.

—¿Y qué escenas se representarán?

—No estoy seguro, madame. Monseigneur sólo me ha hablado de los tapices. He de sentarme y preparar los dibujos antes de decir nada con seguridad.

—¿Habrá hombres?

—Por supuesto, madame.

—¿Caballos?

—Sí.

—¿Sangre?

—¿*Pardon*, madame?

Geneviève de Nanterre agitó la mano.

—Se trata de una batalla. ¿Habrá sangre brotando de las heridas?

—Imagino que sí, madame. Carlos el Temerario morirá, por supuesto.

—¿Habéis participado alguna vez en una batalla, Nicolas des Innocents?

—No, madame.

—Quiero que penséis por un momento que sois soldado.

—Pero soy miniaturista de la Corte, madame.

—Lo sé, pero en este momento sois un soldado que ha luchado en la batalla de Nancy, en la que perdisteis un brazo. Estáis en la Grande Salle como invitado de mi marido y mío. Os acompaña vuestra esposa, joven y bonita, que os ayuda en las pequeñas dificultades que se os presentan por el hecho de no tener dos manos: partir el pan, ceñiros la espada, montar a caballo —Geneviève de Nanterre hablaba rítmicamente, como si estuviera cantando una nana. Empecé a tener la sensación de que flotaba río abajo sin idea de adónde iría a parar.

¿Estará un poco loca?, pensé.

Geneviève de Nanterre se cruzó de brazos y torció la cabeza.

—Mientras coméis, contempláis los tapices de la batalla que os costó un brazo. Reconocéis a Carlos el Temerario en el momento en que cae muerto, vuestra esposa ve la sangre que brota de sus heridas. Encontráis por todas partes los estandartes de Le Viste. Pero ¿dónde está Jean le Viste?

Traté de recordar lo que Léon había dicho.

—Monseigneur está junto al Rey, madame.

—Sí. Durante la batalla mi esposo y el Rey estaban cómodamente en la Corte, en París, lejos de Nancy. Ahora, como tal soldado, ¿qué sentiríais, sabiendo que Jean le Viste no participó en la batalla de Nancy, al ver sus estandartes una y otra vez en los tapices?

—Pensaría que monseigneur es una persona importante por el hecho de estar junto al Rey, madame. Sus consejos tienen más valor que su habilidad en el combate.

—Ah, eso es muy diplomático por vuestra parte, Nicolas. Tenéis mucho más de diplomático que mi marido. Pero me temo que no es la respuesta adecuada. Quiero que penséis con calma y me digáis con sinceridad lo que pensaría un soldado como el que he descrito.

Sabía ya hacia dónde me llevaba el río de palabras en el que flotaba. Lo que no sabía era qué sucedería cuando atracase.

—Se ofendería, madame. Y también su esposa.

Geneviève de Nanterre asintió con la cabeza.

—Efectivamente. Eso es lo que pasaría.

—Pero no es razón...

—*De plus,* no quiero que mis hijas tengan que contemplar una carnicería mientras hacen de anfitrionas en una fiesta. Habéis visto a Claude, ¿queréis que, mientras come, vea un tajo profundo en el costado de un caballo o un hombre degollado?

—No, madame.

—No tendrá que hacerlo.

En su rincón, las damas de honor se sonreían con suficiencia. Geneviève de Nanterre me había llevado exactamente a donde quería. Era más inteligente que la mayoría de las damas de la nobleza que había pintado. Debido a ello descubrí que deseaba agradarla. Y un deseo así podía ser peligroso.

—No estoy en condiciones de oponerme a los deseos de monseigneur, madame.

Geneviève de Nanterre volvió a sentarse en su silla.

—Decidme, Nicolas, ¿sabéis quién os eligió para diseñar esos tapices?

—No, madame.

—He sido yo.

Me quedé mirándola.

—¿Por qué, madame?

—He visto vuestras miniaturas de las damas de la Corte. Sabéis captar en ellas algo que me agrada.

—¿De qué se trata, madame?

—De su naturaleza espiritual.

Le hice una reverencia, sorprendido.

—A Claude no le vendrían mal otros ejemplos de esa naturaleza espiritual. Lo intento, pero no escucha a su madre.

Callamos los dos. Pasé a apoyar el peso del cuerpo en el otro pie.

—¿Qué..., qué querríais que pintara en lugar de una batalla, madame?

Los ojos de Geneviève de Nanterre brillaron.

—Un unicornio.

Sentí terror.

—Una dama y un unicornio —añadió.

Tenía que haberme oído mientras hablaba con Claude: de lo contrario no lo habría sugerido. ¿Estaba escuchando mientras intentaba seducir a su hija? Traté de adivinarlo por su rostro. Parecía complacida consigo misma, traviesa incluso. Si lo sabía, podía hablar con Jean le Viste de mi increíble audacia, si es que Claude no lo había hecho ya, y perdería el encargo. No sólo eso: con una palabra, Geneviève de Nanterre podía destruir mi reputación en la Corte y nunca volvería a pintar otra miniatura.

No me quedaba más remedio que tratar de ablandarla.

—¿Os gustan los unicornios, madame?

A una de las damas de honor se le escapó una risita. Geneviève de Nanterre frunció el ceño y la muchacha guardó silencio.

—¿Cómo podría saberlo, si nunca los he visto? No; pienso en Claude. A ella le gustan, y por ser la primogénita, un día heredará los tapices. Más valdrá que sea algo que le guste.

Había oído hablar de la ausencia de un heredero varón en aquella familia, de cuánto tenía que desagradar a Jean le Viste no contar con un hijo a quien transmitir su amado escudo de armas. La culpa de ser padre de tres hijas recaía pesadamente sobre los hombros de su esposa. La miré con un poco más de simpatía.

—¿Qué queréis que haga el unicornio, madame?

Geneviève de Nanterre agitó una mano.

—Sugeridme lo que podría hacer.

—Podría ser cazado. A monseigneur le gustaría eso.

Agitó la cabeza.

—No quiero ni caballos ni sangre. Y a Claude no le gustaría que se matara al unicornio.

No podía arriesgarme a sugerir la historia de los poderes mágicos del cuerno del animal. Tendría que utilizar la idea de Claude.

—La dama podría seducir al unicornio. Cada uno de los tapices representaría una escena de los dos en el bosque, la dama tentándolo con música y comida y flores, y al final el unicornio descansaría la cabeza en su regazo. Es una historia popular.

—Quizá. Por supuesto a Claude le gustaría eso. Es una muchacha que está empezando a vivir. Sí, la virgen que doma al unicornio puede ser la solución. Aunque a mí me puede apenar tanto contemplar eso como las escenas de una batalla —lo último lo dijo casi para sus adentros.

—¿Por qué, madame?

—Estaré rodeada de seducción, de juventud, de amor. ¿Qué interés tiene todo eso para mí? —trataba de adoptar una actitud desdeñosa, pero parecía más bien nostálgica.

No comparte el lecho de su marido, pensé. Ha tenido a sus hijas y ha cumplido su misión. Tampoco bien, claro, sin hijos varones. Ahora está apartada de Jean le Viste y no le queda nada. No era costumbre mía compadecerme de las damas de la nobleza, con habitaciones bien calientes, el estómago lleno y damas de honor para servirlas. Pero en aquel momento me apiadé de Geneviève de Nanterre. Porque tuve una repentina imagen de mí mismo al cabo de diez años —después de largos viajes, inviernos rigurosos, enfermedades— solo en una cama fría, los miembros doloridos, las manos agarrotadas e incapaces de sostener el pincel. Cuando dejara de ser útil, ¿quién se iba a acordar de mí? La muerte sería bienvenida. Me pregunté si también ella habría pensado en eso.

Me miraba con ojos tristes, inteligentes.

Algo de los tapices sería suyo, pensé de repente. No tratarían sólo de seducción en un bosque, sino también de algo más, no sólo de una virgen sino de una mujer que sería de nuevo virgen, de manera que los tapices fueran sobre toda la vida de una mujer, su comienzo y su final. Todas sus elecciones reunidas en una. Sería eso lo que hiciera. Le sonreí.

En la torre de Saint-Germain-des-Prés tocó una campana.

—Sexta, mi señora —dijo una de las damas.

—Iré ahora —respondió Geneviève de Nanterre—. Nos hemos perdido los otros oficios y esta tarde no puedo ir a vísperas: me esperan en la Corte con mi señor —se levantó de la silla mientras otra dama le traía el cofre. Alzó los brazos, soltó el broche del collar y se lo quitó, permitiendo que las joyas brillaran un momento en sus manos antes de guardarlas en el interior del cofre. Su dama de honor alzó una cruz salpicada de perlas, con una larga cadena y, cuando Geneviève de Nanterre hizo un gesto de asentimiento, la pasó por encima de la cabeza de su señora. Las otras damas empezaron a recoger su costura y sus objetos personales. Supe que iba a ser despedido.

—*Pardon,* madame, pero ¿aceptará monseigneur unicornios en lugar de batallas?

Geneviève de Nanterre estaba arreglándose el cinturón de hábito que utilizaba al tiempo que una de sus damas retiraba los alfileres de su sobrefalda de color rojo oscuro para que sus pliegues cayeran hasta el suelo y cubrieran las hojas y las flores verdes y blancas.

—Tendréis que convencerlo.

—Pero... sin duda debéis decírselo vos misma, madame. Después de todo, lograsteis que aceptara llamarme a mí para los diseños.

—Ah, eso fue fácil: las personas le tienen sin cuidado. Uno u otro artista significan muy poco para él, con tal de que la Corte los acepte. Pero el tema del encargo queda entre vos y él; me propongo no tener nada que ver con ello. Será mejor que lo sepa por vos.

—Quizá Léon le Vieux tendría que hablar con él.

Geneviève de Nanterre resopló.

—Léon nunca se opondrá a los deseos de mi marido. Sabe guardarse las espaldas. Es inteligente pero no astuto; y lo que se necesita para convencer a Jean es astucia.

Procuré ocultar mi desagrado. El brillo de los dibujos que tendría que hacer me había cegado, pero ahora empezaba a percatarme de lo difícil de mi situación. Prefería, desde luego, pintar una dama y un unicornio en lugar de una batalla con sus muchos caballos, pero tampoco me apetecía ir en contra de los deseos de Jean le Viste. De todos modos, parecía no tener elección. Estaba atrapado en una red tejida entre Jean le Viste, su mujer y su hija, y no sabía cómo escapar. Aquellos tapices iban a crearme muchos problemas, pensé.

—Se me ocurre una idea ingeniosa, madame —la dama de honor que hablaba era la menos agraciada, pero tenía unos ojos muy vivos que se movían de aquí para allá mientras pensaba—. Se trata de un juego de palabras. Ya sabéis que a monseigneur le gustan.

—Es cierto —asintió Geneviève de Nanterre.

—*Visté* significa velocidad. El unicornio es *visté*, *n'est-ce pas?* No hay animal que corra con mayor rapidez. De manera que cuando vemos un unicornio pensamos en *Viste*.

—Eres muy lista, Béatrice... Si tu idea convence a mi marido, podrás casarte con nuestro artista, Nicolas des Innocents. Te daré mi bendición.

Alcé bruscamente la cabeza. Béatrice rió a carcajadas y las restantes damas hicieron lo mismo. Por mi parte, sonreí cortésmente. Ignoraba si aquello era una broma de Geneviève de Nanterre.

Todavía riendo, la señora de la casa salió con sus acompañantes, dejándome solo.

Me quedé en la habitación, silenciosa ya. Tenía que encontrar una vara larga y volver a la Grande Salle para realizar las mediciones. Pero era un placer seguir allí, sin damas que se rieran de mí. Podía pensar en aquel espacio.

Miré a mi alrededor. Dos tapices colgaban de las paredes y, junto a ellos, la Anunciación que había pintado yo. Estudié los tapices. Eran de la vendimia, los varones que cortaban los racimos y las mujeres que pisaban la uva, con las faldas recogidas que dejaban al descubierto las pantorrillas salpicadas de mosto. Los tapices eran mucho más grandes que el cuadro y tenían menor profundidad. El tejido hacía que las figuras parecieran toscas, y menos carnales y próximas que la Virgen de mi cuadro. Pero daban calor a la habitación y llenaban un mayor espacio con sus intensos rojos y azules.

Toda una sala llena de tapices sería como crear un pequeño mundo, lleno, además, no de hombres y caballos en una batalla, sino de mujeres. Lo prefería con diferencia, por difícil que resultase convencer a Jean le Viste.

Miré por la ventana. Geneviève de Nanterre y Claude le Viste caminaban con sus damas hacia la iglesia, las faldas agitadas por el viento. La luz del sol era tan brillante que se me humedecieron los ojos y tuve que cerrarlos. Cuando miré de nuevo ya no estaban, y las había reemplazado la criada que llevaba un hijo mío en el vientre. Sostenía un cesto y caminaba con dificultad en la dirección opuesta.

¿Por qué se había reído tanto Béatrice, la dama de honor, ante la idea de casarse conmigo? Aunque no había pensado aún mucho en el matrimonio, daba por sentado que antes o después tendría una esposa que me cuidara cuando fuese viejo. Estaba bien considerado en la Corte, no me faltaban encargos y ahora los nuevos tapices me permitirían mantenernos a mí y a mi esposa. No tenía aún el cabello gris, sólo me faltaban dos dientes y podía cabalgar tres veces a una fémina la misma noche si surgía la necesidad. No era más que artista, es cierto: ni caballero ni mercader rico. Pero tampoco herrero ni picapedrero ni agricultor. Tenía las manos limpias y las uñas bien cuidadas. ¿Por qué se reía tanto?

Decidí que lo primero era terminar de medir la Grande Salle, prescindiendo de lo que tuviera que dibujar para cubrir sus paredes. Necesitaba una vara larga, y encontré al mayordomo en el almacén de la casa, contando velas. Se mostró tan desagradable conmigo como antes, pero me indicó que fuera a los establos.

—Ten cuidado con esa vara —me ordenó—. No hagas algún estropicio con ella.

Se me escapó una sonrisa.

—No te tomaba por alcahuete —dije.

El mayordomo frunció el ceño.

—No me refiero a eso. Pero no me sorprende que lo interpretes así, dado que eres incapaz de controlar tu propia verga.

—¿De qué hablas?

—Lo sabes muy bien. De lo que has hecho con Marie-Céleste.

Marie-Céleste. El nombre no me decía nada.

Al observar mi desconcierto, me obsequió con un rugido

—La criada a la que dejaste embarazada, mequetrefe.

—Ah, ésa. Tendría que haber tenido más cuidado.

—Y tú también. Es una buena chica que se merece algo mejor.

—Lo de Marie-Céleste es una lástima, pero le he dado dinero y no tendrá problemas. Ahora lo que necesito es una vara.

El mayordomo gruñó. Mientras me volvía para marcharme, murmuró:

—Ándate con cuidado, mequetrefe.

Encontré la vara en los establos y cruzaba el patio con ella cuando Jean le Viste en persona salió a buen paso de la casa. Se cruzó conmigo sin mirarme siquiera —debió de pensar que era un criado más— y tuve que llamarlo, «¡Monseigneur, un momento, por favor!». Si no le decía algo entonces, quizá no tuviera nunca otra oportunidad de hablar a solas con él.

Jean le Viste se volvió para ver quién lo llamaba, lanzó un gruñido y siguió caminando. Tuve que correr para ponerme a su altura.

—Os lo ruego, monseigneur, me gustaría que hablásemos un poco más sobre los tapices.

—Debes hablar con Léon, no conmigo.

—Sí, monseigneur, pero considero que para algo tan importante como esos tapices es mejor consultaros directamente.

Mientras me apresuraba tras él, el extremo de la vara se inclinó, tropezó con una piedra, se me cayó de la mano y rebotó contra el suelo. El ruido se oyó por todo el patio. Jean le Viste se detuvo y me miró indignado.

—Estoy preocupado, monseigneur —me apresuré a decirle—. Me preocupa que no cuelguen de vuestros muros las obras que otros esperarían de un miembro tan destacado de la Corte. De un presidente de la Corte de Ayudas, nada menos —se me ocurrían las palabras a medida que caminaba.

—¿De qué me hablas? Estoy muy ocupado.

—He visto dibujos encargados a mis colegas por familias nobles para distintos tapices. Todos tienen una cosa en común: un fondo de *millefleurs* —aquello era cierto; era verdad que se habían popularizado los fondos con un tupido diseño de flores, sobre todo a medida que los tejedores del norte perfeccionaban la técnica.

—¿Flores? —repitió Jean le Viste, mirándose los pies como si acabara de tropezar con unas cuantas.

—Sí, monseigneur.

—No hay flores en las batallas.

—No, monseigneur. No son batallas lo que han estado tejiendo. Varios de mis colegas han dibujado escenas con... con unicornios, monseigneur.

—¿Unicornios?

—Sí, monseigneur.

La expresión de Jean le Viste se hizo tan escéptica que rápidamente añadí otra mentira, confiando en que no llegara nunca a descubrirla.

—Varias familias nobles los han encargado: Jean d'Alençon, Charles de Saint-Émilion, Philippe de Chartres —traté de nombrar familias que Jean le Viste nunca visitaría, o porque vivían demasiado lejos, o porque eran demasiado nobles (o no lo suficiente) para los Le Viste.

—No encargan batallas —repitió Jean le Viste.

—No, monseigneur.

—Unicornios.

—Así es, monseigneur. Están de moda. Y se me ha ocurrido que un unicornio podría ser apropiado para vuestra familia —le expliqué el juego de palabras de Béatrice.

La expresión de Jean le Viste no se modificó, pero hizo un gesto de asentimiento y eso bastaba.

—¿Sabes qué es lo que tiene que hacer ese unicornio?

—Sí, monseigneur, lo sé.

—De acuerdo, entonces. Díselo a Léon. Y preséntame los dibujos antes de Pascua —Jean le Viste se volvió para cruzar el patio. Le hice una reverencia cuando ya estaba de espaldas.

Convencerlo no me había costado tanto como temía. Estaba en lo cierto al deducir que Jean le Viste querría lo que pensaba que tenían todos los demás. Porque eso es lo que sucede con la nobleza que carece de la tradición de muchas generaciones: imita más que inventa. A Jean le Viste no se le ocurría que pudiera aumentar su prestigio encargando tapices de batallas cuando nadie más lo hacía. Pese a lo seguro de sí mismo que parecía, no estaba dispuesto a abrir caminos. Yo estaba a salvo mientras no descubriera que no existían otros tapices de unicornios. Tendría, por supuesto, que dibujar los mejores tapices posibles, tapices que hicieran que otras familias desearan otros parecidos y de los que Jean le Viste se sintiera orgulloso por haber sido el primero en encargarlos.

Aunque no quería complacerlo sólo a él, también pensaba en su mujer y en su hija. No estaba seguro de qué era lo que más me importaba, si el bello rostro de Claude o la tristeza del de Geneviève. Tal vez hubiera sitio para ambos en el bosque del unicornio.

Aquella noche bebí en Le Coq d'Or para celebrar el encargo y después dormí mal. Soñé con unicornios y damas rodeados de flores, una muchacha que mascaba un clavo de olor, otra que contemplaba su reflejo en un pozo, una dama con joyas en la mano junto a un cofrecillo, una muchacha dando de comer a un halcón. Era una mezcolanza que no logré ordenar. Tampoco se trataba de una pesadilla, sino de añoranzas.

Cuando desperté a la mañana siguiente, tenía la cabeza clara y estaba listo para dar realidad a mis sueños.

Claude le Viste

Mamá le preguntó a papá por los tapices después de misa el domingo de Pascua y fue entonces cuando oí que el artista volvería. Regresábamos a casa por la rue du Four, y Jeanne y Geneviève querían que corriera delante con ellas y saltara los charcos, pero me quedé atrás para escuchar. Es algo que sé hacer bien cuando se supone que no debería.

Mamá procura siempre no molestarlo, pero papá parecía estar de buen humor: ¡probablemente contento como yo de salir al sol después de una misa tan larga! Cuando mamá le preguntó, dijo que ya tenía los dibujos y que Nicolas des Innocents vendría pronto para hablar de ellos. Hasta ahora ha dicho muy poco sobre los tapices. Incluso dar una información mínima parecía irritarlo. Creo que lamenta convertir la batalla en unicornios; a papá le encantan las batallas y su Rey. Luego nos dejó de repente, con el pretexto de que tenía que hablar con el mayordomo. Béatrice y yo nos miramos y nos dio la risa, de manera que mamá nos miró ceñuda.

¡Menos mal que tengo a Béatrice! Me lo ha contado todo: el cambio de la batalla a los unicornios, su juego de palabras tan ingenioso sobre *Viste* y, lo mejor de todo, el nombre de Nicolas. Mamá nunca me hubiera dicho nada, y la puerta de su cuarto es demasiado gruesa; no oí lo que decían cuando estuvo allí con ella, excepto la risa de Béatrice. Por fortuna me cuenta cosas y pronto será mi dama de honor. A mamá no le hace falta y prefiere mi compañía: se divertirá mucho más.

Mamá está insoportable últimamente; sólo tiene ganas de rezar. Ahora insiste en ir a misa dos veces al día. En ocasiones tengo clases de baile durante tercia o sexta, pero me lleva a vísperas por la música, y me impaciento tanto que me dan ganas de gritar. Cuando me siento en Saint-Germain-des-Prés, los pies empiezan a movérseme y las mujeres de mi banco lo notan, pero no saben de dónde viene, a excepción de Béatrice, que me pone una mano en la pierna para calmarme. La primera vez que lo hizo di un salto y chillé, tanto me sorprendió. Mamá se inclinó hacia delante y me fulminó con la mirada. El sacerdote también se volvió. Tuve que meterme la manga en la boca para no reírme.

Ahora parece que irrito mucho a mamá, aunque no sé qué es lo que tanto la molesta. También ella me irrita a mí diciéndome que me río demasiado o que ando demasiado deprisa, o que mi vestido está sucio o que se me ha torcido el tocado. Me trata como a una niña pero, por otra parte, espera que sea una mujer. No me deja salir cuando quiero; dice que soy demasiado mayor para jugar en la feria de Saint-Germain-des-Prés durante el día y demasiado pequeña para ir allí de noche. No soy demasiado pequeña: otras chicas de catorce años van a la feria de noche para ver a los juglares. Muchas se han prometido ya. Cuando pregunto, mamá me dice que le falto al respeto y que debo esperar a que papá decida cuándo y con quién me tengo que casar. No puedo más de impaciencia. Si tengo que ser mujer, ¿dónde está mi hombre?

Ayer traté de escuchar la confesión de mamá en Saint-Germain-des-Prés para descubrir si tiene remordimientos por tratarme tan mal. Me escondí detrás de una columna cerca del banco donde se sienta con el sacerdote, pero bajaba tanto la voz que, a rastras, tuve que acercarme muchísimo. Todo lo que oí fue «*Ça c'est mon seul dé-*

sir» antes de que uno de los curas me viera y me echase. *«Mon seul désir»,* murmuré para mis adentros. Mi único deseo. La frase resulta tan mágica que me la he repetido durante todo el día.

Cuando tuve la seguridad de que Nicolas venía a casa, supe también que tenía que verlo. *C'est mon seul désir.* ¡Ah! Ése es mi hombre. He pensado en él a todas horas de todos los días desde que lo conocí. Como es lógico no le he dicho nada a nadie, a excepción de Béatrice, quien, para mi sorpresa, no se ha mostrado muy amable con él. Es la única falta que le encuentro. Estaba describiendo sus ojos: cómo son tan marrones como castañas y tienen patas de gallo, de manera que parece un poco triste incluso cuando claramente no lo está.

—No es digno de ti —me interrumpió Béatrice—. Nada más que un artista y muy poco de fiar. Deberías pensar más bien en grandes señores.

—Si no fuese de fiar, mi padre nunca lo habría contratado —repliqué—. Tío Léon no lo habría permitido.

Léon no es de verdad mi tío, sino un mercader viejo que se ocupa de los asuntos de mi padre. Me trata como a una sobrina: hasta hace poco me acariciaba la barbilla y me traía dulces, pero ahora me dice que ande derecha y que me peine.

—Dime qué clase de marido quieres y veré si hay uno maduro en el mercado —le gusta decir.

¡Cómo se sorprendería si le describiera a Nicolas! No lo tiene en mucha estima, estoy segura; le oí hablar con papá, cuando trataba de desautorizar los unicornios de Nicolas, diciendo que no estarían bien para la Grande Salle. La puerta de papá no es tan gruesa, y si pego la oreja al ojo de la cerradura le oigo. Pero papá no cambiará otra vez de idea. Eso se lo podría haber dicho yo a Léon. Cambiar una vez ya era difícil, pero volver atrás sería impensable.

Cuando supe que Nicolas vendría a la rue du Four, busqué al mayordomo para saber exactamente en qué momento. Como de costumbre, estaba en los almacenes, contando cosas. Siempre le preocupa la posibilidad de que nos roben. Todavía puso más cara de horror que Béatrice cuando mencioné a Nicolas.

—No queréis tener nada que ver con esa persona, mademoiselle —dijo.

—Sólo he preguntado cuándo viene —sonreí con dulzura—. Si no me lo decís, tendré que ir a papá y contarle que no habéis querido serme útil.

El mayordomo torció el gesto.

—El jueves a la hora de sexta —murmuró—. Léon y él.

—Ya veis, no era tan difícil. Debéis decirme siempre lo que quiero saber y así estaré contenta.

Me hizo una reverencia, pero me siguió mirando mientras me volvía para marcharme. Parecía estar a punto de decirme algo, pero al final no lo hizo. Me pareció muy cómico y me reí mientras echaba a correr.

El jueves tenía que ir con mamá y mis hermanas a Nanterre, a casa de la abuela, para pasar la noche, pero dije que me dolía la tripa para así poder quedarme en casa. Cuando Jeanne oyó que no iba, quiso fingir también, aunque no sabía por qué quería quedarme. No podía hablarle de Nicolas: es demasiado pequeña para entender. Se puso tan pesada que tuve que decirle cosas muy desagradables, hasta que se echó a llorar y se fue corriendo. Después me sentí muy mal: no debería tratar así a mi hermana. Hemos estado muy unidas toda nuestra vida. Hasta hace muy poco compartíamos la misma cama y Jeanne lloró también cuando dije que quería empezar a dormir sola. Pero es que ahora estoy muy intranquila por las noches. Doy patadas a las sábanas y no hago más que dar

vueltas; e incluso la idea de tener otro cuerpo en la cama
—aparte del de Nicolas— me resulta insoportable.

Ahora Jeanne pasa más tiempo con Geneviève, que
es un encanto pero sólo tiene siete años, y Jeanne siempre
ha preferido estar con chicas mayores. Por otra parte Geneviève es la favorita de mamá, y eso irrita a Jeanne. Es verdad que lleva el precioso nombre de nuestra madre, mientras que a Jeanne y a mí, en cambio, nuestros nombres nos recuerdan que no somos los varones que papá deseaba.

Mamá hizo que Béatrice se quedara para cuidarme,
y terminó por irse con mis hermanas a Nanterre. Luego envié a Béatrice a por peladuras de naranja cocidas con miel, que es una cosa muy de mi gusto, diciéndole que me sentarían el estómago. Insistí en que fuera a comprarlas al puesto cercano a Notre Dame. Béatrice alzó los ojos al cielo pero fue. Cuando se marchó suspiré hondo y corrí a mi cuarto. Los pezones me rozaban contra la camisa; me tumbé en la cama y me puse una almohada entre las piernas, anhelando una respuesta para las preguntas de mi cuerpo. Me sentía como si fuese una oración, de las que se cantan durante la misa, que se interrumpiera y quedase inacabada.

Finalmente me levanté, me arreglé la ropa y el tocado y corrí a la cámara de mi padre. La puerta estaba abierta y miré adentro. Sólo vi a Marie-Céleste que, agachada delante de la chimenea, encendía el fuego. Cuando era más pequeña y pasábamos el verano en el château d'Arcy, Marie-Céleste nos llevaba a Jeanne, a Geneviève y a mí a la orilla del río y nos cantaba canciones subidas de tono mientras lavaba la ropa. Me apetecía hablarle de Nicolas des Innocents, sobre dónde quería que me tocara y lo que haría yo con la lengua. Después de todo, sus canciones y cuentos me habían enseñado aquellas cosas. Pero algo me detuvo. Había sido amiga mía cuando era niña, pero ahora he crecido, pronto tendré una dama de honor y empezaré a prepararme para el matrimonio, y no estaría bien hablar de cosas así con ella.

—¿Por qué enciendes el fuego, Marie-Céleste? —le pregunté en cambio, aunque sabía ya la respuesta.

Alzó la vista. Tenía una mancha gris en la frente, como si todavía fuera Miércoles de Ceniza. Siempre ha sido una chica descuidada.

—Una visita, mademoiselle —contestó—. Para vuestro padre.

La leña empezaba a echar humo, y llamitas que la lamían aquí y allí. Marie-Céleste se agarró a una silla y se puso en pie con un resoplido. Tenía la cara más redonda que antes. Y me fijé en su cuerpo, horrorizada.

—¿Marie-Céleste, estás encinta?

Bajó la cabeza. Era extraño: todas las canciones que nos había cantado sobre doncellas engañadas, y nunca debió de pensar que pudiera sucederle. Todas las mujeres quieren hijos, por supuesto, pero no así, ni sin marido.

—¡Tonta, más que tonta! —la reñí—. ¿Quién es?

Marie-Céleste movió la mano como para despedir la pregunta.

—¿Trabaja aquí?

Negó con la cabeza.

—*Alors,* ¿se casará contigo?

Marie-Céleste torció el gesto.

—No.

—¿Y qué vas a hacer tú?

—No lo sé, mademoiselle.

—Mamá se pondrá furiosa. ¿Te ha visto?

—La evito, mademoiselle.

—No tardará en enterarse. Al menos deberías llevar una capa para ocultarlo.

—Las criadas no llevan capa, mademoiselle; no se trabaja bien con capa.

—No podrás seguir trabajando mucho tiempo de todos modos, tal como estás. Necesitas volver con tu familia. *Attends,* tienes que contarle algo a mamá. Ya sé: dile que tu madre está enferma y que has de cuidarla. Luego vuelves, después de que nazca la criatura.

—No puedo ir a hablar a vuestra madre con este aspecto, mademoiselle; sabrá de inmediato lo que me pasa.

—Se lo diré yo, entonces, cuando vuelva de Nanterre —me daba lástima y quería ayudarla.

Marie-Céleste se animó.

—Muchísimas gracias, mademoiselle. ¡Qué buena sois!

—Más valdrá que te vayas en cuanto puedas.

—Gracias, muchísimas gracias, mademoiselle. Nos veremos cuando regrese —se volvió para marcharse, pero cambió de idea—. Si es una niña le pondré vuestro nombre.

—Eso estará bien. ¿Si es niño le pondrás el nombre del padre?

Marie-Céleste entornó los ojos.

—Nunca —dijo desdeñosamente—. ¡No quiere saber nada de la criatura y yo tampoco quiero saber nada de él!

Cuando se hubo marchado estuve viendo con calma la cámara de papá. No es un sitio cómodo. Las sillas de roble no tienen cojines, y crujen si te mueves. Creo que papá las ha hecho así para que nadie se entretenga mucho con él. Me he fijado en que tío Léon nunca se sienta cuando viene a ver a papá. Las paredes están cubiertas de mapas de nuestras propiedades —el château d'Arcy, nuestra casa de la rue du Four, la casa de la familia Le Viste en Lyon—, así como de otros de tierras en litigio, conflictos en los que papá trabaja para el Rey. Los libros que posee se guardan aquí en un arcón cerrado con llave.

Hay dos mesas en la habitación: una en la que papá escribe, y otra de mayor tamaño sobre la que extiende mapas y documentos para reuniones. La mesa está vacía casi siempre, pero esta vez había allí varias hojas de papel grandes. Miré a la que estaba encima y retrocedí sorprendida. Era un dibujo y allí estaba yo. Me hallaba entre un león y un unicornio, y sostenía un periquito sobre una mano enguantada. Llevaba un vestido y un collar muy hermosos, con un sencillo pañuelo para la cabeza que me dejaba suelto el pelo. Miraba de soslayo al unicornio y sonreía como si estuviera pensando en un secreto. El unicornio era grato de ver, rollizo y blanco, y se alzaba sobre las patas traseras, con un largo cuerno en espiral. Tenía vuelta la cabeza para no mirarme, como si temiera dejarse cautivar por mi belleza. Llevaba una capa pequeña con el escudo de Le Viste y el viento parecía atravesar el dibujo, alzándoles la capa a él y al león rugiente, así como el pañuelo que yo llevaba en la cabeza y el estandarte de Le Viste que sostenía el león.

Estuve mucho tiempo mirando el dibujo. No fui capaz ni de apartar los ojos ni de moverlo para ver los de debajo. Me había pintado. Nicolas pensaba en mí como yo en él. Sentí un cosquilleo en los pechos. *Mon seul désir.*

Luego oí voces en el pasillo. La puerta se abrió y todo lo que se me ocurrió fue dejarme caer al suelo y meterme a rastras debajo de la mesa. Estaba muy oscuro allí debajo, y era extraño sentirme sola sobre el frío suelo de piedra. De ordinario me escondía en sitios así con mis hermanas, pero nos reíamos tanto que nos descubrían casi al instante. Me senté, abrazándome las rodillas, y recé para que no advirtieran mi presencia.

Entraron dos hombres y se acercaron directamente a la mesa. Uno llevaba la larga túnica marrón de los mercaderes, y debía de ser tío Léon. El otro vestía una túnica gris hasta las rodillas y calzas de color azul marino. Las pantorrillas estaban bien proporcionadas, y supe quién era antes incluso de que hablara. No en vano me había pasado muchos días pensando en Nicolas. Tenía bien guardados en el recuerdo todos los detalles: la anchura de sus hombros, los rizos que le acariciaban el cuello, el trasero como dos cerezas y el tenso contorno de sus pantorrillas.

Mi memoria tendría que acumular ahora más detalles, porque mientras los dos recién llegados empezaban a hablar no les veía más que las piernas. Sólo podía imaginarme el rostro de Nicolas: las arrugas de concentración en la frente, los ojos entornados mientras me miraba en el dibujo, los largos dedos recorriendo el áspero papel utilizado. Todo aquello lo fui almacenando, sentada en la oscuridad casi total, escuchándolos.

—Monseigneur llegará enseguida —dijo tío Léon—. Repasemos unas cuantas cosas mientras esperamos —oía los crujidos del papel.

—¿Le han gustado los dibujos? —preguntó Nicolas—. ¿Los ha elogiado mucho? —el sonido de su voz, lleno de confianza, fue directamente a mi doncellez, como si me hubiera tocado allí con la mano.

Léon no respondió y Nicolas insistió.

—Sin duda ha dicho algo. Cualquiera se daría cuenta de que se trata de dibujos excepcionales. Tiene que estar encantado con ellos.

Léon rió entre dientes.

—No corresponde a la manera de ser de monseigneur Le Viste estar encantado con nada.

—Pero habrá dado su aprobación.

—Te estás precipitando, Nicolas. En este negocio hay que esperar a que el cliente dé su opinión. *Alors,* prepárate para la entrevista con monseigneur. Lo primero que has de entender es que no ha visto aún los dibujos.

—Pero ¡si hace una semana que los tiene!

—Sí; y dirá que los ha examinado con todo cuidado, pero la verdad es que no los ha visto.

—¿Por qué no, en el nombre de Nuestra Señora?

—Monseigneur Le Viste está muy ocupado en estos momentos. Sólo reflexiona sobre algo cuando tiene que hacerlo. Entonces toma rápidamente una decisión y espera que se le obedezca sin peros de ninguna clase.

Nicolas resopló.

—¿Es así como un noble de su categoría resuelve un encargo tan importante? Me pregunto si un hombre de sangre verdaderamente noble haría las cosas de esa manera.

Tío Léon bajó la voz.

—Jean le Viste está perfectamente al tanto de opiniones como ésa acerca de su persona —advertí en su voz que torcía el gesto—. Y se sirve del mucho trabajo y de la lealtad a su Rey para compensar la falta de respeto que le manifiestan, incluso, artistas que, como tú, trabajan a su servicio.

—Mi respeto no es tan escaso como para negarme a trabajar para él —dijo Nicolas más bien precipitadamente.

—Claro que no. Hay que tener sentido práctico. Un *sou* es un *sou,* tanto si viene de un noble como de un mendigo.

Los dos rieron. Moví la cabeza, casi golpeándomela con el tablero de la mesa. No me gustaban sus risas. No quiero demasiado a mi padre —conmigo es tan frío como con todo el mundo— pero me desagradaba que su nombre y su reputación se arrojaran como un palitroque para que lo fuese a buscar un perro. En cuanto al tío Léon, nunca había pensado que pudiera ser desleal. Ya me encargaría de darle un buen pisotón la próxima vez que lo viera. O algo peor.

—No voy a negar que los dibujos son prometedores... —dijo a continuación.

—¡Prometedores! ¡Son más que prometedores!

—Si guardas silencio un momento, te ayudaré a lograr que mejoren mucho; que sean mejores de lo que nunca has podido imaginar. Estás demasiado cerca de tu creación para entender cómo mejorarla. Necesitas otro par de ojos para ver los fallos.

—¿Qué fallos? —Nicolas se hizo eco de lo que yo pensaba. ¿Cómo se podía mejorar el dibujo que había hecho de mí?

—Son dos las cosas que he pensado al mirar los dibujos, y sin duda Jean le Viste tendrá otras sugerencias.

—¿Qué dos cosas?

—Se han de hacer seis tapices para decorar las paredes de la Grande Salle, *n'est-ce pas?* Dos grandes, cuatro un poco más pequeños.

—Sí.

—Y siguen el proceso de la seducción del unicornio por la dama, *n'est-ce pas?*

—Así lo acordé con monseigneur.

—La seducción no presenta problemas, pero me pregunto si no has ocultado algo más en los dibujos. Otra manera de verlos.

Los pies de Nicolas se agitaron inquietos.

—¿Qué queréis decir?

—Me parece que se reconocen aquí sugerencias de los cinco sentidos —Léon golpeó varias veces uno de los dibujos, y el sonido repiqueteó cerca de mi oreja—. La dama que toca el órgano para el unicornio sugiere el oído, por ejemplo. Y la mano que descansa sobre el cuerno del animal representa sin duda el tacto. Aquí... —golpeó de nuevo la mesa—, la dama teje claveles para formar una corona y eso es el olfato, aunque quizá no resulte tan obvio.

—Las novias llevan coronas de claveles —explicó Nicolas—. La dama está tentando al unicornio con la idea del matrimonio y el lecho nupcial. No representa el olfato.

—Ah, vaya. Supongo que no eres tan inteligente. Los sentidos son una casualidad, entonces.

—He...

—Pero ¿te das cuenta de que puedes incorporar fácilmente los sentidos? Haz que el unicornio huela los claveles. U otro animal. Y en el tapiz en el que el unicornio descansa en el regazo de la dama, podrías hacer que le mostrara un espejo, para representar así la vista.

—Pero eso haría que el unicornio pareciera vanidoso, ¿no es cierto?

—¿Y? Sí que parece un poquito vanidoso.

Nicolas no respondió. Tal vez me había oído, casi estallando de risa bajo la mesa al pensar en él y en su unicornio.

—Veamos, tienes la dama con la mano en el cuerno del animal, y eso es el tacto. Cuando toca el órgano es el oído. Los claveles, el olfato. El espejo, la vista. ¿Qué es lo que queda. El gusto. Nos faltan dos tapices: el de Claude y el de madame Geneviève.

¿Mamá? ¿Qué quería decir Léon?

Nicolas emitió un sonido curioso, como un resoplido y una exclamación juntos.

—¿Qué queréis decir, Claude y madame Geneviève?

—Vamos, vamos, sabes exactamente lo que quiero decir. Ésa es mi otra sugerencia. El parecido está demasiado marcado. A Jean le Viste no le va a gustar. Sé que estás acostumbrado a pintar retratos, pero en los dibujos definitivos has de hacer que se parezcan más a las otras damas.

—¿Por qué?

—Jean le Viste quería tapices de batallas. En lugar de eso le presentas, como espectáculo, a su esposa y a su hija. No tiene comparación.

—Aceptó los tapices del unicornio.

—Pero no tienes que ofrecerle una oda a su esposa y a su hija. Es verdad que simpatizo con madame Geneviève. Jean le Viste no es un hombre indulgente. Pero también sabes que su esposa y Claude son dos espinas que tiene clavadas. No querría verlas representadas en algo tan valioso como esos tapices.

—¡Oh! —exclamé, y esta vez me golpeé la cabeza contra el tablero de la mesa y me hice daño.

Hubo gruñidos de sorpresa y luego dos rostros aparecieron debajo de la mesa. Léon estaba furioso, pero Nicolas sonrió al ver que era yo. Me tendió la mano y me ayudó a salir.

—Gracias —dije cuando estuve de pie. Nicolas se inclinó sobre mi mano, pero la retiré antes de que pudiera besarla y fingí arreglarme el vestido. No me sentía del todo dispuesta a perdonarle las groserías que había dicho de mi padre.

—¿Qué estabas haciendo ahí, descarada? —dijo tío Léon. Por un momento temí que me diera un manotazo como si tuviera la misma edad que Geneviève, pero pareció recapacitar y se abstuvo—. Tu padre se enfadaría mucho si supiera que nos estabas espiando.

—Mi padre se enfadaría mucho si supiera lo que habéis dicho de él, tío Léon. Y vos, monsieur —añadí, mirando un momento a Nicolas.

Nadie dijo nada. Vi que ambos repasaban mentalmente la conversación, tratando de recordar lo que pudiera ser ofensivo para papá. Me parecieron tan preocupados que me fue imposible contener la risa.

Tío Léon me miró ceñudo.

—Eres de verdad una chica muy descarada.

Parecía menos severo esta vez: más bien como si tratara de aplacar a un perrillo faldero.

—Sí, ya entiendo. Y a vos, monsieur, ¿también os parece que soy una chica muy descarada? —le dije a Nicolas. Era maravilloso poder contemplar un rostro tan bien parecido.

No sabía cómo iba a contestar, pero me encantó que dijera:

—Sois sin duda la joven más descarada que conozco, mademoiselle —por segunda vez, su voz me tocó la doncellez y sentí que se me humedecía el bajo vientre.

Tío Léon resopló.

—Ya está bien, Claude, tienes que irte. Tu padre llegará enseguida.

—No; quiero ver el retrato de mi madre. ¿Dónde está?

Me volví hacia los dibujos y los extendí sobre la mesa. Eran un revoltijo de damas, estandartes de Le Viste, leones y unicornios.

—Claude, por favor.

Hice caso omiso de tío Léon y me volví hacia Nicolas.

—¿Cuál es, monsieur? Quisiera verlo.

Sin pronunciar una palabra empujó hacia mí uno de los dibujos desde el otro lado de la mesa.

Me tranquilizó ver que mamá no resultaba tan bonita como yo. Tampoco su vestido era tan elegante como el mío. Ni soplaba el viento a través de la escena: el estandarte no ondulaba, y el león y el unicornio parecían mansos en lugar de adoptar una postura rampante, como en mi dibujo. De hecho, todo estaba muy quieto, si se exceptúa que mamá sacaba un collar del cofrecillo que sostenía una de sus damas de honor. Ya no me importó que también mamá estuviera en los tapices: la comparación me favorecía.

Pero si tío Léon se salía con la suya, ni el rostro de mamá ni el mío sobrevivirían. Tendría que hacer algo, pero ¿qué? Aunque había amenazado a Léon con repetir a mi padre sus palabras, estaba segura de que papá no me escucharía. Era terrible oír que a mamá y a mí se nos consideraba espinas, pero Léon tenía razón: mamá no había traído al mundo un heredero, puesto que mis hermanas y yo no éramos varones. Siempre que papá nos veía se acordaba de que toda su fortuna pasaría algún día a mi marido y a mi hijo, que no llevarían el apellido ni utilizarían el escudo de armas de Le Viste. Aquella certeza lo había vuelto aún más frío con nosotras. También estaba yo al tanto, por Béatrice, de que papá no compartía ya la cama con mi madre.

Nicolas trató de salvarnos a mamá y a mí.

—Sólo cambiaré sus rostros si monseigneur me lo pide —afirmó—. No me basta con que lo pidáis vos. Hago cambios para el cliente, no para el representante del cliente.

Tío Léon lo fulminó con la mirada, pero antes de que pudiera responder oímos pasos en el corredor.

—¡Vete! —susurró Léon, pero ya era demasiado tarde para escapar. Nicolas me puso la mano en la cabeza, me empujó suavemente, y tuve que arrodillarme. Durante un momento mi cara quedó cerca de su abultada entrepierna. Alcé los ojos y vi que sonreía. Luego me metió debajo de la mesa.

Esta vez el sitio estaba aún más frío, más duro y más oscuro que antes, pero no tendría que soportarlo mucho tiempo. Los pies de papá vinieron directamente hacia la mesa, donde se situó junto a Léon, con Nicolas a un lado. Me quedé mirando las piernas de Nicolas. Parecía tener otra postura distinta ahora que me sabía allí debajo, aunque no sabría decir en qué consistía exactamente la diferencia. Era como si sus piernas tuvieran ojos y me vigilaran.

Las de papá eran como todo él: tan rectas e indiferentes como las de una silla.

—Mostradme los bocetos —dijo.

Alguien buscaba entre los dibujos, moviéndolos por la mesa.

—Aquí están, monseigneur —dijo Nicolas—. Como veis, es posible mirarlos en este orden. Primero la dama se pone el collar para seducir al unicornio. En el siguiente toca el órgano para atraer su atención. Aquí da de comer a un periquito y el unicornio se ha acercado más, aunque todavía mantiene la posición rampante y la cabeza vuelta. Casi está seducido, pero necesita más tentaciones.

Me fijé en la pausa antes de que Nicolas dijera «da de comer». De manera que me he convertido en el gusto, pensé. Paladéame, entonces.

—Luego la dama teje una corona de claveles para una boda. Su propia boda. Como podéis ver, el unicornio está tranquilamente sentado. Por fin —Nicolas golpeó la mesa—, el unicornio se recuesta en el regazo de la dama y los dos se miran. En el último de los tapices lo ha amansado y lo sujeta por el cuerno. Como veis, los animales del fondo están ahora encadenados: se han convertido en esclavos del amor.

Cuando Nicolas terminó hubo un silencio, como si esperase que hablara mi padre. Pero papá no dijo nada. Lo hace con frecuencia, se calla para que la gente se sienta insegura. También funcionó en esta ocasión, porque al cabo de un momento Nicolas empezó a hablar de nuevo, dando sensación de nerviosismo.

—Deseo señalaros, monseigneur, que en todos los casos el unicornio está acompañado por el león, como representante de la nobleza, la fortaleza y el valor, que complementan la pureza y la timidez del unicornio. El león es un ejemplo de noble fiera domada.

—Por supuesto el fondo se llenará de *millefleurs*, monseigneur —añadió Léon—. Los tejedores de Bruselas harán el dibujo: es su especialidad. Nicolas, aquí, sólo lo ha esbozado.

Otra pausa. Descubrí que estaba conteniendo el aliento mientras esperaba a saber si papá se fijaría en los retratos de mamá y mío.

—No hay suficientes escudos de armas —dijo por fin.

—El unicornio y el león sostienen banderas y estandartes de Le Viste en todos los tapices —dijo Nicolas. Parecía molesto. Le di un codazo en la pierna para recordarle que no tenía que utilizar semejante tono con mi padre y movió los pies.

—En dos de los dibujos sólo hay un estandarte —dijo papá.

—Podría añadir escudos para que los llevaran el león y el unicornio, monseigneur —Nicolas debía de haber captado mi insinuación, porque parecía más sereno. Empecé a acariciarle la pantorrilla.

—Las astas de los estandartes y las banderas deberían acabar en punta —afirmó papá—. No en redondo como los habéis dibujado.

—Pero... las lanzas son para la guerra, monseigneur —Nicolas habló como si alguien lo estuviera estrangulando. Me reí sin hacer ruido y subí la mano hasta el muslo.

—Quiero astas en punta —repitió papá—. Hay demasiadas mujeres y flores en estos tapices. Las astas han de tener aire militar, y algo más que nos recuerde la guerra. ¿Qué sucede con el unicornio cuando la dama lo captura?

Afortunadamente, Nicolas no tuvo que responder, porque no podría haber hablado. Había colocado mi mano sobre su bulto, que estaba tan duro como la rama de un árbol.

—¿No lo lleva la dama hasta el cazador que cobra la pieza? —continuó papá. Le gusta responder a sus propias preguntas—. Deberíais añadir otro tapiz para completar la historia.

—Creo que no hay sitio en la Grande Salle para otro tapiz —dijo tío Léon.

—Entonces habrá que reemplazar a una de esas mujeres. La de los claveles, o la que da de comer al pájaro.

Bajé la mano.

—Es una idea excelente, monseigneur —dijo tío Léon. Se me escapó un grito ahogado. Por suerte Nicolas también hizo un ruido, de manera que no creo que papá me oyera.

Acto seguido tío Léon demostró exactamente por qué es tan bueno para los negocios.

—Una idea excelente —repitió—. Sin duda el vigor de la escena de caza contrastaría bien con la insinuación más sutil de las lanzas. Porque no queremos pasarnos de sutiles, ¿verdad que no?

—¿Qué queréis decir con pasarnos de sutiles?

—Se puede insinuar, por ejemplo, la caza o, si se prefiere, la batalla, con las lanzas (un toque muy adecuado, monseigneur, si se me permite decirlo), los escudos guerreros que Nicolas ha sugerido que se añadan, y tal vez algo más. ¿Qué tal una tienda, como la que se instala en las batallas para el Rey? Eso nos recordaría al Rey además de la guerra. Pero, claro está, quizá fuera demasiado sutil. Quizá fuera mejor un cazador que matara al unicornio.

—No; quiero la tienda del Rey.

Me senté sobre los talones, llena de asombro ante la habilidad de tío Léon. Acababa de enganchar a papá como un pez, sin que papá se diera cuenta y lo había llevado exactamente a donde quería.

—La tienda ha de ser muy grande y deberá estar en uno de los tapices de mayor tamaño —dijo Léon con rapidez y energía, para evitar que papá cambiara de idea—. La dama con las joyas o la dama con el periquito. ¿Qué preferís, monseigneur?

Nicolas intentó hablar pero papá lo interrumpió.

—Las joyas..., más majestuosa que la otra.

Antes de que yo pudiera gritar de nuevo, Nicolas buscó bajo la mesa con el pie e hizo presión sobre uno mío. No hice ningún ruido y dejé el pie allí, dándome golpecitos.

—De acuerdo, Nicolas, añade una tienda a éste —dijo tío Léon.

—Por supuesto, monseigneur. ¿Querría monseigneur un dibujo especial en la tienda?

—Un escudo de armas.

—Eso no hace falta decirlo, monseigneur. Pero estaba pensando más en una divisa para una batalla. Algo para indicar que se trata de una batalla por amor.

—No sé nada de amor —gruñó papá—. ¿Qué se os ocurre? Sospecho que os resulta mucho más familiar.

Tuve una idea y di unos golpes a Nicolas en la pierna. Un momento después uno de los dibujos cayó al suelo.

—Perdonad mi torpeza, monseigneur. —Nicolas se agachó para recuperar el dibujo. Me incliné y le susurré al oído: «*C'est mon seul désir*». Luego le mordí.

Nicolas se puso en pie.

—¿Le sangra el oído? —preguntó papá.

—*Pardon*, monseigneur. Me he golpeado contra una pata de la mesa. Pero he tenido una idea. ¿Qué os parece «*À mon seul désir*»? Significa...

—Eso servirá —le interrumpió papá. Conocía el tono y quería decir que la reunión se había prolongado más de lo necesario—. Mostradle los cambios a Léon y dos semanas después del Primero de Mayo traed aquí las pinturas terminadas. No más tarde, porque salimos para el château d'Arcy hacia el día de la Ascensión.

—Sí, monseigneur.

Las piernas de papá se alejaron de la mesa.

—Léon, venid conmigo: hay cosas de las que tenemos que hablar. Podéis acompañarme hasta la Conciergerie.

La túnica de Léon se balanceó al empezar a moverse, pero luego se detuvo.

—Quizá deberíamos quedarnos aquí, monseigneur. Más cómodo para hablar de negocios. Y Nicolas se marchaba ya, ¿no es así, Nicolas?

—Sí, por supuesto, tan pronto como recoja los dibujos, monseigneur.

—No, tengo prisa. Venid conmigo.

Papá salió de la habitación.

Tío Léon vaciló aún. No quería dejarme sola con Nicolas.

—Marchaos —susurré.

Así lo hizo.

En lugar de salir de debajo de la mesa me quedé allí de rodillas. Al cabo de un momento, Nicolas se reunió conmigo. Nos miramos.

—*Bonjour,* mademoiselle —dijo.

Sonreí. No era en absoluto la clase de hombre que mis padres querían para mí. Me alegré de que así fuera.

—¿No me vas a besar, entonces?

Me había derribado y estaba encima de mí antes de darme cuenta. Muy pronto me había metido la lengua en la boca y me apretaba los pechos con las manos. Fue muy extraño. Había soñado con aquel momento desde que lo conocí, pero ahora que tenía su cuerpo encima, el bulto que se me clavaba en el vientre, la lengua húmeda en el oído, me sorprendía que todo fuera tan diferente de lo que había soñado.

A una parte de mí le gustaba, quería que el bulto empujara todavía con más fuerza y sin tantas capas de ropa. Quería tocarlo entero con las manos: apretarle el trasero y abarcar aquella espalda tan ancha. Mi boca encontró la suya como si estuviera mordiendo un higo.

Pero también fue una sorpresa encontrarme en la boca otra lengua, húmeda, que empujaba la mía, sentir tanto peso encima que me dejaba sin aliento, notar cómo las manos de Nicolas me tocaban partes que ningún varón había tocado nunca. Y tampoco esperaba pensar tanto cuando un hombre estuviera conmigo. Con Nicolas encontré palabras para acompañar a todo lo que sucedía. «¿Por qué hace esto? ¡Qué húmeda su lengua en mi oído!», «Su cinturón se me clava en el costado» y «¿Me gusta lo que hace ahora?».

También pensaba en mi padre: en estar debajo de la mesa de su habitación y en el valor que concedía a mi doncellez. ¿Podía de verdad tirarla por la borda en un momento, como había hecho, por ejemplo, Marie-Céleste? Quizá fue aquello, más que ninguna otra cosa, lo que me impidió disfrutar de verdad.

—¿Está bien esto que hacemos? —susurré cuando Nicolas había empezado a morderme los pechos a través de la tela del vestido.

—Lo sé, estamos locos. Pero quizá no tengamos otra oportunidad —Nicolas empezó a tirarme de la falda—. Nunca te dejan sola, jamás van a dejar sola a la hija de Jean le Viste con un simple pintor —me levantó la falda y la enagua y subió con la mano muslo arriba—. Esto, preciosa, esto es *mon seul désir* —al decir aquello me tocó el himen y la oleada de placer que sentí fue tan intensa que me dispuse a entregárselo.

—¡Claude!

Miré detrás de mí y vi el rostro de Béatrice, cabeza abajo, que nos miraba con indignación.

Nicolas sacó la mano de debajo de mi falda, pero no se retiró al instante. Aquello me gustó. Miró a Béatrice y luego me besó con fruición antes de sentarse despacio sobre las rodillas.

—Por esto —dijo Béatrice—, de verdad que me casaré con vos, Nicolas des Innocents. ¡Juro que lo haré!

Geneviève de Nanterre

Béatrice me dijo que había dejado de llenar el corpiño de mis vestidos.

—O coméis más, madame, o tendremos que llamar al sastre.

—Manda a por el sastre.

No era la respuesta que quería, y se me quedó mirando con sus grandes ojos perrunos de color castaño hasta
que me volví y me puse a juguetear con el rosario. Mi madre hizo lo mismo —aunque sus ojos sean más sagaces que
los de Béatrice— cuando fui a verla a Nanterre con las niñas. Le dije que Claude no venía a causa de un dolor de
estómago que también me molestaba a mí. No me creyó,
como tampoco yo había creído a Claude cuando me dio
aquella excusa. Quizá sea siempre así: las hijas mienten a las
madres y las madres se lo permiten.

Más bien me alegré de que Claude no viniera con
nosotras, aunque sus hermanas insistieron mucho. Mi hija
mayor y yo somos como dos gatos enfrentados, la piel
siempre erizada. Está enfadada conmigo, y las miradas que
me lanza de reojo son siempre críticas. Sé que se compa-
ra conmigo y que llega a la conclusión de que no quiere
ser como yo.

Tampoco yo quiero que lo sea.

Fui a ver al padre Hugo cuando volví de Nanterre.
Al sentarme en un banco a su lado, dijo:

—*Vraiment, mon enfant*, no puedes haber pecado
tanto en tres días como para tener que confesarte otra vez

—aunque sus palabras fueran amables, el tono era agrio. A decir verdad, se desespera conmigo como yo me desespero conmigo misma.

Repetí las palabras que había utilizado días antes, sin dejar de mirar al banco, lleno de arañazos, que teníamos delante.

—Mi único deseo es retirarme al convento de Chelles —dije—. *Mon seul désir*. Mi abuela profesó antes de morir, y mi madre, sin duda alguna, lo hará también.

—No estás al borde de la muerte, *mon enfant*. Ni tampoco tu marido. Tu abuela se había quedado viuda cuando tomó el velo.

—¿Creéis que mi fe no es lo bastante fuerte? ¿Tendré que probároslo?

—No es de la fortaleza de tu fe de lo que hablamos aquí, sino de tu deseo de librarte de la vida que ahora llevas. Eso es lo que me preocupa. Estoy convencido de tu fe, pero necesitas querer entregarte a Jesús...

—Pero ¡si es eso lo que quiero!

—... entregarte a Jesús sin pensar en ti misma ni en tu vida en el mundo. La vida religiosa no debe ser una manera de escapar a una existencia que tanto te desagrada...

—¡Una vida que detesto! —me mordí la lengua.

El padre Hugo esperó un momento y luego dijo:

—Con frecuencia las mejores monjas son aquellas que han sido felices fuera del convento y siguen siéndolo dentro.

Callé, la cabeza inclinada. Sabía ya que había sido una equivocación hablar así. Tendría que haberme mostrado más paciente: esperar meses, un año, dos, para plantar la simiente en el padre Hugo, suavizarlo, lograr que le pareciese bien. Lo que había hecho, en cambio, era hablarle de manera brusca y con desesperación. Por supuesto, el padre Hugo no decidía quién entraba en Chelles: sólo la abadesa Catherine de Lignières tiene ese poder. Pero necesitaría el consentimiento de mi esposo para hacerme monja, y tendría que conseguir el apoyo de hombres poderosos que argumentaran en mi favor. El padre Hugo era uno de ellos.

Quedaba una cosa más que podía cambiar la actitud de mi confesor. Me alisé la falda y me aclaré la garganta.

—Mi dote fue muy importante —dije en voz baja—. Estoy segura de que si llegara a ser esposa de Jesucristo podría ceder una parte a Saint-Germain-des-Prés, como reconocimiento por la ayuda que se me ha prestado. Si quisierais hablar con mi esposo... —dejé que mi voz se apagara.

Ahora fue el padre Hugo quien guardó silencio. Mientras esperaba pasé el dedo por uno de los arañazos del banco. Cuando por fin habló había verdadero pesar en sus palabras, pero no quedó claro si era por lo que decía o por el dinero que se le escapaba.

—Geneviève, sabes que Jean le Viste nunca dará su consentimiento para que entres en un convento. Quiere una esposa, no una monja.

—Podríais hablar con él, decirle cuán conveniente sería para mí abrazar la vida del claustro.

—¿Le has hablado tú, como te sugerí el otro día?

—No, porque no me escucha. Pero a vos sí os escucharía. Estoy segura. Lo que pensáis tiene importancia para él.

El padre Hugo resopló.

—Tienes la conciencia tranquila en este momento, *mon enfant*. No digas mentiras.

—¡Sí que le importa la Iglesia!

—La Iglesia nunca ha tenido sobre Jean le Viste la influencia que tú y yo hubiésemos querido —dijo el padre Hugo, midiendo mucho las palabras. Guardé silencio, desalentada por la indiferencia de mi marido. ¿Ardería Jean por ello en el infierno?

—Vuelve a casa, Geneviève —dijo a continuación el padre Hugo, y había amabilidad en sus palabras—. Tienes tres hijas encantadoras, una casa espléndida y un marido que está muy cerca del Rey. Son bendiciones con las que muchas mujeres se darían por satisfechas. Sé esposa y madre, reza tus oraciones y ojalá Nuestra Señora te sonría desde el cielo.

—Y mi cama vacía..., ¿también la mirará sonriente?

—Ve en paz, *mon enfant* —el padre Hugo se levantaba ya.

Yo no lo hice de inmediato. No quería volver a la rue du Four, a los ojos acusadores de Claude ni a los de Jean, que rehuían los míos. Mejor seguir en la casa de Dios, que se había convertido en mi refugio.

Saint-Germain-des-Prés es la iglesia más antigua de París y me alegré mucho cuando vinimos a vivir tan cerca. Sus claustros son hermosos y tranquilos, y la vista desde la iglesia es maravillosa; si uno se sitúa fuera, a la orilla del río, se ve directamente el Louvre. Antes de mudarnos a la rue du Four vivíamos cerca de Notre Dame, pero es una iglesia demasiado grande para mí: me marea mirar hacia lo alto. Por supuesto a Jean le gustaba, como le gusta cualquier otro edificio espléndido donde es probable que acuda el Rey. Ahora, sin embargo, vivimos tan cerca de Saint-Germain-des-Prés que ni siquiera necesito la compañía de un lacayo.

El sitio que más me gusta en su interior es la capilla de Sainte-Geneviève, patrona de París, aunque procedente de Nanterre, y cuyo nombre llevo. Se abre en el ábside y hacia allí me dirigí después de mi conversación con el padre Hugo. Al arrodillarme les dije a mis damas que me dejaran sola. Se sentaron en el escalón más bajo de la entrada a la capilla, a cierta distancia, y no dejaron de hablar en susurros hasta que me volví y les dije:

—Haríais bien si recordarais que estáis en la casa de Dios y no cotilleando en una esquina. Rezad o marchaos.

Todas bajaron la cabeza, aunque Béatrice se me quedó mirando un instante con esos ojos suyos. Le devolví la mirada con fijeza hasta que también ella inclinó la cabeza y cerró los ojos. Cuando vi que por fin movía los labios para decir una oración, me volví hacia el interior de la capilla.

Por mi parte no recé, sino que contemplé las dos ventanas con vidrieras que representan escenas de la vida de la Virgen. Ya no veo tan bien como en otros tiempos y no distinguía las figuras, sólo los colores, los azules y los rojos, los verdes y los marrones. Me descubrí contando las flores amarillas que cubrían el borde de los cristales y me pregunté qué serían.

Jean no ha venido a mi cama desde hace meses. Siempre se ha mostrado ceremonioso conmigo en presencia de otras personas, como corresponde a nuestra categoría. Pero en otro tiempo era cariñoso en la cama. Después del nacimiento de Geneviève empezó a visitarme con más frecuencia incluso, con el deseo de engendrar por fin un heredero varón. Quedé encinta varias veces, pero siempre se malograba todo en los primeros meses. En estos dos últimos años no ha habido señal alguna de embarazo. De hecho perdí la regla, aunque a él no se lo dije. De algún modo lo descubrió, sin embargo, por Marie-Céleste o por una de mis damas: puede, incluso, que haya sido Béatrice. Nadie sabe lo que es la lealtad en esta casa. Jean vino a verme una noche después de conocer la noticia, dijo que le había fallado en el deber más importante de una esposa y que no volvería a tocarme.

Tenía razón. Le había fallado. Lo veía en los rostros de los demás: en el de Béatrice y en los de mis otras damas, en el de mi madre, en los de nuestros invitados, incluso en el de Claude, que es parte del fallo. Recuerdo que cuando tenía siete años vino a mi dormitorio después de que diera a luz a Geneviève. Miró a la criatura envuelta en pañales que tenía en brazos y, cuando supo que no era varón, hizo un gesto desdeñoso y dio media vuelta. Por supuesto ahora quiere a Geneviève, pero preferiría tener un hermano y a un padre satisfecho.

Me siento como un pájaro que, herido por una flecha, ya no puede volar.

Sería una muestra de clemencia que se me dejara entrar en religión. Pero Jean no es un hombre compasivo. Y todavía me necesita. Aunque me desprecie, sigue queriéndome a su lado cuando cena en casa y cuando tenemos invitados o vamos a palacio para estar con el Rey. No parecería bien que el asiento al lado del suyo quedara vacío. Además se reirían de él en la Corte: el noble cuya esposa se escapa a un convento. No; sabía que el padre Hugo tenía razón; Jean puede no quererme, pero le parece necesario que esté a su lado. La mayoría de los hombres haría lo mismo; las mujeres de edad que ingresan en la vida conventual son de ordinario viudas, no esposas. Muy pocos maridos las dejan marcharse, por graves que hayan sido sus pecados.

A veces, cuando voy caminando hasta el Sena para contemplar el Louvre en la otra orilla, pienso en arrojarme al agua. Por eso mis damas están siempre tan cerca. Lo saben. Acabo de oír a una de ellas ahora mismo, resoplando, aburrida, a mi espalda. Por un momento me compadezco de ellas, condenadas a aguantarme.

Por otra parte, gracias a estar conmigo tienen ropa y comida de calidad, y un buen fuego por las tardes. A sus bollos se les pone azúcar abundante y el cocinero es generoso con las especias —canela, nuez moscada, macis y jengibre— porque guisa para nobles.

Dejé que el rosario se me cayera al suelo.

—Béatrice —llamé—, recógemelo.

Dos de mis damas me ayudaron a ponerme en pie y Béatrice se arrodilló para recuperar el rosario.

—Querría hablar un momento con vos, madame —me dijo en voz baja mientras me lo devolvía—. A solas.

Era probablemente algo sobre Claude. Ya no necesitaba una nodriza que la cuidase, como sucede con Jeanne y Geneviève, sino una dama de honor. Le he estado cediendo a Béatrice para ver qué tal se llevan. Y podría prescindir de ella; mis necesidades son muy pocas ya. Una mujer que comienza a vivir precisa más que yo de una buena dama. Béatrice todavía me cuenta todo sobre Claude, ayudándome así a prepararla para la vida adulta y evitar que cometa errores. Pero un día Béatrice se quedará con su nueva señora y ya no volverá.

Esperé a que saliéramos y pasásemos la gran puerta del monasterio. Al abandonar el recinto y llegar a la calle, dije:

—Me apetece dar un paseo hasta el río. Béatrice, ven conmigo; las demás volved a casa. Si veis a mis hijas decidles que vayan después a mi cuarto. Quiero hablar con ellas.

Antes de que pudieran responder nada, cogí a Béatrice del brazo y torcí hacia la izquierda, por el camino que lleva al río. Las otras damas tenían que torcer a la derecha para volver a casa. Aunque hicieron ruidos de desaprobación, sin duda me obedecieron, porque no oí que nos siguieran.

Los viandantes de la rue de Seine se sorprendieron al ver a una dama de la nobleza sin séquito. Para mí era un descanso no tener a mis damas aleteando a mi alrededor como una bandada de urracas. A veces pueden ser ruidosas y pesadas, sobre todo cuando busco un poco de paz. No durarían ni un día en un convento. Nunca las llevo conmigo cuando visito Chelles, excepto a Béatrice, por supuesto.

Un caballero que pasaba por el otro lado de la calle con su escribiente me hizo una reverencia tan profunda que la copa de su sombrero me impidió descubrir quién era. Sólo al enderezarse lo reconocí como Michel d'Orléans, que trata a Jean en la Corte y ha cenado con nosotros.

—Dame Geneviève, estoy a vuestra disposición —dijo acto seguido—. Decidme dónde debo acompañaros. Nunca me perdonaría haber permitido que pasearais sola por las calles de París. ¿Qué pensaría de mí Jean le Viste si hiciera semejante cosa? —me miró directamente a los ojos todo el tiempo que su audacia le permitió. En una ocasión me había hecho saber con toda claridad que podíamos ser amantes si yo así lo deseaba. Yo no lo deseaba, pero en las pocas ocasiones en las que nos encontrábamos, sus ojos seguían haciéndome la misma pregunta.

Nunca he tenido un amante, aunque muchas mujeres cedan a la tentación. No quiero dar a Jean motivos para maltratarme. Si cometiera adulterio, mi esposo tendría libertad para casarse en segundas nupcias e intentar engendrar un hijo varón. No estoy tan ansiosa de tener compañía en la cama como para arrojar mi título por la borda.

—Gracias, monsieur —dije, sonriendo amablemente—, pero no estoy sola; tengo aquí a una de mis damas para que me acompañe hasta el río. Nos gusta ver los barcos.

—En ese caso, os acompañaré.

—No, no; sois demasiado amable. De la presencia de vuestro escribiente deduzco que vais de camino para atender algún asunto importante. No quisiera deteneros.

—Dame Geneviève, nada es más importante que estar a vuestro lado.

Sonreí una vez más, aunque con más firmeza y menos amablemente.

—Monsieur, si mi esposo descubriera que descuidáis vuestro trabajo para el Rey y la Corte sin otra razón que acompañarme, se disgustaría mucho conmigo. Estoy segura de que no querréis que se enoje con esta pobre servidora vuestra.

Ante aquella posibilidad, Michel d'Orléans dio un paso atrás, cariacontecido. Cuando se hubo disculpado varias veces y se puso de nuevo en camino, Béatrice y yo nos echamos a reír. No nos habíamos reído así desde hacía bastante tiempo, y aquello me recordó cómo nos reíamos todo el tiempo cuando éramos más jóvenes. Iba a echarla de menos cuando se convirtiera en dama de honor de Claude. Se quedaría con ella a no ser que mi hija le permitiera casarse y abandonar el puesto.

Por el río la navegación era intensa en ambas direcciones. En la orilla opuesta, unos ganapanes descargaban sacos de harina destinados a las muchas cocinas del Louvre. Los contemplamos durante algún tiempo. Siempre me ha gustado ver el Sena, que encierra la promesa de una escapatoria.

—Tengo algo que contaros sobre Claude —dijo entonces Béatrice—. Se ha portado muy estúpidamente.

Suspiré. No quería saberlo, pero era su madre y me correspondía.

—¿Qué ha hecho?

—¿Os acordáis de aquel artista, Nicolas des Innocents, encargado de dibujar los tapices para la Grande Salle?

Mantuve los ojos en una manchita de luz sobre el agua.

—Lo recuerdo.

—Mientras estabais fuera la encontré a solas con él, bajo una mesa.

—¡Bajo una mesa! ¿Dónde?

Vaciló, el temor reflejado en sus grandes ojos. Béatrice viste bien, como todas mis damas. Pero ni siquiera la mejor seda tejida con hilo dorado y salpicada de joyas consigue que su rostro pase de insignificante. Quizá sus ojos sean alegres, pero tiene las mejillas chupadas, la nariz chata y una piel que enrojece ante la menor contrariedad. Ahora se había puesto colorada.

—¿En su cuarto? —apunté.

—No.

—¿En la Grande Salle?

—No —mis sugerencias la molestaban, de la misma manera que a mí sus vacilaciones. Me volví y contemplé de nuevo el río, reprimiendo mi deseo de gritarle. Siempre es mejor ser paciente con Béatrice.

Dos individuos pescaban en una barca no lejos de donde nos encontrábamos. Sus sedales estaban flojos, pero no parecía molestarles: charlaban y reían con animación. No nos habían visto y me alegré, porque nos hubieran hecho reverencias y se habrían apartado al advertir nuestra presencia. Hay algo alentador en el espectáculo de una persona ordinaria que es feliz.

—Fue en la cámara de vuestro esposo —dijo Béatrice en un susurro, aunque nadie podía oírla excepto yo.

—*Sainte Vierge!* —me santigüé—. ¿Cuánto tiempo estuvo a solas con él?

—No lo sé. Nada más que unos minutos, creo. Pero estaban... —Béatrice se detuvo.

Sentí verdaderos deseos de zarandearla.

—¿Estaban?

—No del todo...

—¿Qué hacías tú mientras tanto, por el amor de Dios? ¡Se suponía que no ibas a perderla de vista! —había dejado a Béatrice con Claude precisamente para evitar una cosa así.

—¡Claro que estaba allí! Consiguió zafarse de mí, la muy desvergonzada. Me pidió que fuese a comprarle... —Béatrice agitó el rosario—, ¡da lo mismo! Pero no perdió la virginidad, madame.

—¿Estás segura?

—Sí. Nicolas no..., no se había quitado la ropa.

—Pero ¿mi hija sí?

—Sólo a medias.

Furiosa como estaba, una parte de mí quería reírse de la desfachatez de Claude. Si Jean los hubiera sorprendido... No me atreví a pensar en ello.

—¿Qué hiciste?

—¡Lo despedí con cajas destempladas! Eso fue lo que hice.

No lo había hecho; lo vi en su cara. Probablemente Nicolas des Innocents se le habría reído en las narices y se habría tomado su tiempo antes de marcharse.

—¿Qué vais a hacer, madame? —me preguntó Béatrice.

—¿Qué hiciste cuando se marchó el artista? ¿Qué le dijiste a Claude?

—Le dije que podía estar segura de que os contaría lo sucedido.

—¿Te pidió que no me lo contaras?

Béatrice frunció el ceño.

—No. Se rió de mí y se marchó corriendo.

Apreté los dientes. Claude sabe demasiado bien el valor que su virginidad tiene para los Le Viste: ha de estar intacta para que un hombre honorable se case con ella. Aunque no el apellido, su marido heredará un día la riqueza de Le Viste. La casa de la rue du Four, el château d'Arcy, los muebles, las joyas, incluso los tapices que Jean ha mandado hacer: todo irá al marido de Claude. Jean lo habrá elegido cuidadosamente y, a su vez, el esposo esperará que Claude sea piadosa, respetuosa, que se la admire y que sea virgen, por supuesto. Si su padre la hubiera sorprendido... Me estremecí.

—Hablaré con ella —dije, pasado ya mi enojo con Béatrice, pero furiosa con Claude por haber arriesgado tanto por tan poco—. Hablaré con ella ahora.

Las damas de honor habían reunido a mis hijas en mi estancia cuando Béatrice y yo regresamos. Geneviève y Jeanne corrieron a saludarme cuando entré, pero Claude siguió sentada en el hueco de la ventana, jugando con un perrito que tenía en el regazo, pero sin mirarme.

Había olvidado qué motivo tenía para reunir a mis otras hijas. Pero las dos, sobre todo Geneviève, estaban tan deseosas de verme que tuve que inventar algo deprisa.

—Niñas, ya sabéis que los caminos quedarán pronto libres de barro y podremos trasladarnos al château d'Arcy para pasar allí el verano.

Jeanne aplaudió. De las tres, es la que más disfruta en el castillo año tras año. Corre entusiasmada con los niños de las granjas vecinas y apenas se pone los zapatos en todo el verano.

Claude suspiró muy hondo mientras rodeaba con las manos la cabeza del perrillo faldero.

—Quiero quedarme en París —murmuró.

—He decidido que celebremos una fiesta el Primero de Mayo antes de irnos —continué—. Podréis poneros vuestros vestidos nuevos —siempre hago ropa nueva para mis hijas y damas de honor con motivo de la Pascua de Resurrección.

Mis damas empezaron a cuchichear al instante, a excepción de Béatrice.

—Vamos, Claude, ven conmigo; quiero revisar tu vestido. No estoy segura de que me guste el escote —fui hasta la puerta y me volví para esperarla—. Sólo nosotras dos —añadí al ver que mis damas empezaban a moverse—. No tardaremos mucho.

Claude apretó los labios, sin moverse, y siguió jugando con su perro, moviéndole las orejas atrás y adelante.

—O vienes conmigo o rasgaré el vestido de arriba abajo con mis propias manos —dije con dureza.

Mis damas murmuraron. Béatrice me miró fijamente.

—¡Mamá! —gritó Jeanne.

Claude abrió mucho los ojos y una expresión de furia contenida cruzó su rostro. Se puso en pie y se desprendió con tanta brusquedad del perro que el animal dejó escapar un aullido. Pasó a mi lado y atravesó la puerta sin mirarme. Seguí su espalda erguida a través de las habitaciones que separaban la suya de la mía.

Su cámara es más pequeña, con menos muebles. Por supuesto, no la acompañan la mayor parte del día cinco damas que necesitan sillas y una mesa, además de almohadones, escabeles, fuegos, tapices en las paredes y jarras de vino. El cuarto de Claude no tiene más que una cama adornada con seda roja y amarilla, una mesa pequeña con una silla y un arcón para la ropa. Su ventana da al patio y no a la iglesia como la mía.

Claude fue directamente a su arcón, sacó el vestido nuevo y lo arrojó sobre la cama. Por un momento las dos lo miramos. Era una preciosidad, de seda negra y amarilla en un diseño como de granada, cubierto de tela de color amarillo pálido. Mi vestido nuevo utilizaba el mismo diseño, aunque recubierto de seda de color rojo intenso. Juntas, llamaríamos mucho la atención en la fiesta, aunque ahora que pensaba en ello, lamenté que no lleváramos vestidos completamente distintos, de manera que no se prestaran a las comparaciones.

—No hay ningún problema con el escote —dije—. No quiero hablar de eso contigo.

—¿De qué, entonces? —Claude fue a colocarse junto a la ventana.

—Si sigues siendo descortés te mandaré a vivir con tu abuela —dije—. No tardará en enseñarte de nuevo a respetar a tu madre —mi madre no vacilaría en utilizar el látigo con Claude, sin importarle que fuese la heredera de Jean le Viste.

Al cabo de un momento murmuró:

—*Pardon,* mamá.

—Mírame, Claude.

Lo hizo al fin, sus ojos verdes más turbados que furiosos.

—Béatrice me ha contado lo que sucedió con el artista.

Claude puso los ojos en blanco.

—Béatrice es desleal.

—*Au contraire,* ha hecho exactamente lo que debía. Sigue a mi servicio y es a mí a quien debe lealtad. Pero olvídate de ella. ¿En qué estabas pensando? ¿Y en la cámara de tu padre?

—Lo quiero, mamá —el rostro de Claude se iluminó como si, después de una tempestad, el viento hubiera barrido de pronto las nubes.

Resoplé.

—No seas absurda. Por supuesto que no. Ni siquiera sabes lo que eso significa.

La tormenta reapareció.

—¿Qué sabéis de mí?

—Sé que no se te ha perdido nada con los que son como él. ¡Un artista es muy poco más que un campesino!

—¡Eso no es cierto!

—Sabes perfectamente que te casarás con el hombre que tu padre elija. Una boda aristocrática para la hija de un noble. No vas a echarlo todo a perder ni por un artista ni por nadie.

Los ojos de Claude lanzaron llamaradas, su rostro se llenó de rencor.

—¡Que mi padre y vos no compartáis la cama no quiere decir que yo tenga que secarme y endurecerme como una pera arrugada!

Por un momento pensé en abofetear aquella carnosa boca roja para que sangrara. Respiré hondo.

—*Ma fille,* está claro que eres tú quien no sabe nada de mí —abrí la puerta—. ¡Béatrice! —grité con tanta fuerza que mi voz se oyó por toda la casa. El mayordomo tuvo que oírla en sus almacenes, el cocinero en su cocina, los mozos de cuadra en los establos, las doncellas en las escaleras. Si Jean estaba en casa, sin duda la oyó en su cámara.

Hubo un breve silencio, como la pausa entre el relámpago y el trueno. Luego la puerta que daba a la habitación vecina se abrió de golpe y Béatrice entró corriendo, las otras damas detrás. Enseguida aflojó el paso al verme en el umbral del cuarto de Claude. Las demás se detuvieron a intervalos, como perlas en una sarta. Jeanne y Geneviève se quedaron en la puerta de mi habitación, mirando.

Tomé a Claude del brazo y la arrastré sin contemplaciones hasta la puerta, de manera que estuviera frente a Béatrice.

—Béatrice, ya eres la dama de compañía de mi hija. Permanecerás con ella todas las horas del día y de la noche. Irás con ella a misa, al mercado, a las visitas, al sastre, a sus lecciones de baile. Comerás con ella, cabalgarás con ella y dormirás con ella, no en un gabinete cercano sino en su misma cama. Nunca te apartarás de su lado. Tampoco cuando utilice el orinal —una de mis damas dejó escapar un grito ahogado—. Si estornuda, lo sabrás. Si eructa o ventosea, lo olerás —Claude lloraba ya—. Sabrás cuándo sus cabellos necesitan el peine, cuándo le llega la regla, cuándo llora.

»En la fiesta del Primero de Mayo será misión tuya, Béatrice, y de todas mis damas, cuidar de que Claude no se acerque a ningún varón, ni para hablar con él, ni para bailar, ni tan siquiera para estar a su lado, porque no es posible fiarse de ella. Que pase una velada bien desagradable.

»Pero primero, la lección más importante que ha de aprender mi hija es el respeto a sus padres. Con ese fin la llevarás de inmediato a Nanterre con mi madre durante una semana; y enviaré un mensajero para decir a su abuela que utilice el látigo si es necesario.

—Mamá —susurró Claude—, por favor...

—¡Silencio! —miré con dureza a Béatrice—. Entra y hazle el equipaje.

Béatrice se mordió los labios.

—Sí, madame —dijo, bajando los ojos—. *Bien sûr* —se deslizó entre Claude y yo hasta situarse junto al arcón lleno de vestidos.

Salí de la habitación de Claude y me dirigí hacia la mía. Al pasar junto a cada una de mis damas, procedieron a colocarse en fila india detrás de mí, hasta que fui como una pata delante de sus cuatro patitos. Cuando llegué a mi puerta, mis otras dos hijas estaban allí juntas, la cabeza baja. También me siguieron cuando entré. Una de mis damas cerró la puerta. Entonces me volví.

—Recemos para que el alma de Claude pueda salvarse aún —dije mientras contemplaba la expresión solemne de todas ellas. A continuación nos arrodillamos.

II. Bruselas

Pentecostés de 1490

Georges de la Chapelle

Supe, tan pronto como lo vi, que no me iba a gustar. De ordinario no juzgo tan deprisa; eso se lo dejo a mi esposa. Pero, nada más entrar con Léon le Vieux, examinó mi taller como si fuera una sórdida callejuela de París en lugar de la rue Haute que da a la place de la Chapelle: un emplazamiento perfectamente respetable para un *lissier*. Luego, con su túnica bien cortada y ajustadas calzas parisienses, no se molestó en mirarme a los ojos, sino que contempló a Christine y a Aliénor mientras se movían por la habitación. Demasiado seguro de sí, pensé. Sólo nos traerá problemas.

Me sorprendió que hubiera venido. Llevo treinta años en este oficio y nunca he encontrado un artista que venga desde París para verme. No hace ninguna falta: sólo necesito sus dibujos y un buen cartonista como Philippe de la Tour para ampliarlos. Los artistas no le sirven de nada a un *lissier*.

Léon no me había anunciado que fuera a traer consigo al tal Nicolas des Innocents, y además llegaron antes de lo esperado. Estábamos todos en el taller, preparándonos para cortar el tapiz que acabábamos de terminar. Ya había retirado el cartón que se coloca debajo del tapiz y lo estaba enrollando para guardarlo con otros diseños de mi propiedad. Georges le Jeune retiraba el último de los carretes. Luc barría el trozo de suelo donde íbamos a colocar el tapiz cuando lo separásemos del telar. Christine y Aliénor cosían, para cerrarlas, las últimas aberturas entre colores. Philippe de la Tour volvía a enhebrar la aguja de

Aliénor cada vez que mi hija la dejaba caer, y le buscaba en el tapiz más ranuras que cerrar. No se le necesitaba en el taller, pero sabía que era el día del corte y encontraba razones para quedarse.

Cuando Léon le Vieux apareció en una de las ventanas que dan a la calle, mi mujer y yo nos levantamos de un salto y Christine corrió a abrirle la puerta. Nos sorprendió descubrir que lo acompañaba un desconocido, pero una vez que Léon presentó a Nicolas como el artista que había hecho los dibujos para los nuevos tapices, asentí con la cabeza y dije:

—Sed bienvenidos, caballeros. Mi esposa traerá alimentos y bebida.

Christine se apresuró a cruzar la puerta que unía el taller con la casa, situada detrás. Tenemos dos casas unidas, una donde comemos y dormimos, y otra que nos sirve de taller. Las dos tienen ventanas y puertas que dan a la calle por delante y al huerto por detrás, con el fin de que los tejedores dispongan de buena luz para trabajar.

Aliénor se puso en pie para seguir a Christine.

—Dile a tu madre que traiga queso y ostras —le dije en voz baja, mientras se marchaba—. Manda a Madeleine a comprar unos bollos. Y sírveles cervezas dobles, no pequeñas —me volví hacia los recién llegados—: ¿Acabáis de llegar? —le pregunté a Léon—. Os esperaba la semana que viene, para la fiesta de Corpus Christi.

—Llegamos ayer —dijo Léon—. Los caminos no estaban mal: muy secos, a decir verdad.

—¿Bruselas es siempre tan tranquila? —dijo Nicolas, quitándose trocitos de lana de la túnica. Se cansaría pronto de hacerlo si se quedaba una temporada; la lana se nos pega a todos los que trabajamos en el taller.

—Algunos dicen que la animación es ya excesiva —respondí fríamente, molesto porque hubiera hablado de manera tan desdeñosa—. Aunque la tranquilidad es mayor aquí que en los alrededores de la Grand-Place. No necesitamos estar muy cerca del centro para nuestro trabajo. Supongo que en París tenéis otras costumbres. Sabemos algo de lo que sucede allí.

—París es la mejor ciudad del mundo. Cuando regrese no volveré a marcharme.

—Si os gusta tanto, ¿por qué habéis venido? —preguntó Georges le Jeune. La franqueza de mi hijo me pareció excesiva, aunque en realidad no podía criticarlo por hablar así. Yo quería preguntarle lo mismo a Nicolas. Cuando una persona es descortés me apetece pagarle con la misma moneda.

—Nicolas ha venido conmigo debido a la importancia del encargo —intervino Léon muy diplomáticamente—. Cuando veáis los diseños, os daréis cuenta de que son efectivamente muy especiales y que quizá necesiten alguna supervisión.

Georges le Jeune resopló.

—No necesitamos niñera.

—Os presento a mi hijo, Georges le Jeune —dije—. Y a Luc, mi aprendiz, que sólo lleva dos años con nosotros, pero hace muy bien las *millefleurs*. Y éste es Philippe de la Tour, que prepara los cartones a partir de los dibujos de los artistas.

Nicolas no ocultó su desconfianza al mirar a Philippe, cuyo rostro, normalmente pálido, enrojeció visiblemente.

—No estoy acostumbrado a que otros cambien lo que yo he hecho —dijo Nicolas con tono despectivo—. Por eso he venido a esta odiosa ciudad: para tener la seguridad de que mis dibujos se tejen tal como están.

Nunca había oído a un artista tan interesado en su trabajo, aunque, sin duda, le faltaba información: los dibujos originales siempre cambian cuando los cartonistas los transforman, sobre tela o papel, en cuadros más grandes para que los tejedores los sigan mientras hacen los tapices. Está en la naturaleza de las cosas que lo que parece bien cuando es pequeño cambie al hacerlo grande. Hay que llenar huecos, se han de añadir figuras, o árboles o animales o flores. Eso es lo que un cartonista como Philippe hace bien: cuando amplía los dibujos rellena los espacios vacíos de manera que el tapiz esté completo y animado.

—Debes de estar acostumbrado a diseñar tapices y a los cambios que se les han de hacer —dije. No le di el tratamiento de monsieur: podía ser un artista parisiense, pero yo dirijo un buen taller en Bruselas y no tenía necesidad de humillarme.

Nicolas frunció el ceño.

—En la Corte se me conoce...

—Nicolas disfruta de una excelente reputación en la Corte —interrumpió Léon—, y a Jean le Viste le han satisfecho sus dibujos —Léon lo dijo demasiado deprisa, y me pregunté en qué se basaba en realidad la reputación de Nicolas en la Corte. Tendría que mandar a Georges le Jeune al gremio de pintores para enterarme. Alguien habría oído hablar de él.

Cuando regresaron las mujeres con la comida ya estábamos preparados para cortar el tapiz. El día en que se retira es una fecha importante para un tejedor, porque significa que una pieza en la que se ha trabajado mucho tiempo —en este caso ocho meses— está lista para separarla del telar. Como siempre se trabaja con una tira de la anchura de una mano, que luego se enrolla sobre sí misma en un eje de madera, nunca vemos la obra completa hasta que se termina. Trabajamos además por el revés, y únicamente vemos el derecho si se introduce un espejo por debajo para controlar lo que hacemos. Sólo cuando se corta el tapiz para separarlo del telar y se extiende boca arriba sobre el suelo conseguimos abarcarlo en su totalidad. Entonces se guarda silencio y se contempla lo que se ha hecho.

Ese momento es algo parecido a comer rábanos recién cogidos después de meses de nabos viejos. A veces, cuando el cliente no paga por adelantado y los tintoreros, los mercaderes de la lana y de la seda y los proveedores de hilo dorado empiezan a querer cobrar un dinero que no tengo, o cuando los tejedores que he contratado se niegan a trabajar si no ven antes el dinero, o cuando Christine no dice nada pero la sopa está más aguada, en esas ocasiones sólo el recuerdo de que un día llegará el momento del silencio hace que siga trabajando.

Habría preferido que Léon y Nicolas no estuvieran presentes para el corte. Ninguno de los dos se había destrozado la espalda sobre el telar durante todos aquellos meses, ni se había cortado los dedos con el hilo dorado, ni había padecido dolores de cabeza por mirar tan fijamente la urdimbre y la trama. Pero, como es lógico, no podía pedirles que se fueran, ni dejarles ver que me molestaba su presencia. Un *lissier* no manifiesta cosas así ante los mercaderes con los que tiene que regatear.

—Comed, por favor —dije, señalando con un gesto de la mano las bandejas que habían traído Christine y Aliénor—. Vamos a retirar este tapiz del telar y luego podemos hablar del encargo de monseigneur Le Viste.

Léon asintió con la cabeza, pero Nicolas murmuró:

—Comida de Bruselas, ¿eh? ¿Para qué molestarse?

De todos modos se acercó a las bandejas, cogió una ostra, echó la cabeza hacia atrás y la sorbió. Luego se relamió y sonrió a Aliénor, que dio la vuelta a su alrededor en busca de un taburete para Léon. Reí para mis adentros; mi hija terminaría a la larga por sorprenderlo, pero aún no. Nicolas no era tan listo después de todo.

Antes de proceder al corte, nos arrodillamos para rezar a San Mauricio, patrón de los tejedores. Luego Georges le Jeune me pasó unas tijeras. Cogí un puñado de hilos de la urdimbre, los tensé y procedí a cortarlos. Christine suspiró con el primer tijeretazo, pero nadie hizo ya el menor ruido hasta el final.

Cuando hube terminado, Georges le Jeune y Luc desenrollaron el tapiz del eje inferior. Les correspondía el honor de cortar el otro extremo de la urdimbre antes de llevarlo al espacio barrido. Les di mi consentimiento y le dieron la vuelta, de manera que se viera la obra terminada. Luego nos quedamos todos quietos y miramos, excepto Aliénor, que volvió a la casa para traer cerveza a los muchachos.

La escena del tapiz era la Adoración de los Magos. El cliente de Hamburgo había pagado con esplendidez, y utilizamos por igual hilo de plata y de oro entre la lana y la seda y, cuando era posible, habíamos enlazado los colores, con abundancia de matices en el sombreado. Esas técnicas hacen que el tapiz lleve más tiempo, pero yo sabía que el cliente iba a darse cuenta de que la obra terminada merecía el dinero pagado. El tapiz era soberbio, aunque fuese el *lissier* mismo quien lo dijese.

Pensaba que Nicolas se limitaría a echarle una breve ojeada o a adoptar un aire desdeñoso y a decir que el dibujo era malo o la factura de pésima calidad en comparación con los talleres de París. Lo que hizo, en cambio, fue cerrar la boca y examinarlo con detenimiento, lo que me hizo verlo con más benevolencia.

Georges le Jeune fue el primero en hablar.

—La túnica de la Virgen es excelente —dijo—. Cualquiera juraría que es terciopelo.

—Ni la mitad de buena que el sombreado rojo que sube y baja por las calzas verdes del joven rey —replicó Luc—. Muy llamativos, el rojo y el verde juntos.

El sombreado rojo era, en efecto, excelente. Le había permitido hacerlo a Georges le Jeune, y el resultado era muy bueno. No es fácil tejer líneas finas de un color en otro sin difuminar los dos. Las manchas de color tienen que ser precisas: basta una fuera de sitio para que se note y se eche a perder el efecto de sombra.

Georges le Jeune y Luc tienen por costumbre elogiarse mutuamente lo que hacen. Después encuentran también los fallos, por supuesto, pero antes de nada tratan de ver las cosas buenas del otro. Es una muestra de generosidad por parte de mi hijo alabar a un aprendiz cuando podría limitarse a decirle que barriera el suelo o que trajera una madeja de lana. Pero trabajan codo con codo durante meses, y si se llevaran mal el tapiz sufriría, como nos sucede a todos. Quizá el joven Luc esté todavía aprendiendo, pero todo hace pensar que llegará a ser un excelente tejedor.

—¿No se hizo en Bruselas una Adoración de los Magos para Charles de Bourbon hace unos años? —dijo Léon—. La vi en su casa de París. El rey joven también llevaba calzas verdes en aquel tapiz, si no recuerdo mal.

Aliénor, que cruzaba el taller con unas jarras de cerveza, se detuvo al oír las palabras del mercader y, en el repentino silencio que se produjo, todos oímos el ruido de la cerveza al derramarse sobre el suelo. Abrí la boca para hablar, pero la cerré de nuevo. Léon me había pillado, y sin tener que hacer un esfuerzo especial.

La Adoración de los Magos de la que hablaba se había tejido en otro taller de Bruselas, y Charles de Bourbon compró después el cartón original para evitar que se copiara el tapiz. Yo había admirado las calzas verdes del rey y las había utilizado para este trabajo, contando con que era muy poco probable que la familia de Charles de Bourbon viera el tapiz de mi cliente de Hamburgo. Conocía bien al otro *lissier,* y podría sobornar al Gremio para que pasara por alto mi plagio. Aunque a veces nos robamos encargos, hay cuestiones en las que los *lissiers* de Bruselas practicamos la lealtad mutua.

Pero me había olvidado de Léon le Vieux, que ve la mayoría de los trabajos que entran y salen de París y nunca se olvida de los detalles, sobre todo uno tan memorable como calzas verdes realzadas con sombreado rojo. Había infringido una regla al copiarlas y Léon podría utilizarlo durante el regateo: imponer sus condiciones para los tapices de Le Viste sin posibilidad de que yo las rechazara. De lo contrario podría decir a los Bourbon que se había copiado su dibujo, lo que haría que se me impusiera una fuerte multa.

—¿No queréis una ostra, monsieur? —Christine le ofreció una bandeja a Léon, Dios la bendiga. Es una esposa lista. No podía reparar el daño hecho, pero sí, al menos, tratar de distraer al factótum de Jean le Viste.

Léon le Vieux se la quedó mirando.

—Las ostras no me sientan bien, madame, pero gracias de todos modos. Quizá un pastel, si no es molestia.

Christine se mordió los labios. Era la manera de Léon de hacer que incluso Christine se sintiera desconcertada en su propia casa y de conseguirlo sin dejar de mostrarse muy cordial. Tan imposible quererlo como despreciarlo. Ya he trabajado antes con él —admira las *millefleurs* de nuestro taller y nos ha traído varios encargos— pero no puedo decir que sea amigo mío. Resulta demasiado reservado.

—Venid al interior de la casa, donde podamos extender los dibujos —les dije a él y a Nicolas, incluyendo a Philippe con el gesto, porque quería que también él los viera. Georges le Jeune hizo intención de seguirnos. Le dije que no con la cabeza—. Luc y tú quedaos aquí y empezad a desvestir el telar. Limpiad los plegadores de los restos de la urdimbre. Vendré después a verlo.

A Georges le Jeune se le notó el gesto de abatimiento antes de volverse hacia el telar. Christine lo siguió con los ojos y luego frunció el ceño en mi dirección. Le devolví el gesto. Sin duda a mi mujer le preocupaba algo. Más tarde me diría lo que fuera: nunca se lo calla.

Precisamente en aquel momento Nicolas des Innocents preguntó:

—¿Qué es lo que hace?

Contemplaba a Aliénor que se había acuclillado junto al tapiz y lo recorría con las manos.

—Revisa su trabajo —respondió Philippe, ruborizándose otra vez. Tiene una actitud protectora hacia Aliénor, como corresponde a un hermano.

Conduje a nuestros huéspedes a donde Christine y Madeleine habían instalado, sobre caballetes, la mesa larga en la que comemos. El interior de la casa estaba más oscuro y más cargado de humo, pero quería que los jóvenes siguieran con su trabajo sin distraerse a causa del nuevo encargo. Léon empezó a desenrollar los lienzos, y Christine sacó vasijas de barro y jarras para sujetar las esquinas. Mientras las colocaba vi que miraba de reojo los diseños. Más adelante daría su opinión, cuando estuviéramos a solas.

—*Attendez:* no es así como hay que verlos —dijo Nicolas, que procedió a reorganizar el conjunto. Prefería no mirar mientras se afanaba, de manera que me volví de espaldas a los vislumbres de rojo y azul que ya me habían llegado y contemplé en cambio la habitación, esforzándome por verla con los ojos de aquellos parisienses. Supongo que están acostumbrados a un lujo mayor: más grande el hogar de la chimenea, incluso una habitación separada para cocinar, más madera tallada, más cojines en las sillas, más bandejas de plata, en lugar de peltre, como parte de la decoración, más tapices en las paredes. Es curioso: hago tapices para otros pero no poseo ninguno. Son demasiado caros: un *lissier* se gana bien la vida pero no se puede permitir comprar lo que produce.

Quizá Nicolas espera que mi mujer y mi hija vistan lujosamente, se adornen el pelo con joyas y tengan criadas que atiendan a todas sus necesidades. Pero no presumimos de nuestra riqueza como hacen los de París. Mi mujer posee joyas pero están guardadas. Nuestra criada Madeleine es útil, pero a Christine y a Aliénor les gusta hacer ellas mismas las tareas de la casa, sobre todo a Aliénor, siempre deseosa de demostrar que no necesita ayuda. Si quisieran, Christine y Aliénor podrían no coser los tapices. Podrían conservar la suavidad de los dedos y dejar que otros se llevaran los pinchazos de la aguja. Pero prefieren ayudar en el taller. Christine sabe cómo vestir un telar, y sus brazos son tan fuertes como los de un hombre a la hora de estirar los hilos de la urdimbre. Si me falta un tejedor, está en condiciones de ocuparse de las partes más sencillas, aunque el Gremio no se lo permitiría durante más de un día o dos.

—Ya está —dijo Nicolas. Me volví y fui a situarme junto a Philippe.

Las primeras palabras que se dicen cuando se negocia con el representante del cliente no son de alabanza. Nunca permito que sepan lo que pienso de los diseños. Empiezo por los problemas. Philippe también sabe ser cuidadoso con las palabras. Es un buen muchacho; ha aprendido mucho de mí en el arte del regateo.

Miramos durante algún tiempo. Cuando por fin hablé, conseguí que no se me notara la sorpresa. De eso hablaría más tarde con Christine. Logré, en cambio, parecer indignado.

—No ha dibujado nunca tapices, ¿verdad? Lo que ha preparado son cuadros, no dibujos. Estos tapices no tienen argumento y les faltan figuras; todo lo que vemos es a una dama en el centro, como en los cuadros de la Virgen y el Niño, y espacios vacíos en el resto.

Nicolas empezó a decir algo, pero Léon le interrumpió.

—¿Es todo lo que se os ocurre? Miradlos otra vez, Georges. Puede que no volváis a ver otros diseños parecidos.

—¿De qué se trata, entonces? ¿Cuál se supone que es el argumento?

Aliénor apareció en el umbral entre la cocina y el taller, una jarra vacía en cada mano.

—Los tapices cuentan cómo la dama seduce al unicornio —dijo Nicolas, cambiando de pie el peso del cuerpo para volverse hacia Aliénor. El muy estúpido—. También están los cinco sentidos —señaló con la mano—. Olfato, oído, gusto, vista y tacto.

Aliénor cruzó hasta el barril, situado en una esquina.

Seguimos mirando los diseños.

—Hay muy pocas figuras —dije—. Cuando las hagamos del tamaño de los tapices quedará mucho espacio por rellenar. Tendremos que diseñar un campo lleno de *millefleurs*.

—Que es por lo que se os conoce y el motivo de que os eligiera para este encargo —replicó Léon—. Tendría que ser sencillo para vosotros.

—No es tan sencillo. Habrá que añadir otras cosas.

—¿Qué cosas? —preguntó Nicolas.

Miré a Philippe, porque pensé que iba a hablar: sería tarea suya que aquellos diseños se pudieran utilizar, sería él quien llenara los espacios vacíos. Pero no dijo nada.

Es un muchacho tímido y tarda en hablar. Pensé que daba muestras de prudencia, pero enseguida noté que el muy tonto tenía una expresión extraña y que contemplaba los cuadros como si estuviera viendo a la mujer más hermosa de Bruselas.

No lo niego, las mujeres de los tapices eran... Moví la cabeza para aclarármela. No iba a permitirles que me sedujeran.

—Más personas, más animales, más plantas —dije—. ¿Eh, Philippe?

Philippe arrancó sus ojos de las figuras.

—*Bien sûr*.

—¿Qué les añadirías, además de personas y animales?

—Ah; pues quizá árboles, para darle estructura. O un emparrado con rosas.

—No permitiré que se toquen mis dibujos —dijo Nicolas—. Son perfectos tal como están.

Un estrépito considerable nos anunció que a Christine se le acababa de caer una bandeja de ostras. No la recogió, sino que se quedó mirando a Nicolas, indignada.

—¡Tampoco voy a permitir yo que se diga una blasfemia así en esta casa! Ningún ser humano dibuja nada perfecto; sólo Dios en su poder es capaz de hacerlo. Vos y vuestros diseños están tan llenos de faltas como cualquier obra humana.

Sonreí para mis adentros. Nicolas no había tardado mucho en tropezarse con el genio de mi mujer. Al cabo de un momento hizo una inclinación de cabeza.

—Lo siento, madame, no era mi intención ofender.

—Deberéis pedir perdón a Dios, no a mí.

—De acuerdo, Christine —dije—. Más valdrá que empieces a coser el dobladillo de la Adoración. Tendremos que llevar cuanto antes el tapiz al Gremio.

Hacer el dobladillo podía haber esperado, pero si Christine seguía con nosotros, quizá obligara a Nicolas des Innocents a arrodillarse para decir sus oraciones delante de ella. Aunque pudiera resultarnos entretenido, no nos serviría de ayuda en el regateo.

Christine me miró indignada, pero obedeció. Aliénor se acuclilló en el sitio donde a su madre se le había caído la bandeja y empezó a palpar el suelo en busca de las conchas de las ostras. Philippe hizo ademán de ayudarla, pero le apreté el codo para impedirlo. Sus ojos fueron y vinieron de mi hija a los dibujos. Vive cerca y a menudo ayuda a Aliénor en casa; ha estado pendiente de ella desde que eran niños. Ahora trabaja a menudo conmigo en los diseños. A veces me olvido de que no es hijo mío.

—Explicadme el tamaño de los tapices —le dije a Léon le Vieux.

Léon procedió a hacerlo y fui sumando mentalmente.

—¿Qué hay del hilo de oro o de plata? ¿Seda veneciana? ¿Lana inglesa? ¿Cuántas figuras en cada tapiz? ¿Qué densidad han de tener las *millefleurs*? ¿Cuánto azul? ¿Cuánto rojo? ¿Uniones mediante ensamblajes? ¿Sombreado? —a medida que Léon respondía a cada cuestión, yo modificaba la duración y el costo del trabajo.

—Los puedo hacer en tres años —dije cuando terminamos—. Costará cuatrocientas *livres tournois* y me quedo con los dibujos.

—Monseigneur quiere que estén terminados para el Domingo de Ramos del año 1492 —respondió Léon muy deprisa. Siempre funciona de ese modo, como si estuviera varios pasos por delante en sus pensamientos—. Pagará trescientas *livres tournois* por los tapices y los dibujos, que conservará; quiere cartones totalmente terminados que pueda colgar en sustitución de los tapices, si se los lleva consigo en algún viaje.

—Imposible —dije—. Sabéis que es imposible, Léon. Son menos de dos años. No puedo tejerlos tan deprisa por tan poco dinero. De hecho vuestra oferta es insultante. Será mejor que propongáis semejante trato en otro sitio —era efectivamente insultante; me traía más cuenta olvidarme de las calzas verdes que trabajar por aquella paga miserable.

Aliénor se levantaba ya con la bandeja de ostras. Movió ligeramente la cabeza en mi dirección. Está pendiente de mí, pensé, igual que su madre. Aunque no tiene el genio tan fuerte. No se lo puede permitir.

Nicolas des Innocents seguía tirándole los tejos. Mi hija, por supuesto, no se daba cuenta.

—Podéis utilizar el doble de operarios y hacerlos en la mitad de tiempo —dijo Léon.

—No es tan sencillo. En el taller sólo caben dos telares horizontales en el mejor de los casos, e incluso con el doble de trabajadores sigo estando solo para ocuparme de ellos. Un trabajo como éste no se puede apresurar. Y además hay encargos que acepté mucho antes de que me hablarais de este otro.

Léon agitó una mano para desechar mis débiles argumentos.

—Renunciad a los otros trabajos. Os las arreglaréis. Miradlos, Georges —señaló con la mano los dibujos—. Como veis es un encargo importante, quizá el más importante que se le ha ofrecido nunca a este taller. No querréis que un pequeño detalle como el tiempo que os lleven impida que lo aceptéis.

Nicolas pareció complacido. Léon no prodigaba los cumplidos.

—Lo que veo —dije— son dibujos hechos por una persona que no sabe nada de tapices. Habrá que realizar muchos cambios.

Léon habló amablemente por encima de las palabras que farfullaba Nicolas.

—Quizá algunos cambios hagan el encargo más atractivo.

Dudé. Las condiciones eran tan malas que no estaba seguro de poder regatear. Un trabajo así podía arruinarnos.

—¿Qué tal prescindir del hilo de oro? —sugirió Philippe—. La dama no es realeza, ni tampoco es la Virgen, aunque junto con el unicornio nos recuerde a Nuestra Señora y a Su Hijo. Sus vestiduras no tienen que ser doradas.

Lo miré enfadado. Hablaba ahora, cuando no quería que lo hiciera. Era yo quien tenía que regatear, no él. De todos modos, quizá tuviera razón.

—Sí —dije—. El hilo dorado es costoso y difícil de usar. Tejer con él lleva más tiempo.

Léon se encogió de hombros.

—Prescindamos del hilo dorado. ¿Qué se ahorra con eso?

—Y del ensamblado —añadí—. No es una técnica fácil entretejer colores, y el trabajo lleva más tiempo, aunque el resultado sea más delicado al final. Si no ensamblamos los colores y nos limitamos a coserlos, ahorraremos algún tiempo. Si monseigneur Le Viste quiere lo mejor, tendrá que pagar más o darnos más tiempo.

—No hay más tiempo —dijo Léon—. Quiere disponer de los tapices en la Pascua de 1492, para un acontecimiento importante. Y no es una persona paciente; nunca aceptaría tus pobres excusas.

—En ese caso ni hilo de oro ni colores ensamblados. La elección es vuestra.

Observé a Léon mientras pensaba. Tiene un rostro hermético que no revela nada. Por eso es tan bueno para el trabajo que hace: esconde sus pensamientos hasta que lo tiene todo claro, y cuando habla es difícil disentir.

—De acuerdo —dijo.

—Todavía no he aceptado el encargo —dije—. Hay más cosas que discutir. Philippe, lleva los diseños al taller junto con Nicolas. Me reuniré después con vosotros. Aliénor, ve a ayudar a tu madre a coser el dobladillo.

Aliénor puso mala cara. Le gusta escuchar los regateos.

—Ve con tu madre —repetí.

Solos en la habitación Léon y yo, serví más cerveza y nos sentamos a beber. Ahora que no teníamos a nadie pendiente de nuestras palabras, podía pensar seriamente en la oferta de Léon.

Aquella noche fui a pasear con Christine por la Grand-Place. A la entrada nos paramos a admirar el ayuntamiento, con su torre tan esbelta. A Georges le Jeune y a Luc les gusta subir hasta lo más alto para disfrutar con la vista. Durante toda mi vida han estado construyendo ese edificio, pero todavía me sorprende cuando lo veo. Hace que me sienta orgulloso de vivir en Bruselas, por mucho desdén con que nos mire Nicolas des Innocents.

Pasamos por delante de las casas de los gremios que flanquean la plaza: los sastres, los pintores, los panaderos, los cereros y los carpinteros; los arqueros, los barqueros. Había movimiento en las casas, aunque fuese de noche. Los negocios no se detienen cuando se va la luz. Saludamos con inclinaciones de cabeza y sonrisas a vecinos y amigos, y nos detuvimos delante de L'Arbre d'Or, que alberga al gremio de los tejedores. Varios *lissiers* me rodearon para preguntarme por la visita de Léon le Vieux, los dibujos, las condiciones y el porqué de que le hubiera acompañado Nicolas des Innocents. Esquivé sus preguntas como un rapaz que juega a tú la llevas.

Al cabo de un rato seguimos adelante: a Christine le apetecía ver la catedral de San Miguel y Santa Gúdula al atardecer. Mientras caminábamos por la rue de la Montagne mi mujer dijo lo que yo sabía que llevaba queriendo decir toda la tarde.

—Deberías haber permitido que Georges le Jeune asistiera a tus tratos con Léon.

Otra esposa podría haberlo formulado como una tímida pregunta. La mía no: dice lo que piensa. Al ver que no le contestaba siguió hablando.

—Georges le Jeune es un buen chico y un buen tejedor. Le has enseñado bien. Pero si ha de sucederte en el taller, también necesita estar al tanto del asunto del dinero: el regateo, las condiciones aceptadas. ¿Por qué lo mantienes al margen?

Me encogí de hombros.

—Todavía seguiré siendo el *lissier* durante mucho tiempo. No hay prisa.

Christine torció el gesto.

—Georges, el pelo se te está volviendo gris. Tu hijo ya es un hombre y podría casarse si quisiera. Un día el taller será suyo. ¿Quieres que vaya a la ruina y que destruya todo lo que has construido? Has de...

—Ya está bien, Christine —nunca he pegado a mi mujer, aunque sé de algunos maridos que lo habrían hecho si fuera la suya.

Christine no añadió una palabra más. Pensaría en lo que me había dicho: no me quedaba otro remedio, porque sin duda volvería a plantearlo. Algunos hombres no escuchan a sus mujeres, pero yo a ella sí. Sería un estúpido si no lo hiciera: Christine se crió como hija de tejedor cerca de Notre Dame du Sablon, y sabe casi tanto como yo sobre la manera de llevar un taller.

Caminamos en silencio hasta que las torres gemelas de la catedral se recortaron ante nosotros en la oscuridad creciente.

—¿Qué tal se entendieron Bruselas y París acerca de los dibujos? —pregunté para disminuir la tensión.

Christine resopló.

—Ese Nicolas des Innocents tiene muy buena opinión de sí mismo. Philippe se las vio y se las deseó para convencerlo de que habrá que hacer algunos cambios. Tuve que intervenir una o dos veces: Philippe es un buen zagal, pero no está a la altura de un gallito de París.

Reí entre dientes.

—He de irme. Me están esperando en Le Vieux Chien para celebrar la terminación del tapiz.

—*Attends,* Georges —dijo Christine—. ¿Qué habéis decidido, Léon le Vieux y tú? ¿Has aceptado el encargo?

Pegué una patada a un trozo de boñiga.

—No he dicho que sí, pero tampoco he dicho que no. Quizá no tenga elección, debido al problema con las calzas verdes. Léon podría ir a la familia Borbón y decir que he copiado su dibujo.

—No lo has copiado, sólo has tomado prestado un detalle. El Gremio te apoyará —se detuvo en seco, la falda balanceándose—. Dime, ¿vamos a hacer esos tapices, sí o no?

No deberíamos. Toda mi experiencia como *lissier* me decía que no: poco dinero, trabajo excesivo para el taller, pérdida de otros encargos y un esfuerzo descomunal para terminarlos a tiempo. Si no calculaba bien las cosas, el taller podía irse a pique.

—Sí —dije, con un nudo en el estómago—. Los haremos. Porque no he visto nunca dibujos tan hermosos —ya está, pensé. He dejado que las damas me seduzcan.

Christine se echó a reír, un sonido agudo, como de un cuchillo al caer al suelo. Creo que sintió alivio.

—Nos traerán suerte —dijo—. Ya verás.

Philippe de la Tour

No había nadie en el taller cuando llegué muy de mañana. Me alegré, porque podría contemplar a solas los dibujos, sin las fanfarronadas de Nicolas des Innocents, sin las interrupciones de Christine y sin que Aliénor torciera la cabeza y sonriera mientras cosía. Ahora podría mirarlos y pensar con tranquilidad.

Era un día radiante y la luz entraba a raudales por las ventanas. Luc había barrido bien el suelo y se había llevado las madejas de lana sobrantes del tapiz de la Adoración de los Magos. El telar también estaba vacío y esperaba los próximos hilos de la urdimbre que debían atravesarlo. La madera crujía a veces, y me hacía pensar en un caballo, inquieto en su cuadra.

Los dibujos de Nicolas, enrollados, estaban en un arcón con los de otros tapices. Sabía dónde guardaba Georges la llave, de manera que los saqué y los extendí sobre el suelo, como habíamos hecho el día anterior. Mientras Nicolas y yo hablábamos de ellos, el parisiense no había dejado de mirar a Aliénor, quien, sentada con su madre, terminaba de coser el tapiz que habíamos retirado del telar. Nicolas se había vuelto en su dirección, convencido de que le hacía un favor. Finalmente le dijo:

—¿No deberías dejar ya de coser, preciosa?

Aliénor y Christine, las dos, levantaron la cabeza. Nadie había llamado nunca «preciosa» a Aliénor, prescindiendo de lo que pensaran de ella. A mí me parece hermosa, sobre todo sus cabellos, tan largos y dorados, pero me avergonzaría decirlo en voz alta. Me resulta muy difícil decir cosas así. Probablemente Aliénor se reiría de mí y me llamaría tonto. Me trata como a un hermano menor, un poco bobo, aunque sea varios años mayor.

—Esa parte del taller está muy oscura —continuó Nicolas—. Te quedarás bizca. Debes sentarte más cerca de la ventana, donde la luz es mejor. Me he enterado además de todas las reglas que tenéis que seguir los tejedores de Bruselas. No se trabaja cuando falta la luz del día, ni tampoco los domingos. Ojalá los pintores de París tuvieran una vida tan regalada, para no estropearse la vista.

Christine y yo lo miramos asombrados, pero Aliénor inclinó la cabeza sobre su trabajo, tratando de no reír. Al final no lo consiguió, sin embargo; después, también Christine se echó a reír, y yo acabé por acompañarlas.

—¿Qué tiene de divertido? —preguntó Nicolas. Aquello hizo que nos riéramos más. Me pregunté si deberíamos apiadarnos e informarle de lo que no había visto.

Fue Aliénor quien lo decidió.

—Esas reglas no se aplican a las mujeres —dijo a la larga, cuando dejamos de reír—. No somos tejedores, tan sólo una familia.

—Entiendo —dijo Nicolas. Parecía desconcertado, de todos modos, porque seguía sin explicarse nuestras risas. Pero no íbamos a decírselo. Era estupendo poder gastarle una broma al artista de París.

Aquella tarde apenas hicimos nada Nicolas y yo. Poco después nos fuimos con Georges le Jeune y Luc a Le Vieux Chien, donde más tarde se nos unió Georges, para brindar por el tapiz terminado y por el nuevo encargo. Nicolas estaba muy animado y consiguió que bebiéramos más de lo que acostumbramos.

Es un fanfarrón, este artista parisiense. Es cierto que no he estado en París. No salgo de las murallas de la ciudad si no es para recoger leña y setas en los bosques cercanos, o para pescar algunas veces en el río Sena. Pero he conocido a suficientes tipos de París para saber que no me sentiría a gusto allí. Están demasiado seguros de lo que hacen. Siempre lo saben todo; tienen el mejor vino, el mejor calzado, la mejor tela, los mejores pinceles, los mejores procedimientos para preparar pinturas. Sus mujeres paren más hijos, sus gallinas ponen más huevos, sus vacas dan más leche. Sus catedrales son más altas, sus barcos más veloces, sus caminos más lisos. Aguantan mejor la cerveza, montan a caballo con más elegancia y ganan siempre cuando pelean. Probablemente su mierda también huele mejor.

De manera que me alegré de que no estuviera en el taller por la mañana. Contemplé los dibujos. Como voy poco a la taberna, me dolía la cabeza debido al ruido, el humo y la bebida de la noche anterior.

Una cosa tengo que decir de Nicolas: quizá sus costumbres parisienses me desagraden, pero es un artista excelente. Él también lo sabe, y por esa razón no le diré nunca lo buenos que son sus diseños.

Es fácil encontrarles defectos si se los ve como dibujos para tapices. Para él son cuadros: no se ha dado cuenta de que con los tapices se necesita una composición muy equilibrada en el dibujo para hacerlos homogéneos, de manera que nada sobresalga. Eso es lo que hago cuando preparo un cartón: amplío el dibujo y lo pinto como sé que quedará la lana después de tejida, con menor mezcla de colores y formas más brillantes y uniformes. Los cartones no son tan hermosos como los cuadros, pero resultan imprescindibles para que los vaya siguiendo el tejedor mientras trabaja. Así es como me siento a menudo: imprescindible pero inadvertido, de la misma manera que no es posible apartar los ojos de los diseños de Nicolas.

Todavía los estaba contemplando cuando entró Georges en el taller. Tenía cara de sueño y el pelo revuelto, como si hubiera movido mucho la cabeza durante la noche. Se colocó junto a mí y contempló las pinturas.

—¿Puedes convertirlas en dibujos utilizables?

—Sí.

—Bien. Haz algunos apuntes pequeños de los cambios para que los vea Léon. Cuando se dé por satisfecho podrás empezar con los cartones.

Dije que sí con la cabeza.

Georges contempló el cuadro de la dama con el unicornio en el regazo. Se aclaró la garganta.

—Nicolas se quedará para pintar contigo los cartones.

Di un paso atrás.

—¿Por qué? Sabéis que puedo hacerlo tan bien como él. Quién...

—Es cosa de Léon. Forma parte de las condiciones del encargo. Monseigneur Le Viste se quedará con ellos y quizá los cuelgue para sustituir a los tapices cuando viajen con él. Léon quiere estar seguro de que responden exactamente a lo que Nicolas ha pintado en los originales. Disponemos de tan poco tiempo para tejer los tapices que será una ayuda contar con él.

Quería protestar, pero sabía que no debía. Georges es el *lissier:* decide lo que hay que hacer y lo ejecuto. Sé cuál es mi sitio.

—¿Dibujaré los cartones o eso lo hará también él?

—Los dibujarás y harás los cambios necesarios. Y ayudarás a pintarlos. Trabajaréis juntos, pero será él quien tenga la última palabra.

Guardé silencio.

—Sólo serán unas semanas —añadió Georges.

—¿Lo sabe Nicolas?

—Léon se lo está diciendo. De hecho voy a verlo ahora, para repasar el contrato —Georges contempló las pinturas y movió la cabeza—. Van a causarme problemas. Poco dinero, tiempo escaso, cliente difícil. Debo de estar loco.

—¿Cuándo empezamos?

—Ahora. Georges le Jeune y Luc han ido a comprar la tela y volverán enseguida. Nicolas y tú podéis llevárosla a tu casa y trabajar allí si lo prefieres, o quedaros aquí.

—Aquí —dije muy deprisa. Siempre que puedo prefiero trabajar en la rue Haute. Tiene más luz que la casa de mi padre, que está cerca de una de las torres de la muralla y, a pesar de los telares, también hay más sitio. Mi padre es pintor como yo, pero menos acomodado que Georges. Como mis hermanos mayores trabajan con él, hay poco sitio para los más jóvenes.

Por otra parte cuando trabajo aquí estoy cerca de ella. No es que le importe. Nunca ha manifestado el menor interés por los varones..., hasta ahora.

—Si el buen tiempo se mantiene podéis pintar en el huerto de Aliénor —dijo Georges cuando ya se marchaba—. Eso hará que no molestéis a los tejedores: estaríais un poco apretados con dos telares.

Todavía mejor trabajar en su huerto, aunque no estaba seguro de que quisiera a Nicolas tan cerca de Aliénor. No me fío de él.

Cuando todavía estaba pensando en ella apareció en el umbral con mi cerveza matutina. Es poquita cosa, pequeña y pulcra. Todos los de su familia son mucho más altos.

—Aquí, Aliénor —dije. Vino hacia mí sonriendo, el rostro alegre, pero tropezó con la bolsa de cosas para pintar que tontamente había dejado yo en el suelo. La sujeté antes de que se cayera, pero buena parte de la cerveza se me derramó sobre la manga.

—*Dieu me garde* —murmuró—. Lo siento. ¿Dónde ha caído? ¡No sobre las pinturas, espero!

—No; únicamente en mi manga. No importa. Es sólo una jarra pequeña.

Me tocó la manga húmeda y movió la cabeza, molesta consigo misma.

—De verdad, no tiene importancia —repetí—. Fue una tontería dejar ahí la bolsa. No te preocupes por la cerveza; no tenía sed de todos modos.

—No, te traeré más —sin escucharme se apresuró a salir y regresó a los pocos minutos con otra jarra llena, caminando esta vez con mucho cuidado.

Se quedó a mi lado, los dibujos a nuestros pies mientras yo bebía. Traté de no hacer mucho ruido al tragar. Cuando estoy con Aliénor siempre me doy cuenta de lo ruidoso que soy: me crujen las botas, me castañetean los dientes, me rasco la cabeza, toso y estornudo.

—Cuéntame qué representan —dijo. Su voz es grave y suave; suave como su manera de andar o de volver la cabeza o de recoger algo o de sonreír. Y cuidadosa en todo lo que hace.

—¿Qué quieres decir? —pregunté. Mi voz no es tan suave.

—Los tapices. La dama y el unicornio. ¿Qué es lo que cuentan?

—Ah, eso. Bueno; en el primero hay una dama delante de una tienda de campaña en la que están escritas unas palabras. *À mon seul désir* —lo leí despacio.

—*À mon seul désir* —repitió Aliénor.

—El león y el unicornio, sentados, sostienen abiertos los faldones de la tienda, así como la bandera y el estandarte de la familia Le Viste.

—¿Son muy importantes, esos Le Viste en París?

—Supongo que sí, puesto que mandan hacer unos tapices tan espléndidos. La dama está sacando joyas de un cofre, y luego, en los otros tapices, vemos que las lleva puestas. A continuación hay tres en los que la dama logra que el unicornio se acerque más. Finalmente descansa en su regazo y se mira en un espejo. En el último la dama se aleja con él, sujetándolo por el cuerno.

—¿Cuál de las damas es la más bonita?

—La que da de comer al periquito. Se supone que, de los cinco sentidos, representa el gusto. También hay un mono que come algo a sus pies. Esa dama está más llena de vida que las demás. Sopla el viento en el sitio donde se encuentran y hace que su pañuelo se agite. Y al unicornio se le ve más alegre.

Aliénor se pasó la lengua por el labio inferior.

—Pues ya no me gusta. Háblame de los otros sentidos. ¿Qué es lo que representa cada uno?

—El unicornio mirándose en el espejo es la vista, y la dama sujetándolo por el cuerno es el tacto. Eso está muy claro. Luego viene el oído, donde la dama toca el órgano. Y en este otro... —contemplé el cuadro—; este otro es el olfato, creo, porque hay un mono que huele una flor sentado en un banco.

—¿Qué clase de flor? —Aliénor siempre se interesa por las flores.

—No estoy seguro. Una rosa, creo.

—Puedes verlo tú misma, preciosa —Nicolas se había apoyado en el quicio de la puerta y nos contemplaba. Parecía descansado y radiante, como si la bebida no le hubiera afectado. Imagino que en París vive en las tabernas. Se adelantó hacia el interior del taller—. Cuidas de un huerto, según he oído: debes de distinguir un clavel de una rosa cuando lo ves. No creo que mis cuadros sean tan malos como todo eso, ¿eh, preciosa?

—No la llames eso —dije—. Es la hija del *lissier*. Se la debe tratar con respeto.

Aliénor se había ruborizado, pero no sé si por las palabras de Nicolas o por las mías.

—¿Qué te parecen mis cuadros, pre..., Aliénor? —insistió Nicolas—. Son hermosos, *non?*

—Diseños —corregí—. Son diseños para tapices, no cuadros. Pareces olvidar que sólo se trata de guías para obras que harán otros: el padre y el hermano de Aliénor y los demás tejedores. No tú. Parecerán muy distintos como tapices.

—¿Tan buenos? —preguntó Nicolas con una sonrisita.

—Mejores.

—No me parece que se puedan mejorar mucho, ¿tú qué opinas?

Aliénor torció el gesto: prefiere la modestia a la jactancia.

—¿Qué sabes de los unicornios, preciosa? —Nicolas lo dijo con una mirada maliciosa que no me gustó nada—. ¿Quieres que te cuente cosas sobre ellos?

—Sé que son fuertes —respondió Aliénor—. Se dice en Job y en Deuteronomio. «Sus cuernos son como los cuernos del unicornio. Con ellos empuja a los pueblos hasta los extremos de la tierra.»

—Prefiero los Salmos. «Mi cuerno has ensalzado como el del unicornio.» ¿Sabes algo sobre el cuerno del unicornio? —Nicolas me hizo un guiño mientras decía esto último.

Aliénor parecía no escucharlo y, en cambio, arrugaba la nariz con desagrado. Luego lo olí yo, y un momento después, también Nicolas.

—Vaya, ¿qué es eso? —exclamó—. ¡Huele como un barril lleno de orines!

—Es Jacques le Bœuf —dije—. El tintorero de glasto.

—¿Es así como huele el glasto? Nunca he tenido que acercarme. En París se les obliga a trabajar fuera de las murallas, en un lugar convenientemente apartado.

—Aquí también, pero Jacques viene a la ciudad. El olor se le queda pegado, pero no se puede impedir que una persona se ocupe de su trabajo. Hay que reconocer que tarda poco en resolver sus asuntos.

—¿Dónde está la muchacha? —la voz atronadora de Jacques le Bœuf nos llegó desde el interior de la casa.

—Georges ha salido, Jacques —le oímos decir a Christine—. Vuelve otro día.

—No es a él a quien busco. Quiero ver a Aliénor, sólo un momento. ¿Está en el taller? —Jacques le Bœuf asomó la greñuda cabeza por la puerta. Su olor hace que los ojos se me llenen de lágrimas—. ¿Qué tal, Philippe, bribón? ¿Dónde está la chica de Georges? ¿Se esconde de mí?

Aliénor se había tirado al suelo para acurrucarse detrás de un telar.

—Ha salido —dijo Nicolas, al tiempo que torcía la cabeza y cruzaba los brazos sobre el pecho—. La he mandado a buscarme unas ostras.

—¿Es eso cierto? —Jacques avanzó unos pasos, mostrándonos todo su corpachón. Es un tipo grande, semejante a un barril, de barba descuidada y manos manchadas de azul a causa del glasto—. ¿Y quién eres tú para decirle lo que tiene que hacer?

—Nicolas des Innocents. He pintado los nuevos tapices para Georges.

—El artista de París, ¿no es eso? —Jacques también se cruzó de brazos y se apoyó contra el quicio de la puerta—. Aquí no tenemos muy buena opinión de los tipos de París, ¿no es cierto, Philippe?

Me disponía a responder, pero Nicolas se me adelantó.

—Yo no me molestaría en esperarla. Le dije que buscara las mejores ostras, ¿entiendes? Sólo las que estén a la altura de un paladar parisiense. Cabe que tarde algún tiempo en encontrarlas, porque no tengo muy buena opinión del pescado que se vende en esta ciudad.

Miré con asombro a Nicolas, preguntándome por qué se atrevía a provocar a un individuo mucho más grande que él. ¿No quería conservar su cara bonita para las mujeres? Oí moverse a Aliénor detrás del telar y traté de no mirar hacia allí. Quizá estaba pensando en salir, para que Nicolas no sufriera las consecuencias de palabras tan imprudentes.

Jacques le Bœuf también pareció sorprendido. No respondió con los puños, sino que entornó los ojos.

—¿Es esto lo que has hecho, entonces? —se acercó para colocarse a nuestro lado y mirar las pinturas extendidas sobre el suelo. Traté de evitar que su olor me produjera arcadas—. Más rojo que azul. Quizá no me merezca la pena que Georges trabaje en ellos —sonrió y se dispuso a pisar el dibujo de la dama con el unicornio en el regazo.

—¡Jacques! ¿Qué haces?

La indignación de las palabras de Christine hizo que Jacques le Bœuf se inmovilizara, el pie alzado sobre la tela. Dio un paso atrás, al tiempo que la expresión avergonzada en su cara de gigante resultaba muy cómica.

Christine se le acercó decidida.

—Si es ésa tu idea de una broma, no tiene ninguna gracia. Ya te he dicho que Georges ha salido. Irá enseguida a hablar contigo sobre la lana azul para esos tapices..., si no los estropeas antes. Ya te estás marchando, ahora mismo; tenemos mucho que hacer —abrió la puerta que daba a la calle y se hizo a un lado.

Era como ver a un perro meter a una vaca en el establo. Jacques agachó la cabeza y se dirigió hacia la puerta arrastrando los pies. Sólo cuando ya había salido a la calle se atrevió a asomar la cabeza por una ventana y espetarnos:

—Decidle a la chica que he preguntado por ella.

Cuando estuvimos seguros de que se había ido y su fétido olor empezaba a desvanecerse, Nicolas se inclinó y sonrió a Aliénor tras el telar.

—Ya puedes salir, preciosa: la bestia se ha marchado —y procedió a tenderle la mano. Al cabo de un momento ella extendió la suya y la tomó; luego le permitió ayudarla a levantarse. Cuando estuvo de pie alzó la cara hacia la suya y dijo:

—Gracias, monsieur.

Era la primera vez que lo miraba de la manera que mira Aliénor —sus ojos tratando de encontrarse con los de otra persona pero sin conseguirlo—, y la sonrisa de Nicolas se esfumó al instante. Se diría que un golpe le había cortado la respiración. Finalmente, pensé, se da cuenta. Para ser artista no es muy observador.

Aliénor supo que por fin entendía: había decidido darle una oportunidad para que se percatara. Lo hace de cuando en cuando. Acto seguido apartó su mano de la de Nicolas e inclinó la cabeza.

—Vamos, Aliénor —dijo Christine con una mirada feroz a Nicolas—, o llegaremos tarde —salió por la misma puerta que Jacques le Bœuf.

—La misa —me recordó Aliénor, antes de echar a correr para reunirse con su madre.

—¿Misa? —repitió Nicolas. Alzó la vista al sol que entraba por la ventana—. Es demasiado pronto para sexta, ¿no es cierto?

—Se trata de una misa especial de los tejedores en Notre Dame du Sablon —dije—. Una iglesia que no está lejos de aquí.

—¿Los tejedores tienen su propia misa?

—Tres veces por semana. Es un gremio poderoso.

Al cabo de un momento preguntó:

—¿Cuánto tiempo hace que está así?

Me encogí de hombros.

—Toda la vida. Por eso es tan fácil no darse cuenta. Para ella es una cosa natural.

—¿Cómo...? —señaló con un gesto el tapiz de la Adoración de los Magos, extendido sobre el telar donde se había confeccionado.

—Gracias a unos dedos muy adiestrados y sensibles. A veces pienso que tiene los ojos en los dedos. Distingue entre la lana azul y roja y lo atribuye a que los tintes se diferencian al tacto. Y oye cosas que nosotros no oímos. En una ocasión me dijo que no hay dos personas que caminen igual. Yo no me doy cuenta, pero Aliénor siempre sabe quién entra en el taller si ha oído antes su paso. Ahora reconocerá también el tuyo.

—¿Todavía es muchacha?

Fruncí el ceño.

—No entiendo esa pregunta —de repente no quería seguir hablando de Aliénor.

Nicolas sonrió.

—Sí que la entiendes. Has pensado en ello.

—Déjala en paz —salté indignado—. Tócala y su padre te destrozará. Aunque seas un artista de París.

—Tengo todas las mujeres que quiero cuando me apetece. Estaba pensando en ti. Aunque supongo que les gustas a las chicas, con esas pestañas tan largas. A las chicas les encantan unos ojos como los tuyos.

No dije nada; me limité a echar mano de mi bolsa y a sacar papel y carboncillo.

Nicolas se echó a reír.

—Ya veo que tendré que hablaros a los dos del cuerno del unicornio.

—Ahora no. Hemos de trabajar. No empezarán a tejer hasta que no terminemos uno de los cartones —apreté los dientes al utilizar la primera persona del plural.

—Ah, sí, los cuadros. Afortunadamente tengo aquí mis pinceles. No me fiaría de un pincel de Bruselas: si pintara mi unicornio con uno de ellos, ¡seguro que parecería un caballo!

Me arrodillé junto a las pinturas; aquello me sirvió para no darle una patada.

—¿Has dibujado o pintado cartones alguna vez?

Nicolas se guardó sus sonrisitas. No le gusta que se le recuerden las cosas que no sabe.

—Los tapices son muy distintos de los cuadros —dije—. Los artistas que no han trabajado con ellos no lo entienden. Creen que lo que pintan se puede ampliar sin más y tejer tal como lo han hecho. Pero mirar un tapiz no es como contemplar un cuadro. De ordinario un cuadro es menor, y resulta posible verlo todo de una sola vez. En lugar de acercarte mucho, te quedas a uno o dos pasos, como si tuvieses delante a un sacerdote o a un profesor. En el caso del tapiz te acercas tanto como si se tratara de un amigo. Sólo ves una parte, y no necesariamente la más importante. Así que ningún detalle debe destacar más que el resto: se tiene que integrar en un diseño placentero para los ojos, prescindiendo de dónde se detengan. Estos cuadros no tienen aún ese diseño. El fondo de *millefleurs* ayudará, pero todavía tenemos que cambiarlos.

—¿Cómo? —preguntó Nicolas.

—Añadiendo cosas. Más figuras, para empezar. A la dama debe acompañarla al menos una dama de honor, *n'est-ce pas?* En El Olfato, alguien que le sostenga los claveles mientras los entreteje; en El Oído, alguien que trabaje con el fuelle del órgano; en El Gusto, alguien que le ofrezca un cuenco para que dé de comer al periquito. Has añadido una criada que le presenta el cofre de las joyas en À Mon Seul Désir. ¿Por qué no en los otros?

—En una seducción, la dama debe estar sola.

—Las damas de honor tienen que haber presenciado seducciones.

—¿Cómo lo sabes? ¿Has seducido alguna vez a una aristócrata?

Me puse colorado. Ni en sueños se me ocurriría entrar en las habitaciones de una aristócrata. Poquísimas veces estoy en la misma calle que algún noble, y no digamos nada de la misma habitación. Sólo durante la misa compartimos el mismo aire, si bien ellos están muy lejos, en los primeros bancos, separados del resto de los fieles. Se marchan antes que nosotros, y sus caballos se los llevan velozmente antes de que los plebeyos como yo lleguemos al atrio de la iglesia. Aliénor dice que los nobles huelen a las pieles que llevan, pero nunca he estado lo bastante cerca para comprobarlo. El olfato de Aliénor es más fino que el de la mayoría.

Está claro que Nicolas ha estado con damas de la nobleza. Debe de saberlo todo sobre ellas.

—¿A qué huelen las aristócratas? —pregunté sin poderlo evitar.

Nicolas sonrió.

—Clavo. Clavo y menta.

Aliénor huele a melisa. Siempre las está pisando en su huerto.

—¿Te imaginas a qué saben? —añadió.

—No me lo cuentes —rápidamente tomé el carboncillo y, después de decidir que copiaría primero El Olfato, empecé el esbozo. Dibujé unas cuantas líneas para el rostro y el tocado de la dama, luego el collar, el corpiño, las mangas y el vestido—. No queremos grandes masas de color. La túnica amarilla, por ejemplo, necesita más variedad. En otros sitios has utilizado un brocado granate: en El Gusto y en À Mon Seul Désir. Vamos a añadirlo aquí, así, para romper el color.

Mientras yo llenaba con hojas y flores el triángulo de tela, Nicolas contemplaba lo que hacía por encima del hombro.

—*Alors,* tienes al león y al unicornio que sostienen la bandera y el estandarte a izquierda y derecha. Entre la dama y el unicornio, sobre un banco, vemos a un mono con un clavel. Eso está bien. ¿Qué tal si añadimos una criada entre la dama y el león? Puede ofrecer flores en una bandeja, que la dama utilizará para hacerse una corona —dibujé, de perfil, la silueta de una dama de honor—. Ya está mucho mejor. Las *millefleurs* del fondo llenarán la escena. No las voy a dibujar aquí, sólo en el cartón. Aliénor nos podrá ayudar cuando lo hagamos.

Nicolas me miró incrédulo.

—¿Cómo puede sernos útil? —se señaló los ojos.

Fruncí el ceño.

—Siempre ayuda a su padre con las *millefleurs.* Se ocupa de un huerto excelente y conoce bien las plantas, sabe para qué sirven. Hablaremos con ella cuando empecemos los cartones. *Alors,* entre las *millefleurs* hay que añadir algunos animales —dibujé mientras hablaba—. Un perro en algún sitio para la fidelidad, quizá. Algunas aves de cetrería para el momento en que la dama dé caza al unicornio. Un cordero a sus pies para recordarnos a Jesucristo y a Nuestra Señora. Y por supuesto un conejo o dos.

Ésa es la firma de Georges: un conejo que alza una pata hasta la cara.

Terminé de dibujar y contemplamos el cuadro y el apunte, uno al lado del otro.

—No acaba de estar bien —dije.

—¿Qué sugieres, entonces?

—Árboles —respondí al cabo de un momento.

—¿Dónde?

—Detrás de las banderas y los estandartes. Hará que el escudo de armas rojo destaque a pesar del fondo rojo. Luego otros dos más abajo, entre el león y el unicornio. Cuatro en total, para señalar las cuatro direcciones y las cuatro estaciones.

—Todo un mundo en un cuadro —murmuró Nicolas.

—Sí. Y el azul que hay que añadir será bien recibido por Jacques le Bœuf.

No es que quiera complacerlo. Todo lo contrario. Dibujé un roble junto al estandarte: roble para el verano y para el norte. Luego un pino detrás de la bandera, para el otoño y el sur. Acebo detrás del unicornio, para el invierno y el occidente. Naranjo detrás del león, para la primavera y el levante.

—Eso está mejor —dijo Nicolas cuando hube terminado. Parecía sorprendido—. Pero ¿podemos hacer tantos cambios sin que el cliente los apruebe?

—Son parte de la *verdure* —dije—. A los tejedores se les permite dibujar las plantas y los animales del fondo: lo único que no podemos hacer es cambiar las figuras. Años atrás se aprobó aquí en Bruselas una ley sobre eso, de manera que no hubiese problemas entre clientes y tejedores.

—O entre artistas y cartonistas.

—Eso también.

Me miró.

—¿Hay problemas entre nosotros?

Me senté sobre los talones.

—No —no, al menos, en cuestiones de trabajo, añadí para mis adentros. No tengo valor suficiente para decir esas cosas en voz alta.

—De acuerdo —Nicolas echó mano de El Gusto y apartó El Olfato—. Ahora haz éste.

Examiné a la dama que daba de comer a su periquito.

—Le has pintado la cara con más cuidado que a las otras.

Nicolas jugueteó con el carboncillo, tocándolo y frotando luego la mancha negra hasta que se le volvía gris entre los dedos.

—Estoy acostumbrado a pintar retratos, y prefiero que las mujeres de los tapices sean todo lo reales que esté en mi mano.

—Destaca demasiado. La dama de À Mon Seul Désir también; resulta demasiado triste.

—No las voy a cambiar.

—Las conoces, ¿no es eso?

Se encogió de hombros.

—Son aristócratas.

—Y las conoces bien.

Negó con la cabeza.

—No tan bien. Las he visto unas cuantas veces, pero...

Me sorprendió verlo hacer un gesto de dolor.

—La última vez que las vi fue el Primero de Mayo —continuó Nicolas—. Ésta... —señaló al cuadro de El Gusto— bailaba en torno a un mayo mientras su madre vigilaba. Llevaban vestidos que hacían juego.

—El brocado de color granate.

—Sí. No me pude acercar. Sus damas se ocuparon de ello —frunció el ceño al recordarlo—. Sigo pensando que no debería haber criados en estos tapices.

—La dama necesita una acompañante, de lo contrario no parecería correcto.

—Vayamos ahora a la seducción misma —insistió.

—¿Por qué no ponemos criadas en todos menos en el de la captura del unicornio? En La Vista, cuando descansa en su regazo.

—Y en El Tacto —añadió Nicolas—, cuando lo sujeta por el cuerno. Tampoco ahí hace falta una acompañante —sonrió. Había vuelto a ser el mismo de antes, su melancolía desaparecida de repente, como una tormenta—. ¿Te cuento lo del unicornio, entonces? Quizá te ayude.

Antes de que pudiera responder, Aliénor introdujo la cabeza por la ventana donde antes había estado Jacques le Bœuf. Nicolas y yo nos sobresaltamos.

—Nos tienes aquí, Aliénor —dije—. Junto al telar.

—Lo sé —respondió—. Mamá y yo estamos de vuelta. Ese Jacques le Bœuf nos retrasó tanto que se había terminado la misa antes de que nos sentáramos. ¿Querréis cerveza?

—Dentro de un momento —respondió Nicolas, que se volvió hacia mí tan pronto como Aliénor entró en la casa.

—Si no quieres saber lo del cuerno del unicornio te contaré otra cosa.

—No —no quería que hablara así con Aliénor tan cerca.

Me sonrió. Iba a decírmelo de todos modos.

—Aunque las mujeres huelan a clavo, saben a ostras.

Aliénor de la Chapelle

Me encontraron arrancando las malas hierbas entre las fresas. Las he plantado de manera que disponga de sitio donde arrodillarme con facilidad y ocuparme de las malas hierbas. No es que les tenga mucho aprecio como plantas: las flores no huelen y las hojas no son ni suaves ni espinosas ni delgadas ni gruesas. Pero el fruto es delicioso. Ahora, a comienzos de verano, las bayas han empezado a crecer pero son todavía pequeñas y duras y tienen poco aroma. Una vez que el fruto ha madurado, sin embargo, me pasaría, feliz, todo el día en este rincón del huerto, para aplastar las fresas entre los dedos, olerlas y gustarlas.

Oí que Philippe venía por el camino entre los rectángulos cultivados —un pie le roza contra el suelo cuando camina— y, tras él, el paso elástico de Nicolas des Innocents. La primera vez que Nicolas vio mi huerto, exclamó: «¡Virgen santa, es un paraíso! Nunca he visto un huerto así en París. Hay tantas casas que no queda sitio para nada: todo lo más, con mucha suerte, una hilera de coles». Es la única vez que le he oído alabar algo de Bruselas como mejor que en París.

A la gente siempre le sorprende mi huerto. Tiene seis rectángulos que forman una cruz, con árboles frutales —manzanos, ciruelos y cerezos— en las esquinas. Dos parcelas son para hortalizas, y tengo coles, puerros, guisantes, lechugas, rábanos, apio. La tercera, para fresas y hierbas aromáticas: ésa era la que estaba limpiando de malas hierbas. La cuarta para rosas, que no me gustan mucho —las espinas se me clavan—, pero agradan a mamá, y las dos últimas para las flores y más hierbas aromáticas.

En ningún sitio soy tan feliz como en mi huerto. Es el lugar más seguro del mundo. Conozco todas las plantas, todos los árboles, todas las piedras, todos los terrones de arcilla. Lo rodea un enrejado tejido con sauces y cubierto de rosas espinosas para que no entren ni animales ni desconocidos. Casi siempre estoy sola. Vienen los pájaros y se posan en los frutales para robar cerezas cuando están maduras. Las mariposas revolotean entre las flores, aunque sé muy poco de ellas. A veces, cuando me quedo quieta, siento que se mueve el aire cerca de una mejilla o de un brazo a causa de su aleteo, pero nunca las he tocado. Papá me dijo que si se las toca pierden el polvo que tienen en las alas, y entonces no pueden volar y los pájaros se las comen. De manera que las dejo tranquilas y hago que otros me las describan.

Sonreí cuando Philippe me anunció:

—Sólo somos nosotros, Aliénor: Nicolas des Innocents y yo. Aquí, junto al espliego —me conoce de toda la vida, pero sigue diciéndome dónde está aunque ya lo sé. Me llegaba el aroma oleaginoso, boscoso, del espliego contra el que se rozaban.

Me senté sobre los talones y alcé el rostro hacia el sol. Los comienzos del verano son buenos para tomar el sol, porque está encima durante más tiempo a lo largo del día. Siempre me ha gustado el calor, aunque no el del fuego, que me asusta. Me he chamuscado la falda demasiadas veces.

—¿Me ofreceréis una fresa, mademoiselle? —preguntó Nicolas—. Tengo sed.

—Aún no están maduras —respondí con sequedad. Mi intención era responder con cordialidad, pero Nicolas hacía que me sintiera extraña. Y alzaba demasiado la voz. La gente lo hace a menudo cuando descubre que soy ciega.

—Ah. No importa, confío en que maduren antes de mi vuelta a París.

Me incliné otra vez hacia delante y palpé el suelo en torno a las fresas, deshaciendo entre los dedos la tierra que el sol había secado mientras buscaba álsine, hierba cana, pan y quesillo. No encontraba apenas malas hierbas, y ninguna mayor que una simiente recién germinada: había trabajado entre las fresas muy pocos días antes. Sentía sobre mí los ojos de los dos varones, como guijarros apretados contra la espalda. Es extraño cómo siento esas cosas, aunque ignoro en qué consiste ver.

Mientras me miraban sabía en qué estaban pensando: ¿cómo encuentra las malas hierbas y sabe lo que son? No se dan cuenta de que las malas hierbas son como cualquier otra planta, excepto que nadie las quiere: tienen hojas y flores y aromas y tallos y savia. Con el tacto y el olfato las reconozco igual que a las demás.

—Aliénor, necesitamos que nos ayudes con las *millefleurs* para los tapices —dijo Philippe—. Hemos dibujado parte de los diseños de mayor tamaño. Pero queremos que nos señales flores que podamos usar.

Volví a sentarme sobre los talones. Siempre me gusta que me pidan ayuda. Me he pasado la vida siendo útil para que mis padres no me consideren una carga y se deshagan de mí.

La gente alaba a menudo mi trabajo. «Qué iguales son tus puntadas», dicen. «Cuánto colorido tienen tus flores, qué rojas son tus cerezas. Es una lástima que no puedas verlas.» De hecho percibo la compasión en su voz, así como la sorpresa al descubrir lo útil que soy. No conciben el mundo sin ojos, de la misma manera que yo no lo concibo con ellos. Los ojos sólo son para mí dos bultos que se mueven, igual que mastica mi mandíbula o se me dilatan las ventanas de la nariz. Dispongo de otros medios para relacionarme con el mundo.

Conozco, por ejemplo, los tapices en los que trabajo. Toco la protuberancia de cada hilo de la urdimbre, de cada punto de la trama. Localizo las flores del diseño de *millefleurs* y sigo mis puntadas en torno a la pata trasera de un perro o a la oreja de un conejo o a la manga de la túnica de un campesino. Toco los colores. El rojo es suavemente sedoso, el amarillo pica, el azul es aceitoso. Bajo mis dedos aparece el mapa que forman los tapices.

La gente habla de ver con tanta reverencia que a veces pienso que si mis ojos funcionaran la primera cosa que vería sería a Nuestra Señora, que llevaría una túnica toda azul y sedosa al tocarla, y su piel sería tersa y sus mejillas tibias. Olería a fresas. Me pondría las manos en los hombros y la sensación sería de suavidad pero también de firmeza, de manera que una vez que me hubiera tocado sentiría ya siempre el peso de sus manos.

A veces me pregunto si ver haría que la miel supiera más dulce, que el espliego oliera mejor o que el sol me calentara más la cara.

—Has de describirme los tapices —le dije a Philippe.

—Ya lo hice el otro día.

—Ahora con más detalle. ¿Hacia dónde mira la dama: hacia el unicornio o hacia el león? ¿Cómo va vestida? ¿Está contenta o triste? ¿Se siente segura en su jardín? ¿Qué hace el león? ¿El unicornio está sentado o de pie? ¿Se alegra de ser capturado o quiere marcharse? ¿Siente la dama cariño por el unicornio?

El ruido que provocó Philippe al extender los dibujos me molestó. Me volví hacia Nicolas.

—Monsieur, vos habéis hecho los diseños. Sin duda los conocéis lo bastante bien como para describirlos sin necesidad de mirarlos.

Philippe dejó de hacer ruido.

—Por supuesto, mademoiselle —replicó. Había una sonrisa en su voz. Crujieron los guijarros bajo sus pies mientras se arrodillaba al borde del rectángulo.

—Estáis aplastando la menta —le dije con brusquedad al llegarme el olor.

—Oh. *Pardon* —se apartó un poco—. *Bon,* ¿cuáles eran todas esas preguntas que habéis hecho?

Ya no me acordaba de lo que quería que me dijera. No estaba acostumbrada a recibir atenciones de un hombre como él.

—¿Cuánto azul hay en los tapices? —pregunté por fin. No me gusta que los tapices que hace mi padre tengan mucho azul, porque sé que recibiré demasiadas visitas de Jacques le Bœuf, con su paso cansino, sus palabras soeces y, por supuesto, su olor: un olor que sólo una mujer hundida, desesperada, soportaría.

—¿Cuánto os gustaría que hubiera, mademoiselle?

—Nada; a no ser que estéis dispuesto a quedaros y a luchar con Jacques le Bœuf cada vez que aparezca.

Nicolas se echó a reír.

—La dama está sobre la hierba azul que cubre la parte inferior de todos los tapices. Pero si lo deseáis podemos reducirla. Quizá una isla de hierba que flote entre el rojo, en torno a la dama, el unicornio y el león. Sí, eso podría funcionar muy bien. Y es un cambio que nos está permitido hacer, ¿no opinas lo mismo, Philippe? Es parte de la *verdure, n'est-ce pas?*

Philippe no respondió. Su enojado silencio quedó flotando en el aire.

—Gracias, monsieur —dije—. *Et bien,* ¿qué aspecto tiene la dama? Describídmela. Describidme El Gusto —elegí la dama que me desagradaba.

Nicolas resopló.

—¿Por qué ésa?

—Me estoy castigando. ¿Es de verdad muy hermosa?

—Sí.

Mientras palpaba entre las fresas, arranqué una sin querer y la tiré.

—¿Sonríe?

—Sí, una sonrisa mínima. Mira hacia la izquierda y piensa en algo.

—¿En qué piensa?

—En el cuerno del unicornio.

—No, Nicolas —dijo Philippe con tono admonitorio.

Aquello aumentó mi curiosidad.

—¿Qué sucede con el cuerno?

—El del unicornio es un objeto mágico —dijo Nicolas—, con poderes especiales. Dicen que si un unicornio hunde el cuerno en un pozo envenenado, el agua se purifica. Puede purificar otras cosas además.

—¿Qué otras cosas?

Nadie habló durante unos momentos.

—Por hoy creo que ya es bastante. Quizá os lo cuente en otra ocasión —Nicolas añadió aquello último entre dientes para que sólo yo lo oyera. Mi oído es más fino que el de Philippe.

—*Bon* —respondí—. Dejadme pensar. Debería haber menta entre las *millefleurs,* porque protege contra los venenos. Sello de Salomón también. Y verónicas y margaritas y caléndulas, que son para trastornos estomacales. Fresas además, para resistir al veneno, y por Jesucristo Nuestro Señor, porque la dama y el unicornio son también Nuestra Señora y Nuestro Señor. De manera que necesitaréis flores para la Virgen María: lirios de los valles, digital, aguileña, violetas. Sí, y escaramujo: blanco por la pureza de Nuestra Señora, rojo por la sangre de Jesucristo. Claveles para las lágrimas de Nuestra Señora por su Hijo; aseguraos de ponerlas en el tapiz donde el unicornio está en el regazo de la dama, porque eso es como la Pietà, *n'est-ce pas?* ¿Qué sentido representa? —aunque lo sabía ya: no se me olvida nada. Quería burlarme de ellos.

Después de una pausa, Philippe se aclaró la garganta:

—Vista.

—Ah —seguí adelante sin darle importancia—. Claveles, también, en el tapiz en el que la dama está haciendo la corona nupcial, ¿no es eso?

—Sí, en El Olfato.

—En ocasiones se añade vincapervinca a las coronas nupciales para representar la fidelidad. Y querréis alhelíes para la constancia, y nomeolvides para el amor verdadero.

—*Attends,* Aliénor, vas demasiado deprisa. Voy a traer más papel para hacer esbozos, y taburetes donde sentarnos.

Philippe regresó corriendo al taller.

Me quedé a solas con Nicolas. Nunca había estado a solas con un hombre como él.

—¿Por qué os llaman Nicolas des Innocents? —pregunté.

—Vivo cerca del cementerio de los Inocentes en París, junto a la rue Saint-Denis.

—Ah. No me parecía que fueseis muy inocente.

Nicolas rió entre dientes.

—Ya me conoces bien, preciosa.

—Me gustaría tocaros el rostro, para conoceros mejor —era un atrevimiento por mi parte: nunca le he pedido a Philippe que me deje tocarle la cara, aunque lo conozco desde que éramos niños.

Pero Nicolas es de París: está acostumbrado al atrevimiento.

—*Bien sûr* —dijo. Avanzó entre las fresas, aplastando con las botas menta y melisa y bayas sin madurar. Se arrodilló delante de mí y le toqué la cara. Tenía cabellos suaves que le llegaban hasta los hombros, y mejillas y barbilla rasposas por una barba de pocos días. La frente, amplia. La barbilla con un hoyuelo. Y surcos hondos a ambos lados de la boca, muy ancha. Le apreté la nariz, larga y delgada, y se rió.

Sólo le toqué la cara un momento antes de que se pusiera en pie de un salto y volviera al sendero. Cuando Philippe regresó, arrastrando taburetes entre los guijarros, volvíamos a estar como antes.

—¿Queréis ver las flores que vais a dibujar? —me puse en pie tan deprisa que casi me mareé.

—Sí —dijo Philippe.

Salí al sendero y los llevé hasta los arriates.

—Muchas están floreciendo ahora, aunque os habéis perdido algunas. Ya no hay violetas, ni lirios de los valles, ni vincapervinca. Las hojas, sí; pero sin flores. Y los sellos de Salomón están empezando a marchitarse. Pero la digital y la verónica están floreciendo ya, y una o dos de las caléndulas. ¿No las veis, cerca de los ciruelos?

—Sí —dijo Nicolas—. Cultiváis de todo aquí, ¿no es eso? ¿Por qué os esforzáis tanto, si no podéis verlo?

—Lo hago para que lo vean los demás, pero sobre todo para que mi padre conozca las flores que teje y sea capaz de copiar sus formas y colores verdaderos. Es la mejor manera. El secreto de nuestro taller: el porqué de la calidad de nuestras *millefleurs*.

»*Bon,* aquí está el alhelí. Lo planto en las esquinas de los rectángulos por el olor, porque así sé dónde estoy. Aquí veréis la aguileña, todo en tres: tres hojas en tres racimos sobre tres tallos, por la Santísima Trinidad. Aquí están los claveles, las margaritas y los crisantemos. ¿Qué más queréis ver?

Philippe me preguntó por otras plantas que veía allí y me arrodillé y las toqué: mijo del sol, saxífraga, jabonera. Luego se sentó y empezó a esbozar, con el carboncillo que raspaba el papel rugoso.

—Quizá queráis algunas de las flores del comienzo de la primavera —le recordé—. Campanillas de invierno y jacintos. Por supuesto no florecen ahora, pero podéis verlas en algunos de los dibujos de papá, si no las recordáis. Y también los narcisos, para el unicornio en La Vista: mirándose en el espejo, como hizo Narciso.

—Debéis de haber hablado con Léon le Vieux cuando estuvo aquí: los dos pensáis que el unicornio es un ser vanidoso, fanfarrón —dijo Nicolas.

Sonreí.

—Léon es un hombre prudente —desde luego siempre ha sido amable conmigo, tratándome casi como a una hija. En una ocasión me dijo que procedía de una familia judía, aunque va a misa con nosotros cuando está en Bruselas. De manera que también sabe en qué consiste ser diferente, y cómo es necesario amoldarse siempre y ser útil.

—Nicolas, trae el lienzo en el que he empezado a dibujar El Oído, y añadiré las *millefleurs* —dijo Philippe con brusquedad.

Temí que Nicolas respondiera con malas maneras, pero volvió al taller sin decir una sola palabra. No sabía por qué, pero, de repente, no quería estar a solas con Philippe, por si acaso intentaba decirme algo. Antes de que pudiera hacerlo, me alejé para reunirme con mamá dentro de casa.

Olí lo que estaba preparando para la cena: trucha, zanahorias nuevas del huerto, alubias y guisantes secos, cocidos hasta conseguir un puré.

—¿Comerán también Nicolas y Philippe? —pregunté, mientras colocaba jarras sobre la mesa.

—Eso creo —mamá hizo ruido al colocar algo pesado sobre la mesa: la olla con el puré de guisantes. Luego regresó junto al fuego y, al cabo de un momento, oí el chisporroteo de más truchas friéndose. Empecé a servir la cerveza: oigo cuándo el líquido llega a lo más alto del jarro.

Con el fuego no me siento tan segura como en el jardín. Prefiero cosas que no cambian tan deprisa. Por eso me gustan los tapices: se tarda mucho tiempo en hacerlos, y crecen a lo largo de meses, como las plantas de mi jardín. Mamá siempre mueve las cosas mientras cocina; nunca estoy segura de que un cuchillo siga en el sitio donde lo he dejado, o de que una bolsa de guisantes se haya guardado de manera que no tropiece con ella, o de que un recipiente con huevos esté arrimado a la pared para que no lo vuelque. No le soy útil junto al hogar. No estoy en condiciones de ocuparme del fuego: se me ha apagado muchas veces. En una ocasión lo cargué demasiado, la chimenea se incendió y estuvo a punto de quemarnos a todos si no llega a ser porque mi hermano lo apagó con un poco de lana empapada en agua. Después de aquel percance papá me prohibió tocarlo. No se me permite asar carne ni aves. Ni colocar ollas en el fuego ni retirarlas. Tampoco remover el contenido: la sopa se me ha derramado más de una vez sobre las manos.

Pero se me dan bien las verduras. Mamá dice que corto las zanahorias en rodajas demasiado iguales, pero si lo hiciera de otra manera podría llevarme un dedo por delante. También friego peroles. Sé sacar las cosas y guardarlas después. Sazonar alimentos, aunque despacio, porque tengo que sentir en la mano la nuez moscada o la canela o la pimienta y probar la comida muchas veces. Me esfuerzo lo indecible por ayudar.

—¿Qué te parece Nicolas des Innocents? —dijo mamá.

Sonreí.

—Un tipo vanidoso y fanfarrón.

—Sí que lo es. Aunque bien parecido. Supongo que habrá dejado embarazada a más de una muchacha en París. Ojalá no nos cause problemas aquí. Ten cuidado con él, *ma fille.*

—¿Por qué iba a interesarse por una ciega como yo?

—No son ojos lo que anda buscando.

Se me encendieron las mejillas. Me volví de espaldas a mi madre y abrí la panera de madera. El sonido me hizo saber que no había más que migas. Busqué por la mesita junto al hogar y luego en la mesa grande con caballetes.

—¿No hay nada de pan? ¿Ni siquiera duro? —pregunté por fin. No me gusta reconocer que no consigo encontrar algo.

—Madeleine ha ido a comprarlo.

Antes me creía culpable de que tuviéramos una criada. Madeleine estaba con nosotros para ser mis ojos, para hacer todas las cosas que debe hacer una hija cuando ayuda a su madre. Pero a medida que el taller de papá se dio a conocer por sus *millefleurs* y aceptamos más y más trabajo, nos necesitó a mamá y a mí para ayudarlo, de manera que la presencia de Madeleine se hizo necesaria. Ahora no podríamos funcionar sin ella, aunque mamá prefiere cocinar siempre que puede: dice que los guisos de Madeleine son demasiado sosos y que le dan dolor de tripa. Pero cuando estamos ocupados en el taller no nos parece nada mal comer lo que prepara Madeleine, regarlo con el agua que va a buscar y sentarnos delante del fuego que ha encendido con leña recogida por ella misma.

Madeleine volvió enseguida con el pan. Es una mujer grande, tan alta como mamá y más ancha. Le he palpado los brazos y son como piernas de cordero. A los hombres les gusta. La he oído una noche en el jardín con Georges le Jeune. Deben de creer que no oigo sus gemidos ni noto que han pisado mis narcisos junto al emparrado del sauce. No digo nada, por supuesto. ¿Qué podría decir?

Inmediatamente después de que volviera Madeleine llegaron papá y los jóvenes de su entrevista con el lanero.

—He encargado la lana y la seda —le dijo papá a mamá—. En Ostende hay suficiente para la urdimbre y para empezar a tejer: la traerán dentro de unos días y podremos vestir el telar. El resto dependerá del mar y de la travesía entre Inglaterra y el continente.

Mamá asintió con la cabeza.

—La comida está lista. ¿Dónde se han metido Philippe y Nicolas?

—En el jardín —dije. Sentí sus ojos en mi espalda mientras iba a buscarlos.

Durante la comida, papá preguntó a Nicolas por París. Ha estado en Ostende, y en otras ciudades famosas por sus tejidos como Lille y Tournai, pero nunca ha llegado hasta París. Mamá y Georges le Jeune fueron una vez con él a Amberes, pero yo nunca he pasado de las murallas de nuestra ciudad: tendría demasiado miedo. Me basta con los sitios que conozco en Bruselas: Notre Dame de la Chapelle, que está muy cerca, con la plaza de delante, donde se pone el mercado; Notre Dame du Sablon; la puerta para atravesar las murallas interiores y llegar a la Grand-

Place; los mercados de allí; la catedral. Ése es el mundo que conozco. Me gusta oír hablar de otros lugares, sin embargo, e imaginar el aspecto que tienen. El mar, por ejemplo: me encantaría sentirme rodeada por el olor a sal y a pescado, oír el retumbar y el arrastrarse de las olas, y sentir en el rostro el agua pulverizada. Papá me lo ha descrito, pero me gustaría estar allí para sentir por mí misma lo enorme y poderosa que puede ser el agua.

—¿Qué aspecto tiene Notre Dame? —preguntó papá—. Según cuentan es incluso más grande que la catedral de aquí.

Nicolas se echó a reír.

—Vuestra catedral es una choza de pastores comparada con Notre Dame, que es como el cielo traído directamente a la tierra. Posee las torres más hermosas, las campanas más sonoras, las vidrieras más admirables. Daría cualquier cosa por diseñar vidrieras así.

Iba a preguntar más sobre las campanas cuando Philippe dijo sin levantar la voz:

—*En fait,* nosotros, los *brusselois,* estamos orgullosos de nuestra catedral. La fachada occidental estará terminada a finales de año. Y nuestras otras iglesias..., Notre Dame de la Chapelle, por ejemplo, es también impresionante, y la pequeña iglesia de Notre Dame du Sablon es muy hermosa, al menos lo que está construido. Las vidrieras son tan hermosas como cualquiera de París.

—Quizá sea hermosa, pero no tan espléndida como Notre Dame de París —insistió Nicolas—. Me gusta colocarme fuera y ver a la gente contemplarla con la boca abierta. Hay más rateros en Notre Dame que en ningún otro sitio de París porque la gente mira tan fijamente que no se da cuenta de que la roban.

—¿La gente roba? —preguntó mamá—. ¿No temen la soga?

—Se ahorca a mucha gente en París, pero abundan los ladrones. La riqueza es tanta que no se contienen. En Notre Dame se ve a los nobles y a sus esposas que entran y salen durante todo el día, vestidos con la ropa de mejor calidad de la tierra. Las mujeres de París están mejor vestidas que en ningún otro sitio.

—¿Has estado en otras ciudades? —preguntó Georges le Jeune.

—Sí, en muchas.

—¿Dónde?

—Lyon. Mujeres hermosas.

—¿Y?

—Tournai.

—Papá ha estado en Tournai. Dijo que era un sitio muy animado.

—Una ciudad terrible, Tournai —dijo Nicolas—. Prometí no volver.

—Se hacen tejidos de excelente calidad en Tournai —dijo papá—. Algunos rivalizan con lo mejor que se produce en Bruselas.

—Las mujeres no tenían pecho y ponían siempre mala cara —Nicolas habló con la boca llena.

Fruncí el ceño.

—¿Has estado en Norwich? —preguntó papá—. Ése es un sitio que me gustaría visitar alguna vez, para ver el mercado de la lana.

—Venecia, ahí es donde iría yo —dijo Nicolas.

—¿Por qué, monsieur? —pregunté—. ¿Preferís la seda a la lana?

—No es sólo la seda. Todo pasa por Venecia: especiería, cuadros, joyas, pieles. Cualquier cosa que se desee. Y luego los diferentes pueblos: moros, judíos, turcos. Una fiesta para los ojos —se interrumpió—. Ah. *Pardon*, mademoiselle.

Me encogí de hombros. Todo el mundo me habla de la vista: estoy acostumbrada.

—Las venecianas también te gustarían, ¿no es cierto? —preguntó Philippe.

Madeleine y yo dejamos escapar risitas nerviosas. Yo sabía que Philippe había dicho aquello para facilitar la conversación. Es su manera de ser.

—¿Qué aspecto tiene la casa de Jean le Viste? —interrumpió mamá—. ¿Es espléndida?

—Lo suficiente. Queda justo fuera de los muros de la ciudad, junto a la abadía de Saint-Germain-des-Prés, una iglesia muy hermosa, la más antigua de París. Su esposa va allí con frecuencia.

—¿Monseigneur Le Viste también?

—Es un hombre muy ocupado; siempre está haciendo algún encargo del Rey. No creo que disponga de tiempo para misas.

—¿No dispone de tiempo para misas? —mamá estaba indignada.

—¿Tiene hijos, monsieur? —pregunté, picoteando la rebanada de pan duro que me servía de plato. Me había dejado parte del puré de guisantes: estaba demasiado emocionada para comer.

—Tres hijas, mademoiselle.

—¿Ningún varón? Debería haber rezado más —dijo mamá—. Eso tiene que ser una prueba para él, la falta de heredero. ¿Qué pasaría con este taller, después de todo, si no fuera por Georges le Jeune?

Papá gruñó. No le gusta recordar que el taller será algún día de Georges le Jeune.

—¿Cuánto tiempo se tarda en cruzar París? —preguntó Luc.

—Al menos tanto como en decir dos misas —respondió Nicolas—. Y eso si no te paras en uno de los puestos o de las tabernas, o a saludar a las personas que conoces. Las calles están repletas de gente, de día y de noche. Puedes ver lo que quieras y comprar lo que te guste.

—No parece muy distinto de Bruselas: tan sólo más grande, y con más desconocidos —dijo Georges le Jeune.

Nicolas resopló.

—Es muy distinto de aquí.

—¿Cómo? Aparte de las mujeres, claro está.

—Si he de ser franco, las mujeres de Bruselas son mejor parecidas de lo que pensé en un primer momento. Sólo hay que mirarlas con más detenimiento.

Me puse colorada. Madeleine lanzó de nuevo una risita y se movió en el banco, de manera que me empujó contra mamá.

—Ya basta, monsieur —dijo mamá con tono cortante—. Tratad con un poco de respeto a los habitantes de esta casa o, por muy artista de París que seáis, ¡saldréis de aquí con una patada en el trasero!

—¡Christine! —dijo papá, mientras Georges le Jeune y Luc reían.

—Digo lo que siento. No se trata sólo de mí, hay que pensar también en Aliénor y en Madeleine. No quiero que cualquier conquistador las engatuse con palabras almibaradas.

Papá empezó a decir algo, pero Nicolas le interrumpió:

—Os aseguro, madame, que no era mi intención faltaros al respeto ni a vos, ni a vuestra hija, ni a la bella Madeleine.

Madeleine se retorció de nuevo y tuve que llamarla al orden con la punta del pie.

—Veremos —dijo mamá—. Porque la mejor manera de mostrar vuestro respeto será ir a misa. No habéis ido ni una sola vez desde que llegasteis.

—Tenéis razón, madame: he fallado imperdonablemente. Trataré de repararlo asistiendo esta tarde a nona. Quizá vaya a vuestra Dame du Sablon para echar de paso una ojeada a sus famosas vidrieras.

—No —dijo papá—. La misa puede esperar. Necesito que el primer cartón esté acabado cuanto antes para que podamos empezar. Philippe y tú trabajad hasta que lo acabéis; después podrás ir a misa.

La indignación de mamá la hizo estremecerse, pero no dijo nada. Nunca antepondría el trabajo a las obligaciones religiosas, pero papá es el *lissier,* y es quien decide sobre cosas como ésas. No estuvo mucho tiempo enojada con él, de todos modos. Nunca le duran los enfados. Después de cenar, mis padres pasaron al taller. Aunque mamá no debe tejer —el Gremio multaría a papá si lo hiciera—, a menudo le ayuda en trabajos de otro tipo. Su padre era tejedor, y mamá sabe cómo vestir un telar, enhebrar lizos, ovillar o clasificar lana, y calcular cuánta lana y seda se necesitan para cada tapiz, así como cuánto tiempo hará falta para terminarlos.

No la puedo ayudar con esas cosas, pero coso, en cambio. Por la noche, cuando los tejedores han terminado, me paso horas familiarizándome con el tapiz en el telar, busco las hendiduras que se forman cuando un color se detiene y comienza otro. De esa manera llego a conocer los tapices tan bien como los tejedores que trabajan en ellos.

Por supuesto, si el cliente está dispuesto a pagar lo suficiente y el diseño lo permite, papá ensambla los colores, y teje hilos de diferentes colores unos con otros, entrelazándolos, de manera que no queden hendiduras que coser. Es un trabajo complicado que lleva más tiempo y cuesta más, por lo que muchos clientes no lo piden, como sucede en el caso de monseigneur Le Viste. Parece tacaño y con prisa: exactamente lo que yo esperaba de un aristócrata parisiense. Tendré mucho que coser en los próximos meses.

Mientras ellos se quedaban en el taller, trabajé de nuevo en el huerto, arrancando malas hierbas y mostrando a Nicolas y Philippe las flores que necesitaban para dibujar y pintar el cartón sobre un trozo de tela de lino. Estuvimos juntos, reinó la paz y me alegré: prefiero que no nos peleemos todo el tiempo.

Más tarde, Georges le Jeune y Luc salieron al huerto y vieron pintar a Nicolas y a Philippe. El sol ya no estaba alto. Cogí dos cubos y me dispuse a ir a por agua para las plantas. Cuando pasaba por la cocina de camino hacia el pozo al final de la calle, oí mencionar el nombre de Jacques le Bœuf. Me detuve exactamente junto a la puerta que lleva al taller.

—Lo he visto hoy, para decirle que pronto encargaría el azul —estaba diciendo papá—. Ha vuelto a preguntar por tu hija.

—No hay ninguna prisa, ¿verdad que no? —respondió mamá—. Sólo tiene diecinueve años. Muchas chicas esperan más si quieren hacer una buena boda o que sus novios se decidan, o prepararse el ajuar. No es como si Jacques tuviera una fila de mujeres delante de la puerta esperando para casarse con él.

—El olor las mataría, como primera providencia —dijo papá.

Rieron los dos entre dientes.

Sujeté muy bien los cubos y no respiré por temor a que mis padres me oyeran. Luego noté que alguien que venía del jardín se detenía en el umbral detrás de mí.

—Es una propuesta de matrimonio, de todos modos —dijo papá—. La única que le han hecho. No podemos descartarla sin más ni más.

—Hay otras cosas que puede hacer además de casarse con un tintorero de glasto. ¿Es eso lo que quieres para tu hija?

—No es nada fácil encontrar marido para una muchacha ciega.

—No tiene por qué casarse.

—¿Y ser una carga para el taller toda su vida?

Me estremecí. Estaba claro que no había sido tan útil como creía.

Quienquiera que estuviese detrás de mí se movió un poco y, al cabo de un momento, regresó en silencio al jardín, dejándome sola, con mis lágrimas silenciosas. Ésa es una función que mis ojos comparten con los de otras personas: producir lágrimas.

Christine du Sablon

No podía apartar los ojos de la ropa. La dama que toca el órgano lleva una espléndida túnica con un dibujo amarillo y granate. Toda la orla está adornada de perlas y piedras preciosas que hacen juego con las que lleva en torno al cuello. La túnica interior es azul, de mangas que se ensanchan y caen con gracia. Georges será capaz de lucirse con esas mangas, al pasar del azul oscuro al claro.

Hasta la criada que mueve el fuelle del órgano lleva una ropa preciosa: más elegante que todo lo que poseemos Aliénor o yo. Imagino que es así como visten las damas de honor parisienses. Por supuesto, su ropa es más sencilla que la de su señora, pero no deja de ser un muaré azul marino con ribete rojo —otra ocasión para que Georges se luzca— y largas mangas amarillas, redondas más que en pico. Si yo me pusiera un vestido así, esas mangas se me meterían en la sopa y se engancharían con los hilos de la urdimbre.

La dama de honor lleva además dos collares con colgantes de flores. No son tan lujosos como el de su señora, pero las cadenas son de oro. Y se adorna el tocado con joyas. Me gustaría tener alguna parecida. Aunque es cierto que poseo un collar de rubíes engastados en esmaltes: Georges me lo regaló cuando el taller pasó a ser suyo. Lo llevo en los banquetes del Gremio, y me paseo por la Grand-Place como una reina.

A veces pienso en lo acomodado de nuestra posición, aunque no lo aparentemos, y me pregunto qué diría Georges si decidiera ser una dama como las de los tapices. Qué pasaría si vistiera ropa elegante, comiera peladillas y tuviera damas de honor pendientes de mí, que me peinaran, me llevaran el devocionario, las cestas y los pañuelos, que ordenaran mis cosas y me calentaran la habitación. Se supone que la primera tarea diaria de Madeleine es encender el fuego, pero la mitad de las veces está todavía dormida cuando me levanto, y soy yo quien se ocupa de hacerlo.

No me parezco en nada a las damas de esas pinturas. Ni sé tocar el órgano, ni tengo tiempo para dar de comer a las aves, ni para trenzar claveles ni para mirarme en espejos. La única dama a la que entiendo un poco más es la que sujeta al unicornio. Eso es lo que yo haría: asegurarme de que lo tengo bien agarrado.

Disponemos de dinero, pero Georges no lo gasta en cosas de calidad. Nuestro hogar es más grande que la mayoría, eso es cierto: hemos unido dos casas para disponer así de una cámara muy grande destinada a taller, y contamos con camas para el aprendiz y otras personas que nos ayudan. En cuanto a mí, tengo el collar y una buena cama de madera de nogal. La tela para nuestros vestidos, aunque sencilla, es de buena calidad y está bien cortada. Y tanto Aliénor como yo tenemos tres vestidos, mientras que otras sólo tienen dos, o uno. Las mangas no nos entorpecen el trabajo.

Georges, en lugar de alardear de nuestra riqueza, la utiliza para comprar diseños de tapices: posee más que la mayoría de los *lissiers* de esta ciudad. Y disponemos de dos buenos telares horizontales, mientras que otros talleres parecidos al nuestro no suelen tener más que uno. Mi marido paga generosamente para que se digan misas por nuestra familia y contribuye a los gastos para construir Notre Dame du Sablon.

Sólo de cuando en cuando he deseado que mi vestido fuera azul en lugar de marrón, y con un poco de seda en lugar de sólo lana. Me gustaría tener pieles para calentarme, tiempo que dedicar a peinarme y una dama de honor que lo hiciera como debe hacerse. Madeleine lo intentó una vez, pero parecía un nido de pájaros. Me gustaría que mis manos fuesen tan suaves como los pétalos de rosas en los que esas damas de los tapices ponen las suyas en remojo. Aliénor me ha hecho un ungüento con pétalos, pero manejo demasiada lana áspera para que se noten los resultados.

Me gustaría tener siempre un fuego junto al que sentarme, y más comida de la que necesito.

Pero sólo algunas veces pienso en esas cosas.

Había estado tan ocupada enhebrando lizos en el taller con los demás, que me resultó muy agradable quedarme en el huerto un rato viendo lo que han pintado Nicolas des Innocents y Philippe. Hasta el momento el único cartón que habían ampliado era El Oído, y estaba clavado en la pared del huerto, donde los dos trabajan. Philippe ha hecho todos los dibujos, dado que Nicolas no entendía que tejemos de atrás adelante y necesitamos cartones que sean imágenes especulares de los tapices finales. Requiere un talento especial partir de un dibujo pequeño y ampliarlo y luego tejerlo de izquierda a derecha en lugar de derecha a izquierda. Todos nos hemos reído de la expresión en la cara de Nicolas al ver El Oído dibujado al revés. Pero ha llegado a acostumbrarse y ha conseguido pintarlo bien. Aunque presumido, es un artista excelente y aprende deprisa.

Aliénor y Nicolas estaban en el huerto cuando salí: él pintaba, ella, subida a una escalera, podaba los cerezos. Philippe había ido a casa de su padre a por más pinturas. Aunque se hallaban en extremos opuestos del huerto y pendientes de su trabajo, no me gustó verlos solos. No era mucho lo que podía hacer de todos modos: estoy demasiado ocupada para dedicarme a vigilar a mi hija. Es una chica sensata, aunque me he dado cuenta de que cambia cuando Nicolas entra en la habitación.

Nicolas trabajaba ya en el cartón siguiente y pintaba en un gran trozo de tela donde ya existía un esbozo a carboncillo. Se trataba de El Olfato, en el que la dama confecciona una corona nupcial con claveles, la flor de los esponsales. Esta dama debe de estar segura de que capturará al unicornio puesto que prepara ya su corona. Nicolas le pintaba el rostro, pero no había empezado aún con el vestido, que era lo que yo tenía más ganas de ver.

Al advertir mi presencia dejó de pintar y vino a colocarse a mi lado, delante de El Oído.

—¿Qué os parece, madame? No habéis dicho nada. Muy bonito, *n'est-ce pas?*

—Nunca esperáis a que os hagan un cumplido, ¿verdad que no? Disfrutáis igual si os los hacéis vos.

—¿Os gusta su vestido?

Me encogí de hombros.

—El vestido está bien, pero todavía me parecen mejor las *millefleurs*. Philippe ha hecho ahí un trabajo espléndido y también con los animales entre la hierba.

—El unicornio y el león los he hecho yo. ¿Qué os parecen?

—El unicornio está demasiado gordo, y no es tan vigoroso como esperaba.

Nicolas frunció el ceño.

—Ya no hay tiempo para cambiarlo —añadí—. Servirá. El león, por lo menos, tiene mucha personalidad. ¿Sabéis? Con esos ojos redondos y esa boca tan ancha tiene cierto parecido con Philippe.

Aliénor dejó escapar una risita desde lo alto del cerezo.

Me coloqué delante de El Olfato.

—¿Cómo será el vestido de la dama en este tapiz? ¿Y el de la criada?

Nicolas sonrió.

—Lleva el brocado granate bajo un vestido azul, con la túnica exterior levantada y sujeta a la cintura, lo que permite ver el forro rojo. El vestido de la criada es un reflejo del de su señora: túnica exterior azul, interior roja, pero la tela es un muaré más sencillo.

Resultaba tan pagado de sí mismo mientras hablaba que tuve que poner una objeción:

—Una criada no debería llevar dos collares —dije—. Uno bastaría, y con una cadena más sencilla.

Me hizo una reverencia.

—¿Algo más, madame?

—No seáis impertinente —bajé la voz—. Y manteneos lejos de mi hija.

Aliénor dejó de agitar rítmicamente las ramas del cerezo.

—¡Mamá! —gritó.

Siempre me sorprende que tenga un oído tan fino.

Antes de que nadie pudiera decir nada más, Georges nos llamó a todos al taller para colocar la urdimbre en el telar. Ya habíamos empezado a prepararlo para tejer, con los hilos de la urdimbre en un guiahilos y sujetos al plegador en un extremo del telar. Ahora llegaba el momento de enrollar la urdimbre en el plegador trasero antes de sujetarla al delantero para disponer de una superficie en la que tejer.

Los hilos de la urdimbre son más gruesos que la trama y están hechos además de una lana más áspera. Para mí son como esposas. Su trabajo no es llamativo: todo lo que se ve es la protuberancia que hacen bajo los hilos de la trama, llenos de color. Pero si no estuvieran allí, no habría tapiz. Georges se deshilacharía sin mí.

Disponer un telar para un encargo de este tamaño exige al menos cuatro personas que sostengan madejas de hilos de urdimbre y tiren de ellas mientras otras dos giran el rodillo para recoger la urdimbre en el plegador trasero. Otra persona comprueba la tensión de los hilos mientras pasan. Ha de ser la correcta desde el principio, de lo contrario surgen problemas más adelante. Aliénor es quien se encarga siempre de eso: sus manos tienen tanta sensibilidad que resultan perfectas para esa tarea.

Georges padre e hijo estaban ya a ambos lados del rodillo cuando entramos. Aliénor fue a reunirse con su padre mientras yo le mostraba a Nicolas las madejas de hilos de urdimbre preparadas para nosotros. Luc sostenía ya varias en un extremo.

Nos faltaba una persona.

—¿Dónde está Philippe? —preguntó Georges.

—Todavía en casa de su padre —dijo Nicolas.

—Madeleine, ¡aparta un poco las lentejas del fuego y ven aquí! —llamé.

Madeleine llegó de la cocina, tiznada y calurosa. La coloqué entre Luc y yo para que no estuviera junto a Nicolas: no me apetecía que se hicieran ojitos cuando tenían que estar trabajando. Con una madeja en cada mano nos colocamos a cierta distancia del telar. Expliqué a Nicolas y a Madeleine cómo mantener los hilos tensos e iguales y tirar con decisión. No es fácil hacerlo de manera que se consiga la uniformidad. Sostuvimos nuestras madejas y fuimos arrastrados lentamente hacia el telar a medida que Georges padre e hijo giraban las manivelas a ambos lados del rodillo. Cuando se detuvieron unos instantes, Aliénor se acercó a la urdimbre que descansaba sobre el rodillo y caminó a todo lo largo, rozando los hilos con la mano. Todo el mundo guardó silencio. Su rostro estaba iluminado y lleno de concentración, la misma expresión que veo en la cara de Georges cuando teje. Por un momento casi pensé que veía. Cuando llegó al final se dio la vuelta y caminó en dirección contraria, deteniendo la mano en hilos que sostenía Nicolas.

—Demasiado flojos —dijo—. Aquí y aquí —extendió de nuevo la mano y tocó hilos de Madeleine—. Tirad más con la izquierda —les ordenó a ambos—. Es vuestra mano más débil; con ésa hay que tirar siempre más fuerte.

Cuando los hilos estuvieron igualados, Georges padre e hijo giraron de nuevo las manivelas, enrollando lentamente la urdimbre en torno al plegador mientras nosotros cuatro la manteníamos tirante. Después de recorrer todo el camino hasta el telar, soltamos la urdimbre y empezamos de nuevo, retomando los hilos desde más lejos. Aliénor volvió a comprobar la tensión. Esta vez la mano derecha de Nicolas estaba demasiado floja, y también parte de la izquierda de Luc. A continuación Madeleine y otra vez Nicolas. Aliénor y yo les dijimos cuánto tenían que tirar.

Nicolas se quejó.

—Esto puede llevar horas. Me duelen los brazos.

—Si prestáis atención iremos más deprisa —le dije secamente.

Mientras Georges padre e hijo giraban las manivelas, me llegó el olor de algo que se quemaba.

—¡Las lentejas!

Madeleine dio un salto.

—¡No sueltes los hilos! —grité—. Aliénor, ve y aparta las lentejas del fuego.

Una expresión temerosa cruzó el rostro de Aliénor, que perdió su alegría. Sé que no le gusta el fuego, pero no quedaba otra solución: nadie más tenía las manos libres.

—Madeleine, ¿retiraste las lentejas como te dije? —pregunté mientras Aliénor abandonaba el taller a la carrera.

La sirvienta miró enfadada los hilos que manejaba. Tenía los dedos rojos y blancos a causa de la presión.

—¡Qué chica tan tonta!

Nicolas rió entre dientes.

—Es como Marie-Céleste.

Madeleine alzó la cabeza.

—¿Quién es ésa?

—Una muchacha que trabaja en casa de los Le Viste. Igual de descarada.

Madeleine le hizo una mueca a Nicolas. Georges le Jeune los miró a los dos con desaprobación.

Aliénor regresó.

—He dejado la olla en el suelo —dijo.

Volvimos a la preparación de la urdimbre: nosotros tirábamos, los dos Georges giraban la manivela y Aliénor hacía pruebas. Ya no resultaba tan divertido. También a mí me dolían los brazos, aunque nunca lo habría admitido. Me preocupaba además la cena y qué ofrecer a los comensales. Tendría que buscar a toda prisa a la mujer del panadero para comprarle una empanada: las vende en casa mientras su marido despacha en la panadería. Madeleine resoplaba, suspiraba y se enfurruñaba a mi lado y Nicolas empezaba a poner los ojos en blanco de aburrimiento.

—¿Qué se hace cuando se termina esta tarea tan tediosa? —preguntó.

—Enhebramos los lizos para hacer la calada —dije.

Nicolas puso cara de no entender.

—Los lizos sirven para separar los hilos de manera que se pueda pasar la trama por ellos —le expliqué—. Se aprieta un pedal y la urdimbre se separa en dos. El espacio entre esos dos grupos de hilos es la calada.

—¿Dónde se pone el tapiz mientras se está tejiendo?

—Se enrolla en ese plegador delante de nosotros.

Nicolas pensó durante un momento.

—Pero en ese caso no lo veis.

—No. Sólo la tira en la que se está trabajando, que, a continuación, se enrolla. No vemos el tapiz entero hasta que terminamos.

—Eso es imposible. ¡Sería como pintar a ciegas! —hizo un gesto de contrariedad mientras lo decía y miró a Aliénor, que siguió comprobando la tensión de los hilos como si no le hubiera oído.

Pero Nicolas siguió haciendo preguntas.

—¿Dónde se pone el cartón?

—Sobre una mesa que colocamos debajo de la urdimbre, de manera que podamos mirarlo mientras tejemos. Philippe trazará además el dibujo en los hilos de la urdimbre.

—¿Para qué sirve eso? —señaló la devanadera situada en un rincón.

—Señor, ¿no parará nunca de hablar? —Georges le Jeune expresó lo que todos pensábamos. Nuestro taller es un sitio tranquilo, aunque es cierto que hay otros en los que se habla alto y hay más bullicio. Cuando Georges trae a otros tejedores para que ayuden (como sucederá con estos tapices) siempre elige a los más callados. En una ocasión contrató a uno que hablaba todo el día, y hubo que despedirlo. Nicolas tampoco para: cotilleos de París, en su mayor parte, tonterías todo ello. Hace tantas preguntas que me dan ganas de abofetearlo. Menos mal que casi siempre trabaja en el jardín, de lo contrario Georges acabaría gritando. Es un hombre afable, pero no soporta las conversaciones insustanciales.

Nicolas abrió la boca para hacer otra pregunta, pero Aliénor tiró en aquel momento de algunos hilos y tuvo que tensar la mano izquierda.

—Menos hablar y más pensar en tu trabajo —dijo Georges—. De lo contrario estaremos aquí hasta que anochezca.

No tardamos tanto, de todos modos. Concluimos y pude ocuparme de la cena.

—*Viens*, Aliénor —dije—. Ayúdame a elegir la empanada que mejor huela.

A mi hija le encanta ir a casa de la panadera.

—Por favor, madame, iré a buscársela si me da un trozo —dijo Madeleine.

—Tendrás que cenar lentejas agarradas, hija mía. Trae a los hombres de beber cuando acabes aquí y luego dedícate a frotar la olla.

Madeleine suspiró, pese al guiño que le hizo Nicolas. Georges le Jeune volvió a fruncir el ceño. Cuando Nicolas dio un paso atrás y alzó las manos como para mostrar que no la había tocado, tuve de pronto dudas sobre mi hijo y Madeleine. Quizá Nicolas había visto algo que a mí se me había escapado.

Revisé el aspecto de Aliénor mientras salíamos. Lo cuida, pero a veces tiene hollín en la mejilla y no se da cuenta, o, como sucedía ahora, ramitas de cerezo en el pelo. Es bastante guapa, con largos cabellos dorados como los míos, nariz recta y cara redonda. Son sus grandes ojos vacíos y la manera de torcer la boca cuando sonríe lo que hace que la gente la mire con pena.

Cuando echamos a andar por la rue Haute, Aliénor me agarró por la manga, un poco más arriba del codo. Camina con brío y quienes no la conocen no se imaginan lo que le pasa, como le ha sucedido a Nicolas. Conoce tan bien el camino que, en realidad, no me necesita para guiarla, si no fuera por las boñigas que podría pisar, el contenido de algún orinal que le podría caer encima, o los caballos que a veces se desbocan. Aparte de eso va por las calles como guiada por los ángeles. Si ya ha estado antes en un sitio, es capaz de encontrarlo. Aunque ha tratado de explicarme cómo lo hace —el eco de sus pisadas, el número de pasos, la sensación de las paredes a su alrededor, los olores que le dicen dónde está—, la seguridad con que camina sigue siendo un milagro para mí. De todos modos prefiere ir acompañada; se siente mejor cogida de mi brazo.

Una vez, un día de mercado en otoño, cuando era niña, la dejé sola en la place de la Chapelle, que estaba llena de personas y mercancías: manzanas y peras, zanahorias y calabazas, pan, empanadas y miel, pollos, conejos, gansos, cuero, guadañas, telas, cestos. Me encontré con una buena amiga que había guardado cama muchas semanas por culpa de unas fiebres, y empezamos a pasear y a cotillear para ponernos al día. Sólo me di cuenta de que Aliénor había desaparecido cuando aquella amiga me preguntó por ella, y entonces comprobé que no sentía sus dedos en la manga. Buscamos por todas partes y por fin la encontramos en medio del bullicio, llenos de lágrimas los ojos muertos, entre gemidos y retorcimiento de manos. Se había parado a acariciar una piel de cordero y se soltó de mi manga. Es raro que, como en aquel caso, la ceguera pueda más que ella.

Ya empezaban a olerse las empanadas de la panadera. Les añade bayas de enebro y adorna la corteza con el rostro risueño de un bufón. Eso siempre me hace sonreír.

Aliénor no sonreía, en cambio: arrugaba la nariz, el rostro deformado por el sufrimiento y la repulsión.

—¿Qué te pasa? —exclamé.

—Por favor, mamá, ¿podemos ir a la iglesia de Sablon, sólo un momento?

Sin esperar respuesta, me empujó hacia la rue des Chandeliers. Incluso angustiada, había contado los pasos y sabía dónde estaba.

Me detuve.

—La panadera dejará pronto de vender; no queremos llegar tarde.

—Por favor, mamá —Aliénor siguió tirándome del brazo.

Olí entonces lo que mi hija ya había advertido a pesar de la carne y el enebro. Jacques le Bœuf. De repente aquel hedor repugnante estaba en todas partes.

—Ven —ahora era yo la que tiraba de ella. Llegamos a la rue des Samaritaines y nos disponíamos a entrar por ella cuando oí el grito de Jacques:

—¡Christine!

—Corre —susurré, mientras le rodeaba los hombros con el brazo. Tropezamos con los adoquines desiguales, y nos golpeamos con paredes y transeúntes—. Por aquí —la empujé hacia la izquierda—. La iglesia de Sablon está demasiado lejos: entremos mejor en la Chapelle. No creo que se le ocurra mirar.

La hice atravesar rápidamente la plaza, donde los dueños de los puestos recogían ya para volverse a casa.

Llegamos a la iglesia y entramos. Llevé a Aliénor a la capilla de Nuestra Señora de la Soledad, no lejos de la puerta, e hice que se arrodillara detrás de una columna que la ocultaría a los ojos de Jacques le Bœuf si es que aparecía. Me arrodillé, recité una plegaria y luego me senté sobre los talones. No dijimos nada durante un rato y nos limitamos a recobrar el aliento. Si no hubiera sido porque era de Jacques de quien escapábamos, podría haberme reído entonces, porque las dos debíamos de tener un aspecto muy cómico. Pero no lo hice: el rostro de Aliénor reflejaba una intensa angustia.

Miré a mi alrededor. La iglesia estaba vacía. Terminado el rezo de sexta, los fieles se habían marchado. Me gusta bastante la Chapelle —es grande y luminosa gracias a sus muchas ventanas y la tenemos muy cerca—, pero prefiero la iglesia de Sablon. Crecí a un tiro de piedra de sus muros, y ha prestado muchos servicios a los tejedores de esta zona. Es pequeña y está construida con más cuidado, con mejores vidrieras, con animales de piedra y personas que miran hacia abajo desde los muros exteriores. Esas cosas no significan nada para Aliénor, como es lógico; los mejores detalles de una iglesia carecen de sentido para ella.

—Mamá —susurró—, por favor, no hagáis que me case con él. Preferiría entrar en un convento a vivir con ese olor.

El olor —de los orines de oveja fermentados con los que se empapa el glasto para fijar el color— es lo que ha obligado a esos tintoreros a casarse con sus primas durante muchas generaciones. En Aliénor, Jacques le Bœuf debe de ver sangre nueva además de una dote y un vínculo con el taller de un buen *lissier*.

—¿Cómo podría vivir con ese hedor sólo para producir un color que ni siquiera veo? —añadió.

—Trabajas en tapices que tampoco ves.

—Sí, pero no huelen mal. Y los toco. Siento su historia entera con los dedos.

Suspiré.

—Todos los hombres tienen defectos, pero eso no es nada comparado con lo que recibes de ellos: comida y ropa, una casa, un medio de vida, una cama. Jacques le Bœuf te dará todas esas cosas y deberías agradecer a Dios tenerlas —había más convicción en mi voz que en mis sentimientos.

—Y las agradezco, pero ¿por qué no podría casarme con un hombre más de mi agrado, como otras mujeres? Nadie quiere a ese animal maloliente. ¿Por qué he de aceptarlo yo? —Aliénor se estremeció, su cuerpo atravesado por la repugnancia que sentía. Iba a ser desgraciada en la cama con Jacques le Bœuf, no era difícil preverlo. Y me costaba trabajo imaginar las manos teñidas de azul del tintorero en el cuerpo de mi hija sin estremecerme también yo.

—Es una boda de conveniencia —dije—. Si te casas con Jacques ayudarás a su negocio de glasto y al taller de tu padre. Tu marido tendrá siempre encargos de Georges y tu padre conseguirá el azul más barato. ¿Sabes? Tu padre y yo nos casamos para que los talleres de nuestros padres pudieran unirse. Mi padre no tenía hijo varón, y eligió a Georges como heredero haciendo que se casara conmigo. Eso no ha impedido que nuestro matrimonio funcione bien.

—La mía no es una boda de conveniencia —dijo Aliénor—. Sabes que no, mamá. Podríais haberme casado con cualquier otro comerciante: uno de los mercaderes de la lana, o de la seda, u otro tejedor, o incluso un artista. Me queréis emparejar, sin embargo, con un hombre que tiene tantas faltas como para pasar por alto las mías.

—Eso no es verdad —dije, aunque sí lo era—. Cualquiera puede ver lo útil que nos resultas; cómo la ceguera no te impide llevar una casa y ayudar en el taller y cultivar tu huerto.

—Me he esforzado muchísimo —murmuró Aliénor—. He trabajado sin descanso para complaceros, pero al final no ha servido de nada. ¿Quién escogerá a una ciega si puede evitarlo? Hay muchas chicas en Bruselas a las que se elegirá antes que a mí, de la misma manera que se aceptará a la mayoría de los hombres antes que a Jacques le Bœuf. Él y yo somos lo que queda cuando se vacía el barril. Ésa es la razón de que estemos destinados el uno al otro.

No dije nada: Aliénor había argumentado como lo podía haber hecho yo, aunque no parecía convencida. La frente se le había llenado de arrugas y se retorcía un trozo de falda. Le puse una mano encima de la suya para que dejara de hacerlo.

—No hay nada decidido —comenté, apartándole las manos y alisando la tela arrugada—. Hablaré con tu padre. De todos modos te necesitamos para los nuevos tapices; no podemos prescindir de ti en estos momentos. *Tiens,* Jacques debe de haberse ido ya. Vayamos a casa del panadero antes de que se coman nuestra empanada.

El panadero ya estaba en casa y la familia se disponía a cenar. Sólo conseguí que su mujer nos vendiera una empanada después de prometerle un cesto de guisantes del huerto de Aliénor. No había empanadas con carne de vacuno, sólo de capón. A Georges no le gustan tanto.

Al acercarnos a nuestra casa, Aliénor se asustó como un caballo y se agarró a mi brazo. El hedor a orines de oveja nos había precedido: Jacques le Bœuf debía de ir camino de nuestra casa cuando nos descubrió en la rue Haute. Para su visita había elegido, por supuesto, la hora de la cena, de manera que tuviéramos que invitarlo.

—Quédate con los vecinos —le dije a mi hija—. Vendré a recogerte cuando se haya ido.

La dejé en la puerta del tejedor de paño, a dos casas de distancia de la nuestra, y Aliénor se deslizó en su interior.

Jacques bebía cerveza con Georges en el huerto. A no ser que haga mucho frío siempre lo llevamos allí cuando nos visita. Imagino que debe de estar acostumbrado a que se le trate así. El Oído y El Olfato, las pinturas de Nicolas, colgaban todavía de la pared, pero el artista había desaparecido. Jacques le Bœuf consigue ese efecto dondequiera que va.

—Hola, Jacques —dije, entrando en el huerto para saludarlo y esforzándome para no sentir náuseas.

—Acabáis de escapar de mí hace un momento —se lamentó con voz atronadora—. ¿Por qué habéis escapado la muchacha y vos?

—No sé lo que quieres decir. Aliénor y yo íbamos a la Chapelle a rezar antes de pasar por la casa del panadero. Teníamos que darnos prisa para llegar antes de que cerrase, de manera que íbamos corriendo, pero no para evitarte. Te quedarás a cenar, *bien sûr:* tenemos empanada —insoportable o no, pedirle que se quedara era lo correcto, sobre todo si iba a acabar siendo nuestro yerno.

—Habéis escapado de mí —repitió Jacques—. No deberíais haberlo hecho. Vamos a ver, ¿dónde está la chica?

—Ha ido a hacer una visita.

—*Bien.*

—Jacques quiere hablar con nosotros sobre Aliénor —le interrumpió Georges.

—No; quiero hablar con vos de vuestro ridículo encargo de azul para los nuevos tapices —Jacques le Bœuf hizo un gesto en dirección a El Oído—. Mirad eso: apenas hay azul, en especial con tantísimas flores. El gusto por las *millefleurs* acabará conmigo, todo rojos y amarillos. Y todavía menos azul en este otro, por lo que parece —contempló El Olfato, esbozado ya, aunque sólo estaban pintados el rostro y los hombros de la dama—. Me dijisteis que habría mucho más azul en esos tapices; que la mitad del suelo sería azul por la hierba. Ahora sólo son islas de azul, y hay mucho más rojo.

—Hemos añadido árboles a los dibujos —replicó Georges—. El azul que les corresponda compensará en gran parte la ausencia de hierba.

—No lo suficiente: la mitad de las hojas son amarillas —Jacques le Bœuf fulminó con la mirada a Georges.

Era cierto que habíamos cambiado la cantidad de azul que nos disponíamos a encargarle. Una vez que tuvimos uno de los dibujos a escala, Georges y yo calculamos la noche anterior cuánto íbamos a necesitar para todos los tapices. Y por la mañana mi marido había mandado a nuestro hijo a casa de Jacques le Bœuf para contárselo.

—Los dibujos han cambiado desde la primera vez que hablamos —dijo Georges tranquilamente—. Eso sucede con frecuencia. Nunca te prometí una cantidad concreta de azul.

—Me habéis engañado y tendréis que compensarme —insistió Jacques.

—¿Comerás aquí la empanada? —intervine—. Es agradable comer fuera algunas veces. Madeleine, trae la empanada —llamé hacia el interior de la casa.

—Jacques, sabes que no puedo garantizar cantidades —dijo Georges—. No es así como se trabaja en este negocio. Las cosas cambian a medida que avanzamos.

—No os proporcionaré el azul hasta que hayáis accedido a lo que pido.

—Entregarás la lana mañana, como prometiste —Georges hablaba lentamente, como si le explicase algo a un niño.

—No lo haré hasta que me prometáis acceder a lo que pido.

—¿Acceder a qué?

—A vuestra hija.

Georges me miró.

—No lo hemos hablado aún con Aliénor.

—¿Qué es lo que hay que hablar? Me dais su dote y será mi mujer. Es todo lo que hay que decirle.

—Todavía necesitamos a Aliénor —les interrumpí—. Esos tapices son el encargo más importante que hemos aceptado, y hará falta que trabaje todo el mundo. Prescindir incluso de Aliénor podría significar que no los terminásemos a tiempo y eso querría decir que no te encargaríamos azul para ninguno de ellos.

Jacques le Bœuf hizo caso omiso de lo que le decía.

—Dadme a vuestra hija como esposa y os aprovisionaré de lana azul —dijo mientras Madeleine aparecía con la empanada y un cuchillo. Contenía la respiración para que no le entrara el olor de Jacques en la nariz, pero se le vaciaron los pulmones en un resoplido de sorpresa cuando oyó lo que decía el tintorero. Fruncí el entrecejo y negué con la cabeza, mirándola, mientras ella dejaba precipitadamente la empanada sobre la mesa y se apresuraba a volver a la casa.

—Christine y yo tenemos que hablarlo —dijo Georges—. Te daré mañana mi contestación.

—Bien —dijo Jacques. Se apoderó del cuchillo y se cortó una generosa porción—. Me dais a la chica y conseguiréis vuestro azul. Y no tratéis de acudir a otros tintoreros de glasto: me conocen a mí mejor de lo que os conocen a vos —por supuesto que sí: son todos primos.

Georges había estado a punto de cortarse un trozo de empanada, pero se detuvo con el cuchillo suspendido en el aire. Cerré los ojos para no ver la cólera en su rostro. Cuando los abrí de nuevo había hundido la punta del cuchillo en la empanada, dejándolo clavado completamente recto.

—Tengo trabajo pendiente —dijo, levantándose—. Te veré mañana.

Jacques le Bœuf dio un enorme bocado a su trozo de empanada; no pareció ofenderle que Georges se marchara mientras él comía.

Me retiré también y fui en busca de Madeleine. La encontré inclinada sobre la olla de las lentejas, el rostro encendido por el calor.

—No le digas una palabra a Aliénor —le susurré—.
No necesita enterarse de esto ahora mismo. Además, nada
está decidido.

Madeleine alzó los ojos para mirarme, se colocó un
mechón de cabellos detrás de la oreja y empezó de nuevo
a frotar el fondo de la olla.

Jacques se comió la mitad de la empanada antes de
marcharse. Yo no la probé: había perdido el apetito.

Aliénor no dijo nada cuando fui a buscarla a casa de
los vecinos: entró directamente en el huerto y empezó a recoger la cesta de guisantes para el panadero. Me alegré de que
no hiciera preguntas, porque no habría sabido responderle.

Más tarde se ofreció a llevar los guisantes a la mujer
del panadero. Cuando se hubo marchado llevé a Georges
hasta el extremo más distante del huerto, junto al emparrado cubierto de rosas, para que nadie pudiera oírnos. Nicolas y Philippe trabajaban codo con codo en El Olfato:
Nicolas pintaba los brazos de la dama y Philippe empezaba
con el león.

—¿Qué vamos a hacer con Jacques le Bœuf, entonces? —pregunté.

Georges contempló las rosas silvestres como si estuviera escuchándolas a ellas en lugar de a mí.

—*Alors?*

Georges suspiró.

—Tendremos que dársela.

—El otro día bromeabas diciendo que el olor la
mataría.

—No sabía aún que íbamos a reducir el azul de los
tapices. Si no conseguimos pronto ese azul nos retrasare-
mos y Léon nos multará. Jacques está informado. Me tiene
en sus manos.

Me acordé de los escalofríos de Aliénor en la Chapelle.

—Lo detesta.

—Christine, sabes que a tu hija no le harán otra propuesta mejor. Es una suerte que cuente con ésa. Jacques la cuidará. No es mala persona, aparte del olor, y Aliénor acabará por acostumbrarse. Algunas personas se quejan del olor de la lana en nuestra casa, pero nosotros no lo notamos, ¿verdad que no?

—La nariz de Aliénor es más delicada que las nuestras.

Georges se encogió de hombros.

—Jacques le pegará —dije.

—No si le obedece.

Resoplé.

—Vamos, Christine, eres una mujer práctica. Más que yo, la mayor parte del tiempo.

Pensé en Jacques le Bœuf devorando la mitad de nuestra empanada, y en su amenaza de arruinar el negocio de Georges. ¿Cómo podía aceptar mi marido que un hombre así se llevara a nuestra hija? Pero incluso mientras lo pensaba, ya sabía que era muy poco lo que me estaba permitido decir. Conocía a mi marido y su decisión era firme.

—Ahora no podemos prescindir de ella —dije—. La necesitamos para coser esos tapices. Además no le he preparado el ajuar.

—No se irá aún, pero podrá marcharse cuando los tapices estén casi acabados. Tú podrías terminar de coser los dos últimos. A finales del año que viene, pongamos. Sin duda podría estar en casa de Jacques para Navidad.

Nos quedamos callados y contemplamos las rosas silvestres que crecían en el emparrado. Una abeja que recogía polen hizo que el cáliz se balanceara arriba y abajo.

—Aliénor no debe saber nada de esto por el momento —dije por fin—. Haz que a Jacques le quede bien claro que no puede ir por ahí presumiendo de su prometida. Si dice una palabra se rompe el compromiso.

Georges asintió con la cabeza.

Quizá era una crueldad por mi parte. Quizá había que decírselo ya a Aliénor. Pero no soportaba la idea de vivir con su rostro entristecido durante año y medio mientras esperaba lo que más temía. Mejor para todos que sólo lo supiera cuando llegase el momento.

Regresamos atravesando el huerto de Aliénor, que resplandecía con flores, guisantales, cuidadas hileras de lechugas, plantas bien recortadas de tomillo, romero y espliego, menta y melisa. ¿Quién cuidará de esto cuando se haya ido?, pensé.

—Philippe, deja de pintar ahora: te necesito para dibujar en la urdimbre una vez que hayamos colocado el cartón debajo —dijo Georges, adelantándome. Se acercó a El Oído—. *Tiens,* ayúdame a llevar esto dentro, si está seco. ¡Georges, Luc! —llamó. Parecía severo y enérgico: su manera de poner punto final a nuestra conversación.

Philippe dejó caer el pincel en un recipiente con agua. Los otros muchachos se apresuraron a salir del taller. Georges le Jeune se subió a una escalera para retirar el cartón de la pared. Luego, una persona en cada esquina, lo llevaron hasta el telar.

Al desaparecer el cartón, el huerto pareció repentinamente vacío. Me quedé a solas con Nicolas, que pintaba las manos de la dama, que sostenían un clavel. También él tenía uno en la mano. En lugar de volverse, siguió dándome la espalda, algo impropio de Nicolas: de ordinario no pierde ocasión de hablar a solas con una mujer, aunque sea madura y esté casada.

Mantenía muy erguidas y tiesas espalda y cabeza y, al cabo de un momento, comprendí que estaba indignado. Me fijé en el clavel blanco que sostenía. Aliénor los cultivaba cerca de las rosas. Nicolas debía de haberse acercado a cortarlo mientras Georges y yo hablábamos en el rincón más alejado del huerto.

—No penséis mal de nosotros —le dije en voz baja a su espalda—. Será lo mejor para ella.

En lugar de responder de inmediato, llevó el pincel a la tela. Pero no pintó, sino que mantuvo la mano suspendida en el aire.

—Bruselas está empezando a aburrirme —dijo—. Sus costumbres son demasiado zafias para mí. Me alegraré de marcharme. Cuanto antes, mejor —miró el clavel, lo tiró al suelo y lo aplastó con el talón.

Aquel día pintó hasta muy tarde. En las noches de verano la luz se prolonga casi hasta completas.

III. París y Chelles

Pascua de Resurrección de 1491

Nicolas des Innocents

No esperaba volver a ver ni los tapices ni los dibujos. Cuando pinto una miniatura o un escudo, o diseño vidrieras, sólo los veo mientras trabajo en ellos. Lo que sucede después no me atañe. Como tampoco vuelvo con el pensamiento, sino que paso a pintar otra miniatura, o la portezuela de otra carroza, o una Virgen con el Niño para una capilla, o un escudo de armas. Lo mismo me sucede con las mujeres: monto a una y lo disfruto, luego encuentro a otra y hago lo mismo. No vuelvo la vista atrás.

No; no es del todo cierto. Hay una que recuerdo, una en la que pienso todo el tiempo, aunque no haya llegado a tenerla.

Los tapices de Bruselas me acompañaron durante mucho tiempo. Me acordaba de ellos a ratos perdidos: al ver un ramillete de violetas en un puesto del mercado de la rue Saint-Denis, al oler una tarta de ciruelas a través de una ventana abierta, al oír cantar vísperas a los monjes de Notre Dame, o al mascar el clavo que sazonaba un guiso. En una ocasión, cuando estaba con una mujer, me pregunté de repente si el león de El Tacto se parecía demasiado a un perro, y mi verga se marchitó bajo los dedos de la moza como una lechuga mustia.

Aunque la mayoría de los trabajos los olvido enseguida, recordaba en cambio muchos detalles de los cartones: las largas mangas color naranja de la criada en El Oído, el mono que tira de la cadena que lleva al cuello en El Tacto, la ondulación del pañuelo de la dama, agitado por el viento en El Gusto, la oscuridad en el espejo detrás del reflejo del unicornio en La Vista.

Había demostrado algo con aquellos dibujos. Léon le Vieux me trataba con más respeto, casi como si fuésemos iguales, sin marcar tanto las diferencias entre un comerciante acomodado y un pintor de tres al cuarto. Aunque todavía pintaba miniaturas, empezó a conseguirme encargos para tapices de otras familias nobles. Astutamente se reservó las pinturas que había hecho de las seis damas, excusándose ante Jean le Viste por no devolvérselas, aunque eran propiedad de monseigneur. Se las mostró a otros nobles, que hablaron de ellas con otros, y de las conversaciones nacieron peticiones para más tapices. Diseñé algunos más con unicornios: a veces solos en los bosques, otras cuando los cazaban, en ocasiones con una dama, aunque siempre cuidaba que fueran diferentes de las damas de Le Viste. Léon estaba encantado.

—Fíjate en lo entusiasmada que está la gente, y ha bastado con los dibujos pequeños —decía—. Espera a que contemplen los tapices colgados en la Grande Salle de Jean le Viste: tendrás trabajo para el resto de tus días.

Y dinero para el bolsillo de Léon, podría haber añadido. De todos modos estaba contento: si las cosas seguían así, no tendría que pintar más escudos ni portezuelas de carruajes.

Un día fui a casa de Léon a hablar de un nuevo encargo de tapices: no de unicornios, sino de halconeros en plena cacería. Léon ha sacado partido de sus encargos. Tiene una buena casa junto a la rue des Rosiers, con una habitación reservada exclusivamente para los negocios. Repartidos por toda ella hay hermosos objetos de tierras lejanas: bandejas de plata con extrañas letras grabadas, cajas de filigrana para especias procedentes de Levante, gruesas alfombras persas, arcones de madera de teca con incrustaciones de madreperla. Al mirar a mi alrededor, comparé todo aquello con mi sencilla habitación encima de Le Coq d'Or y fruncí el ceño. Probablemente Léon ha estado en Venecia. Probablemente ha estado en todas partes. Algún día, antes de que pase mucho tiempo, también habré ganado lo suficiente para poseer cosas igual de hermosas.

Mientras hablábamos sobre el encargo esbocé las alas y la cola de un halcón. Luego abandoné el carboncillo y me recosté en el asiento.

—Quizá me marche con el buen tiempo, una vez que haya terminado este dibujo. Estoy cansado de París.

Léon le Vieux también se recostó en el asiento.

—¿Dónde?

—No lo sé. Una peregrinación, quizá.

Léon alzó los ojos al cielo. Sabe que no voy mucho a la iglesia.

—Hablo en serio —insistí—. Al sur, a Toulouse. Quizá haga, incluso, todo el camino hasta Santiago de Compostela.

—¿Qué esperas encontrar cuando llegues allí?

Me encogí de hombros.

—Lo que se encuentra siempre en una peregrinación —no le dije que no había hecho ninguna—. Pero eso es algo sobre lo que no sabéis mucho los de vuestra clase —añadí, para tomarle el pelo.

Léon no se molestó en responder a aquella pulla.

—Una peregrinación es un viaje largo para una recompensa posiblemente pequeña. ¿Has pensado en eso? Considera todo el trabajo al que vas a renunciar para ir y ver..., bueno, muy poco. Una insignificante parte del todo.

—No os entiendo.

—Esas reliquias que vas a ver. ¿No atesora Toulouse una astilla de la cruz de Nuestro Salvador? ¿Qué cantidad de cruz se ve en un trocito de madera? Quizá lo veas y te lleves una desilusión.

—No me llevaré una desilusión —insistí—. Me sorprende que no hayáis hecho ninguna peregrinación, siendo como sois un buen cristiano —extendí el brazo y cogí una de las cajas de plata para especias. La filigrana estaba inteligentemente trabajada para crear una puerta con goznes y una cerradura—. ¿De dónde procede esto?

—De Jerusalén.

Alcé las cejas.

—Quizá debiera ir allí.

Léon rió a carcajadas.

—Eso me gustaría verlo, Nicolas des Innocents. *Tiens,* hablas de viajar. Los caminos entre París y Bruselas ya están expeditos y me han llegado noticias sobre tus tapices gracias a un mercader que conozco. Pasó por el taller de Georges a petición mía.

Léon y yo llevábamos meses sin hablar de los tapices. A comienzos de Adviento los caminos estaban demasiado mal para hacer sin problemas el viaje de París a Bruselas. Léon no sabía nada de Georges y su taller, y yo había renunciado a preguntarle. Dejé la caja para especias.

—¿Qué ha contado?

—Terminaron los dos primeros después de Navidad y empezaron los dos siguientes para Epifanía: los dos más largos. Pero van con retraso. Han tenido enfermos en la casa.

—¿Quiénes?

—Georges le Jeune y uno de los tejedores de fuera que han contratado. Ya están mejor, pero se perdió tiempo.

Me tranquilicé al oír que no se trataba de Aliénor, y mi reacción me sorprendió. Empuñé el carboncillo y dibujé la cabeza y el pico del halcón.

—¿Qué le parecieron los tapices?

—Georges le mostró los dos primeros: El Oído y El Olfato. Mi conocido dijo que eran muy hermosos.

Añadí un ojo a la cabeza del halcón.

—¿Y los dos que hacen ahora? ¿Hasta dónde han llegado?

—Estaban tejiendo el perro sentado en la cola del vestido de la dama en El Gusto. Y en À Mon Seul Désir han llegado a la criada. Por supuesto, sólo se ve una estrecha tira del trabajo que están haciendo —sonrió—. Una mínima parte del conjunto.

Traté de recordar los detalles de los cartones. Durante mucho tiempo me los sabía tan bien que podía dibujarlos con los ojos cerrados. Me sorprendió haberme olvidado del perro sentado en el vestido de la dama.

—Léon, mostradme las pinturas. Quiero verlas.

Léon rió entre dientes.

—Llevabas algún tiempo sin pedírmelo —dijo, mientras se sacaba las llaves del cinturón y abría el arcón de teca. Sacó los diseños y los colocó sobre la mesa.

Busqué el perro de El Gusto y empecé a calcular cuánto tardarían en llegar al rostro de la dama. El rostro de Claude.

Llevaba meses sin verla. No había vuelto a entrar en la casa de la rue du Four desde mi regreso de Bruselas durante el verano. No tenían nada nuevo que encargarme y la familia se había trasladado a su castillo cerca de Lyon. A finales de septiembre oí que habían regresado, y a veces me apostaba por los alrededores de Saint-Germain-des-Prés, con la esperanza de vislumbrar a Claude. Un día la vi en la rue du Four con su madre y sus damas de honor. Al pasar ella, empecé a caminar, manteniéndome a la misma altura, al otro lado de la calle, con la esperanza de que mirase en mi dirección y me viera.

Así sucedió. Se detuvo entonces, como si se hubiera hecho daño en un pie. Las damas la fueron dejando atrás, hasta que en la calle, a mi altura, sólo quedaron ella y Béatrice. Claude hizo un gesto a su dama para que siguiera adelante y se arrodilló como para ajustarse el zapato. Dejé caer una moneda cerca de donde se había detenido y di unos pasos para recogerla. Al arrodillarme a su lado, nos sonreímos. No me atreví a tocarla, de todos modos: un hombre como yo no toca en la calle a una muchacha como ella.

—Quería verte —susurró Claude.

—Y yo a ti. ¿Vendrás a mi casa?

—Lo intentaré, pero...

No pudo terminar la frase ni decirle yo dónde me alojaba, porque Béatrice y el lacayo que les daba escolta se acercaron corriendo.

—¡Marchaos —susurró Béatrice— antes de que os vea dame Geneviève!

El lacayo me agarró y me alejó de Claude, que me fue siguiendo con la vista, todavía rodilla en tierra.

Después de aquello la vi una o dos veces desde lejos, pero apenas podía hacer nada. Era una aristócrata, sencillamente: no se me podía ver con ella por la calle. Aunque anhelaba tenerla en mi cama, dudaba de que pudiera burlar la vigilancia de las damas de honor. Estuve con otras mujeres, pero ninguna me satisfizo. Todas las veces terminaba con la sensación de no haberme vaciado del todo, como una jarra de cerveza a la que todavía le queda un sorbo en el fondo. Contemplar ahora a la dama en El Gusto hizo que sintiera lo mismo. No era suficiente.

Léon extendió el brazo para recoger las pinturas.

—*Un moment* —dije, reteniendo À Mon Seul Désir, la mano sobre la dama inmóvil, con las joyas entre los dedos. ¿Se las ponía o se las quitaba? No siempre estaba seguro.

Léon chasqueó la lengua y cruzó los brazos sobre el pecho.

—¿No queréis mirarlos? —pregunté.

Léon se encogió de hombros.

—Ya los he visto.

—En realidad no os gustan, aunque habléis tan elogiosamente de ellos ante otras personas.

Léon recogió la caja de especias con la que yo había estado jugueteando y la volvió a colocar en el estante con las demás.

—Son buenos para los negocios. Y harán que la Grande Salle de Jean le Viste sea digna de las fiestas que allí se celebren. Pero no; no me seducen tus damas. Prefiero cosas útiles: bandejas, armarios, candelabros.

—Los tapices también son útiles: cubren paredes desnudas y hacen las habitaciones más cálidas y luminosas.

—Es cierto. Pero, por lo que a mí respecta, prefiero que los dibujos sean puramente decorativos, como éste —señaló, colgado de una pared, un tapiz de pequeñas dimensiones que era sólo de *millefleurs,* sin figuras ni animales—. No quiero damas en un mundo de ensueño, aunque a ti te parezcan reales.

Ojalá lo fueran, pensé.

—Tenéis un espíritu demasiado práctico.

Léon ladeó la cabeza.

—Así es como sobrevivo. Así es como he sobrevivido siempre —empezó a recoger las pinturas—. ¿Vas a dibujar algo, sí o no?

Dibujé muy deprisa: halcones que atacaban a una garza mientras caballeros y damas presenciaban la escena, con perros que corrían más abajo, todo ello para ser completado con *millefleurs.* Había diseñado ya tapices suficientes para que todo aquello me resultase fácil. Gracias al huerto de Aliénor, podía incluso dibujar con precisión las *millefleurs*.

Léon me contemplaba con interés. La gente lo hace con frecuencia: para ellos, dibujar tiene algo de mágico, es un espectáculo de feria. Para mí siempre ha sido fácil, pero la mayoría de la gente que coge el carboncillo dibuja como si empuñara un cabo de vela.

—Has aprendido mucho en estos meses —dijo.

Me encogí de hombros.

—También yo sé tener espíritu práctico.

Aquella noche soñé con una tira de tapiz en la que estaba tejido el rostro de Claude, y al despertar comprobé que había tenido una polución, algo que llevaba algún tiempo sin sucederme. Al día siguiente encontré una excusa para ir a Saint-Germain-des-Prés: un amigo que vive por allí podría contarme más cosas sobre cetrería. Podría, por supuesto, haber preguntado a alguien de la rue Saint-Denis, pero así recorrería la rue du Four y vería la casa de los Le Viste, cosa que llevaba algún tiempo sin hacer. Los postigos de las ventanas estaban cerrados, aunque apenas había pasado el Domingo de Resurrección y no era probable que la familia hubiera salido ya camino de Lyon. Aunque esperé, nadie entró ni salió.

Tampoco encontré a mi amigo, y regresé sin prisa hacia el centro. Al cruzar las murallas de la ciudad por la porte Saint-Germain y abrirme camino entre los puestos del mercado que la rodea, vi una cara conocida, una mujer que fruncía el ceño mientras miraba unas lechugas tempranas. Ya no estaba tan gorda.

—Marie-Céleste —la llamé por su nombre sin saber que lo recordaba.

Se volvió y me miró sin sorprenderse mientras me acercaba.

—¿Qué quieres? —preguntó.

—Ver tu sonrisa.

Marie-Céleste gruñó y se volvió hacia las lechugas.

—Ésta tiene manchas por todas partes —le dijo al que las vendía.

—Busca otra, entonces —le respondió el hortelano con un encogimiento de hombros.

—¿Haces la compra para los Le Viste?

Marie-Céleste empezó a revisar las demás lechugas, la boca convertida en una línea adusta.

—Ya no trabajo allí. Deberías saberlo.

—¿Por qué no?

—Tuve que marcharme para dar a luz a mi hija, ésa es la razón. Claude iba a hablar en mi favor, pero cuando regresé había otra chica en mi puesto y la señora no quiso saber nada.

Oír el nombre de Claude me hizo temblar de deseo. Marie-Céleste me miraba indignada y traté de pensar en otra cosa.

—¿Qué tal está la niña?

Sus manos dejaron de moverse por un momento. Luego empezó otra vez a revisar las lechugas.

—Se la di a las monjas —cogió una lechuga y la agitó.

—¿A las monjas? ¿Por qué?

—Necesitaba volver a trabajar para mantener a mi madre, que está demasiado vieja y enferma para cuidar de un bebé. No podía hacer otra cosa. Y luego resultó que tampoco tenía un empleo al que volver.

Me callé, pensando en una hija entregada a las monjas. No era lo que deseaba para la descendencia que pudiera tener.

—¿Cómo se llama?

—Claude.

La abofeteé con tanta fuerza que se le escapó la lechuga de la mano.

—¡Oye! —exclamó el vendedor—. ¡Si la dejas caer, la pagas!

Marie-Céleste se echó a llorar. Recogió su cesto y se alejó corriendo.

—¡No la dejes en el suelo! —gritó el del puesto.

Recogí la lechuga —se le caían las hojas— y la tiré encima de las demás antes de correr tras ella. Cuando la alcancé, Marie-Céleste tenía la cara roja de correr y de llorar al mismo tiempo.

—¿Por qué le pusiste ese nombre? —grité, cogiéndola del brazo.

Marie-Céleste agitó la cabeza y trató de soltarse. Empezó a reunirse un grupo de curiosos: en un mercado todo es espectáculo.

—¿Vas a pegarle otra vez? —se burló una mujer—. Si es así, aguarda a que venga mi hija para que sepa lo que le espera.

Aparté a Marie-Céleste de los mirones y la llevé hasta un callejón. Los vendedores habían echado allí sus basuras: coles podridas, restos de pescado, estiércol de caballo. Una rata salió corriendo cuando empujé a mi presa más allá del montón de residuos.

—¿Por qué le has puesto ese nombre a mi hija? —le pregunté en voz más baja. Era extraño utilizar la palabra hija.

Marie-Céleste me miró con gesto de cansancio. Su rostro blancuzco era como un bollo con dos pasas clavadas, y los cabellos oscuros se le escapaban, lacios, de la cofia. Me pregunté por qué había querido alguna vez llevármela a la cama.

—Le dije a Claude que lo haría —respondió—. Le agradecí mucho que se ofreciera a interceder en mi favor. Pero luego no lo hizo; cuando hablé con dame Geneviève juró que mademoiselle no le había dicho nada. La señora pensó que la había dejado plantada y perdí el empleo. Así que a la niña le puse Claude para nada, después de todo lo que había hecho por mademoiselle de pequeña. Por suerte he conseguido otro trabajo en la rue des Cordeliers. Los Belleville. No son tan ricos como los Le Viste, pero no tengo motivo de queja. En ocasiones invitan incluso a las damas de la familia Le Viste.

—¿Las Le Viste van a tu casa?

—Ya me encargo de que no me vean cuando lo hacen —Marie-Céleste había acabado por serenarse. Miró a su alrededor en el callejón y esbozó una sonrisa—. Nunca pensé que acabara otra vez contigo en un callejón.

—¿Quiénes van de visita? ¿Sólo dame Geneviève, o la acompañan sus hijas?

—De ordinario Claude va con ella —dijo Marie-Céleste—. Hay una hija de la misma edad con la que se lleva bien.

—¿Van a menudo?

Marie-Céleste arrugó la frente como la anciana en la que se convertirá algún día.

—¿Qué más te da?

Me encogí de hombros.

—Simple curiosidad. He trabajado para monseigneur Le Viste, como sabes, y me preguntaba cómo son las mujeres de su familia.

En el rostro de Marie-Céleste apareció una sonrisa maliciosa.

—Imagino que quieres venir y verme allí, ¿no es eso?

Me quedé boquiabierto, sorprendido de que coqueteara conmigo después de todo lo sucedido. Pero, por otra parte, podía serme útil. Sonreí y le quité una pluma del hombro.

—Tal vez.

Cuando adelantó el brazo y me puso la mano en la entrepierna, noté que me excitaba muy deprisa, y de repente su rostro se me antojó menos blancuzco y más rosado. Marie-Céleste retiró la mano con la misma rapidez, sin embargo.

—Se me hace tarde. Ven un día a verme —me describió la casa de la rue des Cordeliers.

—Quizá vaya cuando os visiten las Le Viste —añadí—. Así podré echar una ojeada para satisfacer mi curiosidad.

—Como quieras. De hecho sé que vienen pasado mañana. Se lo he oído decir a mi señora.

Era demasiado fácil. Una vez que Marie-Céleste se alejó, balanceando el cesto mientras se alejaba, me pregunté por un momento qué era lo que esperaba sacar de aquello, aparte de un placer momentáneo entre las piernas. Pero no lo pensé mucho tiempo. Quería ver a Claude le Viste y eso me bastaba.

Por supuesto era demasiado fácil. La generosidad de Marie-Céleste no llegaba a tanto.

La casa de los Belleville carecía, sin duda, del esplendor de la morada de los Le Viste. Tenía dos pisos y cristales en algunas de las ventanas, pero la rodeaban otras casas y algunas de las vigas se estaban pudriendo. La estudié mientras esperaba a Marie-Céleste al otro lado de la calle, preguntándome si vería entrar a Claude. No sabía cómo me iba a ser posible tener un *tête-à-tête* con ella. Estarían cerca su madre y Béatrice, así como las damas de la casa. Y no había que olvidar a Marie-Céleste: quizá tuviera que montarla sólo para librarme de ella. Carecía de plan, excepto el de estar atento y verlo todo. Y, por lo menos, trataría de hablar un momento con Claude para concertar otra cita. Había pagado incluso a un individuo para que me escribiera una nota: Claude sería capaz de leerla, a diferencia de mí. El escribano sonrió al escuchar mis palabras, pero las había escrito. Las personas hacen casi cualquier cosa por una moneda o dos.

Marie-Céleste abrió la puerta principal, se asomó y me hizo señas. Crucé la calle corriendo y me metí en la casa. Me hizo atravesar una habitación, luego otra decorada con tapices —aunque estaba demasiado oscura para verlos bien—, y después seguimos en dirección contraria a través de la cocina, donde el cocinero, inclinado sobre una olla puesta al fuego, me fulminó con la mirada.

—No hagáis ruido o habrá problemas —gruñó.

No recordaba si Marie-Céleste había hecho ruido cuando se me abrió de piernas por vez primera, pero le seguí la corriente, y le sonreí con intención antes de salir por la puerta de atrás.

—Idiota —murmuró el otro.

No tuve tiempo de entender la advertencia que se escondía detrás de aquella palabra. Al poner el pie en el jardín trasero, oí un ruido a mi espalda y recibí un golpe tal en la cabeza que vi las estrellas. Me tambaleé, y ni siquiera pude volverme para tratar de reconocer a mi agresor antes de que una patada me derribase. Luego seguí recibiendo golpes en el costado y en la cabeza. Conseguí mirar pese a la sangre que me cegaba y vi a Marie-Céleste cruzada de brazos.

—Cuidado con la colada —le dijo al individuo que seguía oculto para mí. Pero ya era demasiado tarde: la sábana colgada detrás de ella estaba salpicada de sangre.

Recuperé el aliento lo bastante para quejarme antes de que el otro me pateara de nuevo.

Todo estaba extrañamente silencioso, a excepción del ruido de los golpes y del de los zapatos de Marie-Céleste al aplastar la tierra cuando se apoyaba en un pie o en otro. Me había hecho un ovillo, tratando de protegerme el vientre y recibía los golpes en la espalda. Después de una o dos patadas en la cabeza, perdí el conocimiento unos instantes. Al volver en mí oí un gemido muy agudo, como de un conejo pillado en una trampa. ¿Por qué hacía aquel ruido Marie-Céleste?, pensé.

—Cállate —dijo ella entre dientes, y entonces me di cuenta de que el ruido lo hacía yo.

—Pégale en los huevos —le dijo Marie-Céleste a mi atacante—. Que no vuelva a dejar embarazada a nadie.

El agresor me buscó las rodillas con otra patada para que cambiara de postura y quedara boca arriba. Mientras se preparaba para el golpe de gracia cerré los ojos. Luego oí el crujido de unos postigos. Abrí los ojos y vi el rostro de Claude asomado al alféizar de una ventana muy por encima de donde yo estaba. Sus ojos claros estaban muy abiertos. Era como una franja de tapiz.

—*Arrêtez!* —gritó Marie-Céleste. Su esbirro hizo una pausa, miró hacia arriba y se marchó en un abrir y cerrar de ojos. Nunca hubiera creído que se podía desaparecer tan deprisa. Le vi lo bastante de la cara, sin embargo, para reconocer al mayordomo de Le Viste. Que me anduviera con cuidado, claro que sí. Siempre me había odiado: lo suficiente, al parecer, para arriesgar su posición privilegiada. Se trataba de eso o de que había puesto los ojos en Marie-Céleste.

—¿Qué ha sucedido? ¿Eres tú, Marie-Céleste? —llamó Claude desde arriba—. Y —sobresaltada— ¿Nicolas?

Otros rostros aparecieron junto al de Claude: los de Geneviève de Nanterre, Béatrice, madame y mademoi-

selle de Belleville. Era tan extraño ver sus cabezas apiña-
das mirándome desde lo alto —como pájaros en un árbol contemplando un gusano— que volví a cerrar los ojos.

—¡Oh, mademoiselle, un individuo ha atacado
a monsieur! —exclamó Marie-Céleste—. No sé de dónde ha salido, ¡sólo lo he visto cuando se le echaba encima!

De repente sentí el dolor de los golpes por todas
partes. Gemí en contra de mi voluntad. Sentí el sabor de
la sangre.

—Voy a bajar —dijo Claude.

—No, no lo harás —respondió su madre—. Béatrice, ve tú y ayuda a Marie-Céleste a atenderlo.

Cuando abrí los ojos todas las cabezas habían desaparecido, excepto la de Claude. Me miraba. Completamente inmóvil. Nos sonreímos. Contemplar su rostro era
como ver el cielo azul entre las hojas de un árbol. Luego
desapareció de repente, como si la hubieran apartado de
la ventana.

—No te atrevas a decir nada —susurró Marie-Céleste—. Habías venido a verme y ese individuo trató de
robarte.

Seguí tumbado sin moverme. No ganaría nada
contando a Béatrice lo que realmente había pasado: si lo
hacía, Marie-Céleste podría decirle que teníamos una hija
y ella se lo contaría a Claude. No quería que Claude lo
supiera.

Béatrice apareció con un cuenco de agua y un trozo
de tela. Se arrodilló a mi lado, me puso la cabeza en el regazo y empezó a limpiarme la sangre de la cara. El simple
movimiento del cuello me mareaba y tuve que cerrar los
ojos.

Cuando Marie-Céleste volvió a contar que un individuo me había atacado para robarme, Béatrice no dijo
nada. Aquello asustó mucho a Marie-Céleste, que empe-

zó a tejer un relato cada vez más complicado, con rencillas y bolsas de dinero y amigos de hermanos y palabras violentas. Acabó metiéndose en un lío terrible.

Finalmente Béatrice la interrumpió:

—¿Cómo entró el ladrón en la casa? Tenía que conocer a alguien.

Marie-Céleste trató de dar nuevas explicaciones, pero acabó por descubrir que las palabras eran su enemigo y se calló como si alguien le hubiera metido un trapo en la boca.

Cuando Béatrice me abrió la túnica y me pasó el paño húmedo por los hombros y el pecho, gemí e hice muecas de dolor. Mis gritos soltaron de nuevo la lengua de Marie-Céleste.

—No entiendo qué hacía ese hombre...

—Ve a buscar agua limpia —le interrumpió Béatrice—. Que esté tibia.

Cuando Marie-Céleste se apresuró a entrar en la casa alguien debió de aparecer en el umbral detrás de mí, porque Béatrice volvió la cabeza.

—Preguntad si tienen árnica. De lo contrario, un puñado de margaritas o caléndulas secas en agua tibia ayudará.

La persona que escuchaba hizo un movimiento y se marchó.

—¿Era Claude? —pregunté. Apenas podía mover los labios.

Como Béatrice no respondía, abrí los ojos y los alcé hasta los suyos, marrones, que ocupaban tanto sitio en su rostro insignificante.

—No —dijo—. Era la hija de la casa.

No supe si mentía. Volví la cabeza y escupí dos dientes. Pasaron rozando la falda azul de muaré de Béatrice y rebotaron sobre el suelo.

—¿Qué habéis hecho para recibir semejante paliza? —preguntó Béatrice en voz baja—. Fuera lo que fuese, probablemente os lo merecíais.

—Béatrice, metedme la mano en el bolsillo.

Las cejas, pintadas y arqueadas, le crearon arcos todavía más pronunciados en la frente.

—Por favor. Tengo algo ahí que quiero que entreguéis.

Béatrice vaciló, pero luego metió la mano en mi jubón y sacó la nota. Estaba manchada de sangre.

—Dádsela a Claude.

Béatrice miró hacia atrás.

—Sabéis que no puedo hacer eso —susurró.

—Sí, sí que podéis. Claude querría que lo hicierais. Sois su dama, ¿no es cierto? Debéis hacer lo que es mejor para ella —la miré fijamente. Las mujeres han dicho con frecuencia que los ojos son lo que más les gusta de mí. Menos mal que nunca han mencionado los dientes.

El rostro de Béatrice se dulcificó, la barbilla metida en el cuello, las ventanas de la nariz dilatadas. No dijo nada, pero se guardó la nota en la manga.

Marie-Céleste regresó enseguida con un cuenco que olía a flores. Cerré los ojos y dejé que Béatrice y ella me lavaran. En otra ocasión habría disfrutado con las atenciones de dos mujeres, pero ahora estaba tan dolorido que sólo quería dormir y olvidarme de los golpes. Madame de Belleville apareció un momento para ordenar que unos criados me llevaran a casa. Estaba quedándome dormido cuando su voz se hizo áspera para dirigirse a Marie-Céleste.

Estuve tres días en la cama antes de poder moverme con normalidad. Tenía rígidas las articulaciones, los ojos morados, la nariz hinchada y una costilla rota, de manera que un dolor agudo me atravesaba de parte a parte cuando trataba de moverme. Guardé cama y bebí cerveza, aunque sin comer nada, y dormí la mayor parte del tiempo, aunque por la noche permanecía despierto maldiciendo los dolores que me asaltaban.

Tenía la esperanza de que apareciese Claude. Al cuarto día oí pasos en la escalera, pero no fue ella quien abrió la puerta, sino Léon le Vieux, que se quedó en el umbral examinando mi habitación, fría y sucia: la criada de Le Coq d'Or no había subido aún ni a encender el fuego ni a llevarse la comida que me había traído el día anterior. De ordinario Léon no me visita, sino que envía un mensajero que me lleve a su casa. Me esforcé por incorporarme.

—Te has portado mal, ¿no es eso?

Empecé a protestar, pero renuncié enseguida. Léon parecía saberlo todo: no tenía sentido mentirle. Volví a tumbarme.

—Me dieron una buena paliza.

Léon rió entre dientes.

—Descansa ahora. Tienes que ponerte bien pronto; por tus sufrimientos te voy a mandar de peregrinación.

Me quedé mirándolo.

—¿De peregrinación? ¿Dónde?

Léon sonrió.

—No al sur, sino al norte. A ver una reliquia en Bruselas.

Geneviève de Nanterre

Claude no me miró mientras regresábamos a la rue du Four. Caminaba tan deprisa que casi pisó a un barrendero que recogía estiércol y desperdicios. Béatrice se esforzaba por seguirla. Es más pequeña que Claude, que sale a su padre en el tamaño. Otro día me hubiera reído al ver a mi antigua dama de honor trotar detrás de su ama como un perrito. Hoy no me he reído.

Renuncié a tratar de mantenerme a la altura de mi hija y caminé a un paso más tranquilo con mis damas. Nos dejaron muy atrás enseguida, y dificultaron mucho la tarea del lacayo enviado para acompañarnos a la rue des Cordeliers y regresar luego con nosotras. Iba y venía corriendo entre los dos grupos, pero sin atreverse a pedir a Claude que caminara más despacio, ni a mí que me apresurase. Habló, es cierto, con Béatrice, pero no sirvió de nada: al llegar a la porte Saint-Germain, las habíamos perdido de vista.

—Déjalas —tranquilicé al lacayo cuando regresó junto a nosotras—. Ya no están lejos de casa de todos modos.

A mis damas se les escaparon exclamaciones de asombro. Sin duda tenía que parecerles extraño. Durante todo un año había mantenido a Claude estrechamente vigilada y ahora, en cambio, la dejaba que se perdiera de vista precisamente cuando el hombre del que la protegía se había presentado en la casa que visitábamos. ¿Cómo podía haber concertado Claude semejante encuentro bajo nuestros propios ojos? No acababa de creérmelo, pese a que había reconocido a Nicolas des Innocents en el instante mismo en que lo vi tumbado en el suelo, la cara magullada y ensangrentada. El espectáculo me horrorizó y tuve que quedarme muy quieta para que Claude no me viera estremecerme. Tampoco ella se movió, como para ocultar lo que sentía. Y así nos quedamos, la una al lado de la otra, como piedras, mirándolo desde arriba. Sólo Béatrice se movía de aquí para allá, como una abeja libando de flor en flor. Fue un alivio decirle que bajase a atender al herido.

Estaba cansada de pensar en Claude. Estaba cansada de preocuparme por lo que pudiera pasarle, cuando era tan evidente que a ella no le importaba. Por un momento tuve incluso la tentación de arrojarla en brazos del pintor y dar por zanjado el problema de una vez por todas. Claro está que no podía hacerlo, pero permití que Béatrice y ella se perdieran de vista, casi con la esperanza de que Claude tomara la iniciativa.

Al llegar a casa, el mayordomo me dijo que Claude estaba en su habitación. Subí a mi cuarto, mandé llamar a Béatrice, y pedí que una de mis damas ocupara su sitio junto a Claude.

Béatrice, nada más entrar, cayó de rodillas junto a mi silla y empezó a hablar antes de que yo pudiera decir una palabra.

—Madame, vuestra hija afirma que no sabía nada de la presencia de Nicolas des Innocents en la rue des Cordeliers. La sorprendió tanto como a nosotras verlo allí abajo y en aquel estado. Jura por Nuestra Señora que no ha tenido ningún contacto con él.

—¿Y tú la crees?

—Es imposible que lo haya tenido; de lo contrario lo sabría. He estado con ella todos estos meses.

—¿También de noche? Tendrás que dormir.

—Nunca me duermo antes que ella. Me pellizco para estar despierta —jamás he visto tan abiertos los ojos de Béatrice—. Y cuando se duerme le ato un cordón de seda al tobillo, para enterarme si se levanta.

—Claude sabe deshacer nudos —estaba más bien divirtiéndome con la angustia de Béatrice. Sin duda temía perder su puesto.

—Madame, no ha visto a Nicolas. Os lo juro —se buscó en la manga y sacó un trozo de papel. Tenía manchas de sangre, al igual que la manga y el corpiño de Béatrice—. Mirad, quizá esto nos explique lo que ha pasado. El pintor me lo dio para entregárselo a mademoiselle.

Cogí el papel y lo desdoblé con cuidado. La sangre ya estaba seca.

Mon amour:
Ven a mí: la habitación encima de Le Coq d'Or, junto a la rue Saint-Denis. Cualquier noche, tan pronto como puedas.
Ça c'est mon seul désir.

Nicolas

El grito que lancé me desgarró la garganta. Béatrice retrocedió asustada, apartándose de mí como si yo fuera un jabalí a punto de atacar. Mis damas se pusieron en pie a trompicones.

No pude evitarlo. Ver mis palabras —porque supe al instante que eran un eco suyo— escritas en un trozo de papel ensangrentado, con una letra muy vulgar, por algún borracho que reía con desdén en una taberna, era más de lo que podía soportar.

Claude pagaría por ello. Si yo no podía conseguir *mon seul désir,* me aseguraría de que tampoco ella realizara el suyo.

—Ve a lavarte el vestido —le dije a Béatrice, estrujando el papel—. Está impresentable.

Me miró fijamente, se recogió la falda con manos temblorosas y se puso en pie.

Cuando se hubo marchado les dije a mis damas:

—Venid a cambiarme de traje y a peinarme. Voy a ver a mi señor.

Durante el último año no había dicho una palabra a mi esposo sobre la actitud rebelde de la mayor de nuestras hijas. Sabía cuál sería su respuesta: arrojarme a la cara mis propias palabras y acusarme de no cuidar bien de Claude. No es que esté muy unido a Claude o a sus otras hijas —aunque quizá sienta cierta debilidad por Jeanne—, pero la primogénita es su heredera, para bien o para mal. Hay ciertas cosas que se esperan de ella, y es responsabilidad mía prepararla. Si Jean supiera la verdad —que Claude, en lugar de conservar la virginidad para su esposo, preferiría perderla con un artista de París—, me pegaría a mí, no a ella, por no haberle enseñado a obedecer.

Pero ahora tenía que romper el silencio. Lo que me proponía hacer con Claude requería su consentimiento: precisamente el consentimiento que el padre Hugo me había desaconsejado pedir para mí un año antes.

Jean estaba en su cámara con el mayordomo, repasando las cuentas de la casa. Es una tarea que me corresponde a mí, pero de la que Jean prefiere ocuparse, como de todo lo demás. Hice una profunda reverencia ante la mesa donde estaban sentados.

—Monseigneur, me gustaría hablar con vos. A solas.

Jean y el mayordomo alzaron la cabeza y fruncieron el ceño al unísono, como si fueran marionetas dirigidas por el mismo titiritero. Por mi parte, mantuve los ojos fijos en el cuello de piel de la túnica de Jean.

—¿No podéis esperar? El mayordomo ha estado fuera y acabamos de sentarnos.

—Lo siento, monseigneur, pero es urgente.

Al cabo de un instante, Jean le dijo al mayordomo:

—Espera fuera.

El otro asintió con un gesto de cabeza, pero dio la sensación de haber dormido mal y de tener tortícolis. Me alcé al levantarse él. Después de dirigirme una breve reverencia, nos dejó solos.

—¿De qué se trata, Geneviève? Estoy muy ocupado.

Tendría que andarme con pies de plomo.

—Se trata de Claude. Se prometerá el año que viene, como es lo adecuado, y decidiréis pronto, o quizá lo hayáis decidido ya, quién será su señor y esposo. He empezado a prepararla para su nueva vida, enseñándola a comportarse y vestirse, a llevar a los criados y las cuestiones relacionadas con la casa, a atender a los invitados y bailar. Progresa adecuadamente en todas esas cosas.

Jean no dijo nada pero golpeó repetidamente la mesa con un dedo. Su silencio me obliga con frecuencia, al tratar de llenarlo, a utilizar más palabras de las necesarias. Luego se limita a mirarme, y todo lo que he dicho parece no tener más valor que las bromas de un bufón en el mercado.

Empecé a pasear de un extremo a otro de la habitación.

—Existe un terreno, sin embargo, en el que necesita más dirección de la que puedo darle. No ha asimilado de verdad los principios de la Iglesia, ni el amor a Nuestra Señora y a Nuestro Señor Jesucristo.

Jean agitó la mano. Conozco bien ese gesto de impaciencia, lo he visto cuando la gente le habla de cosas que no le interesan. La indiferencia de Claude hacia la Iglesia quizá sea consecuencia de la de su padre: siempre ha descartado que tenga importancia para su alma, y sólo le preocupa por su influencia sobre el Rey. Para él los sacerdotes no son más que hombres con quienes hay que hacer tratos, y el momento de la misa, una ocasión de reunirse y hablar de asuntos de la Corte.

—Para una aristócrata es importante tener una fe sólida —dije con energía—. Nuestra hija ha de ser pura de espíritu, no sólo de cuerpo. Cualquier noble auténtico esperará eso de ella.

Jean frunció el ceño, y temí haber ido demasiado lejos. No le gusta que se le recuerde que algunos no le consideran un auténtico aristócrata. Me vino entonces a la memoria el desconsuelo que sentí cuando mi padre me anunció que contraería matrimonio con Jean le Viste. Mi madre se había encerrado en su habitación y lloraba, pero, por mi parte, tuve buen cuidado de no mostrar lo que sentía al verme ligada a un hombre cuya familia había comprado su elevación a la aristocracia. Mis amigas se mostraron amables, pero sabía que se reían a mis espaldas y que me compadecían: pobre Geneviève, un peón en la partida de su padre con la Corte. Nunca supe qué ventajas obtuvo mi padre entregándome a Jean le Viste. Desde luego, mi marido salió beneficiado: el apoyo de mi familia paterna fue decisivo para él. Fui yo quien perdió. Había sido una chica alegre, no muy distinta de Claude a su edad. Pero años de convivencia con un hombre tan frío acabaron con mis sonrisas.

—Concretad —dijo Jean.

—Claude está inquieta y puede ser difícil en ocasiones —expliqué—. Creo que le haría bien retirarse a un convento hasta sus esponsales.

—¿Un convento? No quiero una hija monja.

—Por supuesto que no. Pero una estancia allí la ayudará a conocer el valor de la misa, las oraciones, la confesión, la comunión. Ahora masculla en lugar de rezar, el sacerdote dice que no es sincera cuando se confiesa, y no estoy segura de que se prepare bien cuando recibe la sagrada comunión.

Jean no parecía nada convencido y recurrí a algo más cercano a la verdad.

—Hay un desenfreno en ella que ningún marido aprobaría. Temo que pueda perjudicarla. El convento la calmará. Hay uno a las afueras de París, en Chelles, donde estoy segura de que las monjas podrán ayudarla.

Jean se estremeció.

—Nunca me han gustado las monjas; ni que mi hermana se hiciera monja.

—No se trata de que nuestra hija profese. Allí estará segura y no podrá hacer ninguna de las suyas. Los muros son muy altos.

No debería de haber dicho aquello último. Jean se irguió en el asiento y, sin querer, tiró al suelo un documento.

—¿Acaso Claude ha salido sola?

—Por supuesto que no —dije, inclinándome para recoger lo que se había caído. Jean lo alcanzó antes que yo, con crujidos en las rodillas—. Pero creo que le gustaría. Cuanto antes se case, mejor.

—¿Por qué no la vigiláis más de cerca, en lugar de encarcelarla con unas monjas?

—La vigilo con el mayor cuidado. Pero en una ciudad como París abundan las distracciones. Y así completaremos de paso su educación religiosa.

Jean tomó una pluma de ave e hizo una señal en el papel.

—La gente pensará que no podéis controlar a vuestra hija, o que tenéis que ocultarla porque hay algo que no marcha como debiera.

Quería decir que quizá estuviera embarazada.

—No está mal visto que una dama pase una temporada en un convento antes de sus esponsales. Lo hizo mi abuela, y también mi madre. Y Claude podrá visitarnos de cuando en cuando, en algunas de las fiestas, la Asunción de Nuestra Señora, el día de Todos los Santos, el comienzo del Adviento, de manera que la gente vea que todo marcha como es debido —no conseguí borrar el desprecio de mi voz.

Jean se limitó a mirarme.

—O podemos adelantar los esponsales, si lo preferís —dije enseguida—, en el caso de que hayáis concluido las conversaciones con la familia del elegido. Hacedlos ahora mejor que la primavera próxima. Quizá la fiesta no sea tan magnífica con menos tiempo para los preparativos, pero eso carece de importancia.

—No. No parecería correcto precipitar tanto la boda. Y los tapices no estarán listos hasta Pascua.

Los tapices de nuevo. Tuve que morderme los labios para no escupir.

—¿Es realmente necesario que los tapices estén colgados para los esponsales? —traté de parecer despreocupada—. Podríamos celebrarlos en San Miguel, de vuelta de D'Arcy, y más adelante, cuando estén listos, dar los tapices a Claude como regalo de boda.

—No —Jean abandonó la pluma y se puso en pie—. Los tapices no son un regalo de boda; si lo fueran tendrían que lucir también el escudo de armas del esposo. No; son para celebrar mi posición en la Corte. Quiero que mi nuevo yerno vea en ellos las armas de Le Viste y recuerde la familia con la que se casa. De manera que no se le olvide nunca —fue hasta la ventana y miró hacia el exterior. El tiempo había sido bueno antes, pero estaba empezando a llover.

Guardé silencio. Jean contempló mi expresión glacial.

—Podríamos adelantar los desposorios un mes o dos —dijo para aplacarme—. ¿No hay un día de febrero que esté indicado para ese fin?

—La fiesta de San Valentín.

—Sí. Podríamos celebrarlos entonces. Léon le Vieux me dijo el otro día que el taller de Bruselas se ha retrasado un poco en la confección de los tapices. Lo enviaré para presionarlos y adelantar dos meses la entrega; eso les hará trabajar más. Nunca he entendido por qué se tarda tanto en hacer unos tapices. No es más que tejer, después de todo. Trozos de hilo que se meten y se sacan: hasta las mujeres lo hacen —se apartó de la ventana—. Enviadme a Claude antes de llevárosla al convento.

Le hice una reverencia.

—Sí, mi señor —al erguirme lo miré directamente a los ojos—. Gracias, Jean.

Hizo un gesto de asentimiento y, aunque no llegó a sonreírme, su expresión se suavizó. Es un hombre duro, pero a veces me escucha.

—¿Con quién se casará, monseigneur? —pregunté.

Agitó la cabeza.

—Eso es asunto mío y no os concierne. Preocupaos más bien de la novia.

—Pero...

—Puesto que no me disteis un hijo, he de elegirlo yo —se volvió entonces de espaldas, y el momento de ternura se perdió. Me estaba castigando por haberle dado sólo hijas. Sentí deseos de llorar, pero ya no me quedaban lágrimas.

Cuando regresé a mi cuarto hice llamar de nuevo a Béatrice. Se presentó con un vestido de brocado amarillo que me pareció demasiado alegre, pero que, al menos, no estaba manchado con la sangre del artista.

—Prepara el equipaje de Claude —le dije—. Sólo su ropa más sencilla y ninguna joya. Os llevo a las dos de viaje.

—¿Adónde, madame? —Béatrice parecía asustada, y con razón. Nueve meses en el convento serían un castigo también para ella. Y sin embargo aún le tenía cariño.

—No te preocupes —respondí—. Cuida bien de Claude y serás recompensada.

Mandé venir a un lacayo y le dije que preparase mi carruaje, además de enviar un mensajero por delante para anunciar nuestra visita. A continuación hice que Claude fuese a ver a su padre. Me apetecía sobremanera deslizarme hasta la puerta de mi esposo y escuchar, pero sería impropio de mí y me atareé en cambio con mis preparativos personales: quitarme la ropa que me había puesto para Jean y sustituirla por el sencillo vestido de lana oscura que había usado el Viernes Santo, además de retirar las joyas que llevaba en el pelo y de sustituir la cruz con piedras preciosas por otra de madera.

Se oyeron unos golpes en la puerta y entró Claude. Tenía los ojos enrojecidos y me pregunté qué le habría dicho Jean. Como había pedido a mi esposo que no le dijera adónde la llevaba, no podía ser ése el motivo de sus lágrimas. Vino directamente hacia mí y se arrodilló.

—Lo siento, mamá. Haré cualquier cosa que me pidáis —advertí miedo en su voz, y algo de sumisión, pero por debajo de todo aquello quedaba la rebeldía. En lugar de mantener los ojos bajos en señal de respeto, me miró de reojo, de la manera que he visto hacerlo a los pájaros cuando están bajo la zarpa de un gato, buscando la manera de escapar.

A las monjas no les faltará trabajo con ella.

Las acompañé en el coche. A las dos les sorprendió verlo: esperaban trasladarse a caballo, porque creían probablemente que íbamos a Nanterre, a casa de mi madre. No fuimos en esa dirección, sin embargo: una vez cruzado el Sena por el puente de Notre Dame, giramos hacia el este y abandonamos París más allá de la Bastilla. Claude se sentó lo más lejos que pudo de mí, con Béatrice apretada entre las dos. Hablamos poco. Mi coche no está pensado para viajes largos, tan sólo para trayectos cortos dentro de la ciudad. Las sacudidas fueron frecuentes y a veces me pregunté si las ruedas resistirían. No pude dormir, aunque Claude y Béatrice lo lograron a medias una vez que se hizo de noche y no pudieron contemplar los campos que iban quedando atrás.

Cuando llegamos a los muros de la ciudad casi amanecía. Pronto se rezarían laudes. Claude no había estado nunca en Chelles, y no reaccionó cuando nos detuvimos delante de la puertecita situada en el alto muro. Béatrice, sin embargo, la reconoció al instante y se irguió, el rostro demudado, mientras me apeaba y tocaba la campana junto a la puerta.

—Madame... —empezó, pero la hice callar con un gesto de la mano.

Sólo cuando una figura femenina abrió la puerta y Claude vio, a la luz de la antorcha, el paño blanco que le enmarcaba el rostro, comprendió de repente.

—¡No! —exclamó, retrocediendo todo lo que pudo hacia el otro lado del coche. No le hice caso y hablé en voz baja con la monja.

Luego oí un ruido y Béatrice exclamó:

—Madame, ¡se ha escapado!

—Id y traedla —les dije en voz baja a los mozos que estaban secando el sudor de los caballos. Uno de ellos dejó caer su trapo y corrió camino adelante hacia la oscuridad, más allá de la antorcha. Ésa era la razón de que hubiera traído a Claude en coche: si hubiésemos utilizado caballos podría haberse alejado al galope. El lacayo regresó a los pocos minutos, con Claude en brazos. Mi hija se había abandonado como un saco de grano y ni siquiera se mantuvo en pie cuando el criado trató de dejarla en el suelo a mi lado.

—Llévala dentro —dije.

Mientras la monja mantenía bien en alto la antorcha, hicimos nuestra triste entrada en el convento.

Se llevaron a Claude, y Béatrice la siguió como un pollito que ha perdido a su madre. Por mi parte pasé a la capilla con las monjas para rezar laudes, poniéndome de rodillas con una presteza que tenía olvidada desde hacía algún tiempo. A continuación me reuní con la abadesa para tomar un vaso de vino antes de dormir brevemente. Siempre duermo mejor en el estrecho camastro de paja que en mi gran cama de París con las damas a mi lado.

No vi a Claude antes de marcharme, pero mandé buscar a Béatrice, que me pareció extenuada y apagada. Su reverencia fue menos enérgica de lo habitual y comprobé que había tenido problemas con el cabello: de ordinario mis damas se turnan para peinarse unas a otras y en Chelles, además, no hay espejos. Me alegré de que hubiera cambiado el vestido de brocado amarillo por algo más discreto. Paseamos por el claustro y luego por el huerto central, donde las monjas plantaban y escardaban, cavaban y ataban. No soy jardinera pero aprecio el placer sencillo que proporcionan el color y el aroma de una flor. Quedaban aún algunos narcisos abiertos, jacintos, algunas violetas que empezaban a florecer y la vincapervinca. Tallos nuevos de espliego, romero y tomillo asomaban de las distintas matas, y la menta nueva crecía muy junta. En aquel huerto tranquilo, iluminado por el sol matutino, con las monjas que se afanaban en silencio a mi alrededor, al pensar en la campana que pronto repicaría para el rezo de tercia, sentí una punzada de envidia ante la idea de que Claude se iba a quedar allí cuando yo no podía hacerlo. Había pensado en el convento de Chelles como un castigo para ella a la vez que como un lugar para protegerla y educarla. Pero también era un castigo para mí saber que mi hija tendría lo que me estaba vedado.

—Contempla este huerto, Béatrice —dije, apartando mis pensamientos—. Es como el Paraíso. Como el cielo en la tierra.

Béatrice no respondió.

—¿Dónde estabas durante laudes? Sé que se rezan temprano, pero llegarás a acostumbrarte.

—Atendía a mademoiselle.

—¿Qué tal se encuentra?

Béatrice se encogió de hombros. De ordinario no recurriría a un gesto tan descortés. Estaba enfadada conmigo, aunque, por supuesto, no podía decirlo.

—No ha hablado desde que llegamos. Tampoco ha comido, aunque la verdad es que no se ha perdido gran cosa.

Es verdad que las gachas del convento están poco espesas y el pan, duro.

—Se acostumbrará con el tiempo —dije amablemente—. Éste es el mejor sitio para ella, no lo dudes. La estancia aquí le será beneficiosa.

—Espero que tengáis razón, madame.

Me erguí al máximo.

—¿Acaso desapruebas mi decisión?

Béatrice inclinó la cabeza.

—No, madame.

—Estará mucho más contenta para la fiesta de la Purificación.

Béatrice se sobresaltó.

—La Purificación pasó hace ya tiempo.

—Me refiero a la próxima.

—¿Vamos a quedarnos aquí hasta entonces? —Béatrice había alzado la voz.

Sonreí.

—El tiempo pasa más deprisa de lo que piensas. Y si las dos sois buenas y os portáis bien, las dos —repetí, para que lo entendiera—, concertaré tu boda cuando acabe, si así lo deseas.

El rostro de la pobre Béatrice se dividió: boca triste pero ojos esperanzados.

—Sabes que aquí te cuidarán bien —dije—. Muéstrate alegre con Claude, obedece a la abadesa y todo irá bien.

La dejé en aquel huerto lleno de encanto, y me arranqué de allí para subir a mi carruaje y emprender el largo viaje de vuelta a la rue du Four. Confieso que lloré un poco mientras veía pasar los campos, y de nuevo cuando alcanzamos la puerta de París. No quería volver a la rue du Four. Pero tenía que hacerlo.

Ya en casa, hablé con los mozos antes de que se llevaran a los caballos y les di dinero para que no contasen a nadie dónde habíamos estado. Nadie excepto ellos y Jean sabía el paradero de Claude: ni siquiera les había dicho a mis damas dónde íbamos. No quería que Nicolas des Innocents se enterase y molestara a las monjas. Aunque había tenido cuidado, no estaba del todo tranquila, y deseé que el pintor se alejara lo más posible. No me fiaba nada de él. Me había fijado en su forma de mirar a mi hija mientras yacía ensangrentado en el suelo; Jean nunca me había mirado así. Los celos hicieron que me diera un vuelco el corazón.

Mientras cruzaba el patio tuve una idea y regresé a toda prisa a los establos.

—Salgo otra vez —les dije a los sorprendidos mozos—. Llevadme a la rue des Rosiers.

Léon le Vieux también se sorprendió: pocas veces lo visita una aristócrata, y menos aún sola. Se comportó con gran amabilidad, sin embargo, y me invitó a instalarme cómodamente junto al fuego. Ha prosperado mucho: tiene una casa excelente, llena de alfombras, lujosos arcones y bandejas de plata. Conté dos criadas, si bien fue su esposa quien nos trajo vino dulce y me hizo una profunda reverencia. Parecía razonablemente feliz y en su vestido había seda tejida con la lana.

—¿Cómo os va, dame Geneviève? —me preguntó Léon mientras nos sentábamos—. ¿Y Claude? ¿Y Jeanne y la pequeña? —nunca olvida interesarse por todas mis hijas. Siempre me ha sido simpático, aunque temo por su alma. Su familia se ha convertido, pero él, sin embargo, no es como nosotros. Busqué con la mirada algún signo que me lo confirmara, aunque sólo vi un crucifijo en la pared.

—Necesito vuestra ayuda, Léon —dije, tomando un sorbo del vino—. ¿Habéis tenido noticias de mi esposo?

—¿Sobre los tapices? Sí, esta mañana. Hacía los preparativos para encaminarme a Bruselas cuando habéis llegado.

—He de pediros algo. Quizá os resulte incluso ventajoso. Enviad a Nicolas des Innocents a Bruselas en representación vuestra.

Léon se quedó con el vaso de vino a mitad de camino hacia la boca.

—Es una petición inesperada. ¿Puedo preguntaros por qué, dame Geneviève?

Quería compartirlo con alguien. Léon es un hombre discreto; podía hablar con él sin que nuestra conversación se convirtiera en la comidilla del día siguiente. De manera que le conté todo lo que le había ocultado a Jean: cómo Claude y Nicolas habían estado juntos por vez primera en la cámara de mi marido, todo lo que había hecho para mantenerlos a distancia y el encuentro en la rue des Cordeliers.

—La he llevado a Chelles —terminé—, donde permanecerá hasta sus esponsales. Nadie sabe que está allí excepto vos, Jean y yo. Por eso hemos adelantado la ceremonia, que será inmediatamente antes de Cuaresma y no después de Pascua. Pero no me fío de Nicolas. Lo quiero lejos de París durante algún tiempo, hasta que tenga la seguridad de que no va a encontrar a mi hija. Vos tenéis tratos con él: decidle que vaya a Bruselas en vuestro lugar.

Léon le Vieux escuchó impasible. Cuando terminé movió la cabeza.

—No debí dejarlos solos —murmuró.

—¿A quiénes?

—No tiene importancia, dame Geneviève. Haré lo que me pedís. No lo considero, además, un sacrificio: el viaje a Bruselas en esta época no me resultaba nada conveniente —dejó escapar un gruñido—. Esos tapices parecen causar muchos problemas, ¿no es cierto?

Suspiré y contemplé el fuego.

—Es cierto: ¡más de los que se merece ningún tapiz!

Claude le Viste

Al principio no quería salir de mi celda, ni comer, ni hablar con nadie a excepción de Béatrice; y muy poco con ella, a decir verdad, una vez que comprobé cuál era el contenido de mi equipaje. Me había traído los vestidos más modestos: ni seda, ni brocado, ni terciopelo. Tampoco joyas para el cabello o la garganta; ningún tocado, sino simples pañuelos, nada para pintarme los labios y sólo un peine de madera. Cuando la acusé de saber dónde íbamos y de no habérmelo dicho, lo negó. No la creí.

No me costó trabajo dejar de comer: lo que me daban no estaba siquiera a la altura de los cerdos. La celda, por otra parte, era tan pequeña y tan austera que bastó un día para que deseara librarme de ella. Sólo había sitio para un camastro con un colchón de paja y un orinal, y las paredes de piedra no tenían otro adorno que un pequeño crucifijo de madera. No había sitio para el catre de Béatrice: tuvo que instalarse fuera, junto a la puerta. Nunca he dormido sobre paja. Pica y es ruidosa, y echo de menos las plumas suaves de casa. Papá se enfadaría muchísimo si viera a su hija dormir sobre paja.

Béatrice había traído papel, pluma y tinta, y se me ocurrió escribir a mi padre para que viniera a sacarme. No dijo nada sobre conventos cuando habló conmigo en su cámara; sólo me recordó que llevaba su apellido y que obedeciera a mamá en todo. Quizá sea eso lo que tenga que hacer, pero no creo que quisiera decir que iban a encerrarme en un convento, que iba a dormir sobre paja y que me iba a romper los dientes con un pan tan duro como una piedra.

Nunca he sido capaz de sincerarme con mi padre. Quería decirle que su mayordomo no es de fiar, que lo había visto golpeando a Nicolas en la rue des Cordeliers. Aunque, por supuesto, no me es posible hablar de Nicolas, de manera que no dije nada, y lo escuché mientras disertaba sobre el marido con quien me casaré un día y sobre la importancia de que me conserve casta y de que sea piadosa para honrar así el apellido familiar. Después lloré de frustración. No he vuelto a llorar desde entonces, pero todavía estoy enfadada con todo el mundo: papá, mamá, Béatrice, incluso Nicolas, por ser responsable en parte de que me hayan encerrado aquí, aunque no lo sepa.

Al cabo de cuatro días estaba tan cansada de mi celda que rompí el silencio y le supliqué a Béatrice que me encontrara un mensajero. Regresó algún tiempo después para contarme que, según la abadesa, no tengo permiso ni para enviar ni para recibir mensajes. De manera que estoy de verdad presa.

Despedí a Béatrice y luego salí de la celda con una nota que había escrito para mi padre. La até a una piedra y traté de arrojarla por encima del muro, con la esperanza de que la encontrase algún aristócrata, se apiadara de mí y se la hiciese llegar a papá. Lo intenté una y otra vez, pero la nota se separaba de la piedra y echaba a volar, y además yo no tenía la fuerza suficiente para conseguir que pasara por encima del muro.

Lloré entonces, y fueron lágrimas muy amargas. Pero no volví al interior del convento. El día estaba soleado y, en el centro del claustro, había un huerto mucho más acogedor que mi celda diminuta. Me senté en uno de los bancos de piedra situados alrededor del claustro, sin importarme que el sol me quemara. Algunas monjas que trabajaban en el huerto me miraron de manera peculiar. Hice caso omiso. Delante de mí los rosales empezaban a florecer y la planta más cercana estaba cubierta de prietos capullos blancos. Los contemplé, luego extendí una mano y me clavé una espina en la yema del dedo gordo. Apareció una gota de sangre, pero mantuve el brazo en alto y dejé que me corriera mano abajo.

Luego oí un ruido que no habría esperado escuchar nunca en un convento. En algún sitio del interior del edificio resonaron unas risas infantiles. Al cabo de un momento el ruido de unos pasitos de niño me llegó desde la puerta más cercana, y una criaturita apareció en el umbral. Llevaba un vestido gris y un gorro blanco, y me recordó a mi hermana Geneviève de pequeña. En realidad no era más que un bebé, y avanzaba a trompicones con pasos desiguales, a punto de caerse en cualquier momento y de abrirse la cabeza. Tenía una carita divertida, muy decidida y seria, como si caminar fuese una partida de ajedrez que tuviera que ganar. No se podía saber si llegaría a ser guapa cuando creciera: su rostro parecía el de una anciana, y eso no siempre es agradable en un bebé. Tenía buenos mofletes, y la frente, escasa, sobresalía sobre unos ojos marrones algo cansados, ojos que podrían haber sido un poco más claros de lo que eran. Pero su pelo me pareció precioso, rojo oscuro como de castañas, en grandes rizos enmarañados.

—Ven aquí, *ma petite* —la llamé, limpiándome en el vestido la mano manchada de sangre—. Ven aquí y siéntate conmigo.

Detrás de la niña apareció una monja con su largo hábito blanco. Aquí, en Chelles, visten de blanco. Al menos no estoy rodeada de negro: el negro no le sienta bien a un rostro de mujer.

—Así que estás ahí, pillina —le reprendió la monja—. Ven.

Igual podría estar hablando con una cabra, porque la niña no le prestó la menor atención. Superó la puerta como pudo, tropezó con el escalón y cayó en el claustro, los brazos por delante.

—¡Vaya! —exclamé mientras me ponía en pie de un salto y corría hacia ella. No tenía que haberme molestado: la niñita se incorporó como si nada hubiera sucedido y echó a correr por uno de los laterales del claustro.

La monja no la siguió, sino que se quedó mirándome de arriba abajo.

—Así que por fin has salido —comentó con acritud.

—No estaré aquí mucho tiempo —respondí muy deprisa—. Volveré pronto a casa.

La monja no dijo nada pero siguió mirándome. Parecía interesarle mucho mi soso vestido. Aunque, a decir verdad, no era tan soso comparado con el suyo: áspera lana blanca que le colgaba como un saco. El mío podía haber sido marrón, pero la lana era delicada y tenía diminutos bordados amarillos y blancos en el corpiño. Era eso lo que miraba la monja, de manera que dije:

—Lo hizo una de nuestras criadas. Es..., era muy hábil con la aguja.

La monja me lanzó una mirada peculiar y luego volvió a interesarse por la niña, que había recorrido a trompicones dos lados del claustro y estaba torciendo en la siguiente esquina.

—*Attention, mon petite chou!* —llamó la monja—. ¡Mira dónde vas!

Sus palabras parecieron provocar precisamente lo que trataban de evitar. La niña cayó de nuevo al suelo y esta vez se quedó inmóvil y empezó a llorar. La monja corrió dando la vuelta al claustro, arrastrando el hábito tras ella. Al llegar junto a la niña se detuvo y empezó a reprenderla. No estaba, desde luego, acostumbrada a tratar con niños. Me acerqué decidida, me arrodillé, abracé a aquella criaturita y me la puse en el regazo como había hecho tantas veces con mi hermana Geneviève.

—Pobrecita mía —dije, dándole palmaditas en los brazos y las rodillas y sacudiéndole el vestidito—. Pobrecita, te has hecho daño. ¿Dónde te duele? ¿Las manos? ¿Las rodillas?

La niña seguía llorando, de manera que la abracé con fuerza y la acuné hasta que se calló. La monja siguió riñéndola, aunque, por supuesto, la pequeña apenas entendía una sola palabra.

—Has hecho una tontería muy grande corriendo tan deprisa. No te habría sucedido nada si me hubieras obedecido la primera vez. Durante el rezo de sexta harás penitencia de rodillas.

Resoplé ante la idea de que una niña tan pequeña rezara pidiendo perdón. Apenas era capaz de decir «mamá» y mucho menos aún «Padre nuestro, que estás en los cielos...». A Geneviève no la llevamos a misa hasta que cumplió tres años e incluso entonces era una criatura ruidosa que no se estaba quieta un momento. Aquella niñita no parecía tener mucho más de un año. Era como una muñequita acurrucada en mi regazo.

—¿Te arrepientes ahora, Claude? ¿Te arrepientes?

Miré ferozmente a la monja.

—Habéis de llamarme mademoiselle. Y no tengo nada de que arrepentirme: ¡no he hecho nada malo, diga lo que diga mi madre! Es insultante que me digáis una cosa así. Se lo contaré a la abadesa.

La niñita empezó a llorar de nuevo al advertir la indignación en mi voz.

—Callandito, callandito —susurré, dando la espalda a la monja—. Callandito.

Y empecé a cantar una canción que me había enseñado Marie-Céleste.

> *Soy alegre*
> *dulce, agradable,*
> *una doncellita muy joven,*
> *de menos de quince abriles.*
> *Mis pechitos*
> *florecen como es debido.*
> *Debería estar aprendiendo*
> *el amor*
> *y sus caminos,*
> *pero me tienen*
> *presa.*
> *¡Maldiga Dios a quien*
> *aquí me trajo!*

La monja trató de decir algo, pero canté con más fuerza, meciendo a la niñita.

> *Ha sido maldad, vileza y pecado*
> *encerrar a esta doncellita*
> *en un convento.*
> *Claro que sí,*
> *palabra de honor.*
> *En el convento*
> *vivo apesadumbrada,*
> *Dios mío, porque soy muy joven.*
> *Siento las primeras dulces punzadas*
> *por debajo del cinturón.*
> *¡Maldito sea el que me hizo monja!*

La niñita había dejado de llorar y hacía ruiditos o se sorbía la nariz, como si también estuviera tratando de cantar aunque sin conocer la letra. Era muy agradable acunar a la pequeña y cantar desvergüenzas que la monja pudiera oír. La canción, además, podría haberse escrito para mí.

Oí pasos detrás de nosotras y supe que eran de Béatrice, mi carcelera, tan odiosa como las monjas.

—¡No cantéis esa canción! —susurró.

No le hice ningún caso.

—¿Quieres volver a correr? —le pregunté a la niñita—. ¿Corremos juntas? Ven, vamos a dar la vuelta a todo el claustro lo más deprisa que podamos.

Le puse los pies en el suelo, la tomé de la mano y empecé a tirar de ella, de manera que corría a medias, y a medias iba colgada de mi mano. Sus chillidos y mis gritos resonaron por los arcos del claustro. El convento no había oído tanto ruido desde que se escapó un cerdo o a una monja empezaron a subirle hormigas por las piernas mientras trabajaba en el huerto. Varias hermanas aparecieron en puertas y ventanas para vernos. Incluso la abadesa Catherine de Lignières salió y nos estuvo mirando, los brazos cruzados sobre el pecho. Alcé a la niña y corrí y corrí, una vuelta, dos, cinco vueltas al claustro, gritando todo el tiempo, y nadie nos detuvo. Cada vez que pasábamos junto a ella, Béatrice parecía más avergonzada.

Finalmente no nos detuvo una persona sino una campana. Cuando repicó, todas las monjas desaparecieron.

—Sexta —anunció, mientras pasaba yo corriendo, la monja que estaba junto a Béatrice, antes de marcharse también. Mi dama de honor la siguió con la mirada y luego se volvió hacia mí. Corrí todavía más deprisa, la niña saltando en mis brazos. Cuando terminé la sexta vuelta, Béatrice también se había ido y estábamos solas. Di unos cuantos pasos más y luego me detuve: ya no había razón alguna para seguir corriendo. Me dejé caer en un banco y puse a la niña a mi lado. Inmediatamente me apoyó la cabeza en el regazo. Su rostro rubicundo estaba encendido, y al cabo de un momento se quedó dormida. Es curioso lo deprisa que un bebé se puede dormir cuando está cansado.

—Por eso llorabas, *chérie* —susurré, acariciándole los rizos—. Necesitas sueño, no oraciones. Esas monjas tan tontas no saben nada de niñitas ni de lo que necesitan.

Al principio me gustó estar sentada en el banco con ella en el regazo y al sol, a solas y con un huerto que contemplar. Pero pronto empezó a dolerme la espalda de tener que estar quieta y erguida cuando no había nada donde apoyarse. Empecé a tener calor y, como no llevaba sombrero, me preocupó que me salieran pecas. No me apetecía parecer una mujer vulgar que sale a sembrar al campo. Empecé a querer que apareciera alguien a quien entregarle a la niña, pero no había nadie: seguían rezando. Las oraciones no tienen nada de malo, pero no veo por qué han de repetirlas ocho veces al día.

No supe qué más hacer con la pequeñina, así que volví a cogerla en brazos y la llevé a mi celda. No se despertó cuando la dejé sobre el camastro. Busqué en mi bolso una labor de bordado, volví a salir y me senté en otro banco a la sombra. No me gusta mucho bordar, pero no había dónde elegir. Aquí no se puede ni montar a caballo, ni bailar, ni cantar, ni jugar a las tablas reales con Jeanne, ni hay clases de caligrafía, ni se puede adiestrar a los halcones con mamá en los campos más allá de Saint-Germain-des-Prés, ni ir a visitar a mi abuela en Nanterre. No hay ferias ni mercados a los que ir, ni bufones ni juglares para distraerse. No hay fiestas: de hecho no hay alimento alguno que me sea posible comer. Me habré convertido en un saco de huesos cuando llegue el momento de marcharme, cuando quiera que sea. Béatrice no me lo quiere decir.

No hay hombres que mirar, ni siquiera un viejo jardinero encorvado empujando una carretilla. Ni siquiera un mayordomo desconfiado. Nunca creí que llegara a alegrarme de ver al miserable mayordomo de mi padre, pero si ahora atravesara la puerta del convento le sonreiría y le daría la mano para que me la besase, pese a la paliza que le propinó a Nicolas.

No hay otro espectáculo que unas cuantas mujeres, y bien aburridas por añadidura, con rostros que me miran desde blancos marcos ovalados, sin cabellos ni joyas para suavizarlos. Caras ásperas y coloradas, con mejillas, barbillas y narices que sobresalen como un revoltijo de zanahorias, y con ojos tan pequeños como pasas de Corinto. Aunque, pensándolo bien, las monjas no están hechas para ser guapas.

Béatrice me dijo en una ocasión que mamá quiere, desde hace mucho tiempo, profesar en Chelles. No había vuelto a pensar en ello hasta verme aquí encerrada. Ahora no me imagino el rostro delicado de mi madre echado a perder con un hábito, ni la veo escardar entre los puerros y las coles, ni salir corriendo para rezar las horas ocho veces al día, ni vivir en una celda ni dormir sobre paja. Mamá cree que la vida en el convento es muy parecida a lo que hace cuando viene de visita y la abadesa la mima, preparándole platos exquisitos con alimentos que de ordinario las monjas venderían en el mercado. Imagino que también hay una habitación muy agradable para que repose, llena de cojines, tapices y crucifijos dorados. Si mi madre profesara y se convirtiera en esposa de Jesucristo, el convento recibiría una dote muy importante. Y por eso la abadesa es tan amable con mamá y con otras mujeres ricas que vienen de visita.

No hay cojines en los sitios donde me siento, ni tapices para calentar las paredes. Tengo que conformarme con cruces de madera, lana basta y zapatos sin adornos, potajes sin especias y pan hecho con gruesa harina morena.

Todo aquello lo había deducido por mi cuenta después de pasar sólo cuatro días en el convento.

Miré disgustada el bordado. Estaba haciendo un halcón para la funda de un cojín, pero parecía más bien una serpiente con alas. Y había utilizado además un color equivocado, rojo donde tenía que ser marrón, y los hilos se me habían enredado. Suspiré.

Entonces oí pasos y alguien dijo:

—¡Oh!

Levanté la vista. Al otro lado del claustro, frente a mí, vi a Marie-Céleste, muy desconcertada.

—Ah, Marie-Céleste, me alegro de que estés aquí —la llamé—. Me puedes ayudar a desenredar los hilos —era como si estuviésemos las dos en la rue du Four, cosiendo en el patio, mientras Jeanne y Geneviève jugaban a nuestro alrededor.

Pero no estábamos en París. Me erguí en el asiento.

—¿Qué haces en este sitio?

Marie-Céleste me hizo una reverencia y luego se echó a llorar.

—Acércate, Marie-Céleste.

Estaba tan acostumbrada a obedecerme que ni siquiera ahora vaciló, si se exceptúa que eligió dar toda la vuelta alrededor del claustro en lugar de cruzar por el huerto. Cuando llegó a donde estaba yo, me hizo otra reverencia y se secó los ojos con la manga.

—¿Has venido para sacarme de aquí? —le pregunté, ansiosa, porque no se me ocurría otra razón para su presencia en el convento.

Marie-Céleste pareció todavía más desconcertada.

—¿Vos, mademoiselle? No sabía que estuvierais aquí. He venido a ver a mi hija.

—¿No te ha mandado mi padre? ¿O mamá?

Marie-Céleste negó con la cabeza.

—Ahora no trabajo en vuestra casa, mademoiselle. Lo sabéis y también sabéis por qué —frunció el ceño de una manera que me resultó extrañamente familiar, como sentir de nuevo en la boca el gusto de un pastel de almendras que acabas de comer.

—¿Qué otro motivo tendrías para venir, si no es por mí? —no podía renunciar a la idea de que fuese la solución para escaparme de Chelles.

Marie-Céleste miró a su alrededor.

—Mi hija..., me han dicho que estaba aquí. Sé que no debo venir y que la pequeña ni siquiera piensa en mí como su mamá, pero no lo puedo evitar.

La miré sorprendida.

—¿La niñita es hija tuya?

Marie-Céleste pareció igualmente sorprendida.

—¿No lo sabías? ¿No os lo han dicho? Se llama Claude, igual que vos.

—Aquí no me cuentan nada. *Alors,* está dormida allí —le señalé el corredor que llevaba a mi celda—. La cuarta puerta.

Marie-Céleste asintió.

—Sólo la veré un momento, mademoiselle. *Pardon* —atravesó el claustro y desapareció por el corredor.

Mientras la esperaba, recordé el día en que Marie-Céleste me dijo que pondría mi nombre a su niña. Luego me vino algo más a la memoria: me había comprometido a decirle a mamá que se había ido a cuidar de su madre y que volvería. Lo había olvidado por completo. Mamá me trató tan mal aquel día y todos los que siguieron que hablaba con ella lo menos posible. Y por eso Marie-Céleste ya no trabajaba en nuestra casa. No estoy acostumbrada a sentirme culpable, pero en aquel momento el peso de mi ingratitud me enfermó.

Cuando regresó Marie-Céleste me corrí hacia un extremo del banco.

—Ven a sentarte conmigo —le dije, dando palmaditas al espacio que había quedado libre.

Marie-Céleste pareció incómoda.

—Debería volver, mademoiselle. Mi madre no sabe que he venido aquí y me estará esperando.

—Sólo es un momento. Me puedes ayudar con el bordado. *Regarde,* llevo una cosa que hiciste tú —me alisé el corpiño.

Marie-Céleste se sentó de mala gana. Debía de estar enfadada conmigo. Tendría que hacer méritos si quería que me ayudara.

—¿Cómo es que conoces este sitio? —le pregunté como si fuéramos dos buenas amigas haciéndose confidencias. Lo habíamos sido, en otro tiempo.

—Vengo desde niña. Vivimos muy cerca y mi madre trabajaba aquí. No era monja, por supuesto, pero ayudaba en los campos y en la cocina. Las monjas están tan ocupadas con sus rezos que necesitan ayuda.

Ahora lo entendía.

—Y mamá te encontró aquí.

Marie-Céleste asintió.

—Quería una doncella nueva y pidió a las monjas que se la buscaran. Vuestra madre venía tres o cuatro veces al año. Quería hacerse monja, pero, claro está, no era posible.

—Y tú le pusiste mi nombre a tu bebé.

—Sí —lo dijo como si lo lamentara, cosa que estaba del todo justificada.

—¿La ha visto el padre?

—¡No! —movió la cabeza con tanta violencia como si espantara una mosca—. No le importamos nada ni la niña ni yo. Me tuvo una vez, pero le traía sin cuidado lo que me sucediera. Dos años después se presentó a verme, el muy desvergonzado. Otra vez le interesaba, y tampoco le importaría que naciera otro bebé. Bueno, le di una lección, ¿no es cierto? —convirtió la mano en un puño—. Se merecía lo que le pasó. Si vos no os hubierais asomado a la ventana... —se interrumpió, los ojos asustados de repente.

Mi hermana Jeanne tiene un juguete que le divierte mucho: una copa de madera en el extremo de un palo, con una pelota atada al palo con una cuerda. Lanza la pelota a lo alto y trata de cogerla con la copa. Sentí como si hubiera estado lanzando la pelota una y otra vez y, de repente, la capturase con el clic de madera contra madera.

Quizá el convento empezaba a afectarme. Si hubiera estado en cualquier otro sitio y hubiese descubierto una cosa así me habría puesto a gritar. Ahora, sin embargo, sentada en aquel tranquilo huerto, ni grité, ni le saqué los ojos a Marie Céleste, ni lloré. Me limité a preguntar en voz baja:

—¿Nicolas des Innocents es el padre de Claude?

Marie-Céleste asintió.

—Sólo estuvimos juntos una vez, cuando fue a ver a vuestro padre para algún encargo. Eso fue todo.

—Entonces, ¿por qué estabas con él en el patio el otro día? Para que le dieran una paliza, me pareció.

Marie-Céleste me miró con miedo y empezó otra vez a llorar.

Apreté los dientes.

—Basta. ¡Deja de llorar!

Tragó saliva, se secó los ojos y luego se sonó la nariz en la manga del vestido. Marie-Céleste es realmente muy estúpida. Si estuviéramos en París iría directamente al cepo —o algo todavía peor— por un delito así. Pero yo estaba atrapada en el convento: no me era posible hacer nada para castigarla.

Algo parecido se le ocurrió también a ella, porque cuando dejó de llorar me miró de reojo.

—¿Qué estáis haciendo aquí, mademoiselle? No me lo habéis dicho.

No podía, por supuesto, decirle nada de Nicolas. Marie-Céleste ignoraba lo que sentía por él y lo que había hecho con él, o lo que había intentado al menos, y que ella, en cambio, sí había hecho. Ahora me resultaba odiosa, pero no podía dejárselo ver. Tendría que dar la sensación de que estaba voluntariamente en el convento. Retomé el bordado, para tener algo que mirar todo el tiempo.

—Mamá y papá decidieron que me convenía pasar aquí los últimos meses antes de mis esponsales, para aprender mejor las enseñanzas de la Iglesia. Cuando una mujer se casa, pierde la pureza de su vida de doncella. Es importante que su espíritu siga siendo puro, que no se deje seducir por la carne y no se olvide de Nuestra Señora ni del sacrificio de Nuestro Señor Jesucristo en la cruz.

Hablé casi como mamá, aunque no con tanta convicción. Marie-Céleste no se lo creyó: lo noté enseguida porque puso los ojos en blanco. Aunque, por otra parte, había perdido la virginidad hacía mucho tiempo, y no le daba tanto valor a la suya como mi familia a la mía.

—Me preguntó por vos —anunció Marie-Céleste de repente.

—¿Quién? —el corazón me latió más deprisa. Clavé con fuerza la aguja en el bordado. Marie-Céleste miró, desaprobándola, la confusión que había logrado con los hilos. Extendió la mano y se lo entregué.

—Ese cabrón de artista —dijo, tirando de los hilos para desenredarlos—. Quería saber cómo ibais vestida y cuándo visitaríais a los Belleville.

De manera que, efectivamente, Nicolas fue a verme a la rue des Cordeliers. Estaba segura de que no había podido ser por Marie-Céleste. Contemplé su cabeza inclinada sobre mi bordado, rectificando hábilmente todos mis errores. ¿Cómo podía comunicarme con Nicolas por mediación suya sin despertar sospechas? Marie-Céleste era estúpida pero con frecuencia adivinaba si yo mentía.

Desde mi celda nos llegó una tos y un grito. Marie-Céleste me miró preocupada.

—Id con ella, mademoiselle —me suplicó.

—Pero ¡tú eres la madre!

—No lo sabe. Vengo a verla, pero no hablo con ella ni la cojo en brazos. Sufro demasiado después.

Se oyó otra tos, y Marie-Céleste se estremeció como si la hubieran pisado. Sólo por un momento me dio pena.

Llegué hasta la puerta de mi celda y miré dentro. Claude agitaba la cabeza, dormida, moviéndola sobre la almohada. Frunció el ceño y luego, de repente, terminó de soñar y el rostro se le dulcificó con una sonrisa. Ahora que lo sabía, me asombró que no hubiera reconocido a Nicolas en la niña: los ojos hundidos, el pelo castaño, la mandíbula poderosa. Al sonreír se parecía a Nicolas, y a su madre cuando fruncía el ceño.

—Está bien —dije cuando volví junto a Marie-Céleste—. Algún demonio la estaba visitando en sueños, pero ya se ha ido —no me senté, sino que restregué el pie sobre los guijarros.

Marie-Céleste asintió. Había bordado con aplicación, y mi halcón parecía menos una serpiente y más un ave de presa.

Contemplar a la pequeña me había dado una idea.

—¿Te ha ayudado Nicolas con la niña?

Marie-Céleste resopló.

—Me tiró unas monedas. Nada, en realidad.

Me daba igual lo que Nicolas hiciera o dejara de hacer por su hija: tal como yo lo veía, Marie-Céleste se había buscado el problema. No se lo dije, sin embargo.

—Debería darte más que unas monedas —dije, paseándome por delante del banco—. Ha dibujado tapices para mi padre, no sé si lo sabes, que le producirán dinero y con toda seguridad también lo harán famoso. Debería aportar algo para el cuidado de tu hija —la dejé que pensara en aquello mientras me daba una vuelta en torno a la rosaleda. El pulgar me dolía agradablemente en el sitio donde me había clavado la espina. Cuando volví al banco dije—: Quizá te pueda ayudar a conseguir dinero; a hacer que Nicolas des Innocents pague por Claude para que saques de aquí a tu hija y pueda quedarse contigo y con tu madre.

—¿Cómo? —preguntó enseguida Marie-Céleste.

Me espanté una mosca de la manga.

—Le diría que mi padre no le pagará los tapices hasta que cumpla con vosotras dos.

—¿De verdad lo haríais, mademoiselle?

—Le escribiré una nota y se la puedes llevar tú.

—¿Yo? —Marie-Céleste pareció ofenderse—. ¿Por qué no vos, mademoiselle? ¿O una de vuestras damas? —miró alrededor—. Debéis de tener alguna aquí. Béatrice, probablemente: vuestra madre siempre pensó en cedérosla, ¿no es cierto? Le habrá sorprendido vivir aquí de nuevo.

—¿De nuevo? ¿Ya había vivido antes?

Marie-Céleste se encogió de hombros.

—*Bien sûr.* Creció aquí, igual que yo.

No lo había pensado hasta entonces, pero era verdad que Béatrice parecía conocer el convento y sus costumbres: sabía dónde estaban las cosas y conocía incluso a algunas de las monjas.

—Puede encargarse de llevar vuestra nota, mademoiselle —añadió Marie-Céleste.

Había olvidado que Marie-Céleste no estaba al corriente de mi encierro: pensaba que Béatrice y yo podíamos ir y venir a nuestro antojo. Y tenía que seguir ignorándolo. De lo contrario quizá no me ayudara.

—No debo salir de aquí —dije—. Tampoco Béatrice. Es parte de la purificación del alma antes de los esponsales. No he de tratarme con otras personas, en especial hombres.

—Pero no puedo ir a verlo..., no después de lo que pasó. Podría pegarme, o algo peor.

Nada más que lo que te mereces, pensé.

—Deja la nota en su habitación cuando no esté él —sugerí. Al ver que seguía dubitativa, añadí—: ¿Quieres que le cuente a mi padre que su mayordomo y tú habéis maltratado precisamente al artista que más admira?

Marie-Céleste sabía que estaba atrapada. Dio la sensación de que podía echarse a llorar de nuevo.

—Dadme la nota —murmuró.

—Espera aquí —corrí a mi celda antes de que cambiara de idea. Busqué en mi bolsa más papel; a continuación me arrodillé en el suelo y escribí rápidamente una nota, diciéndole a Nicolas dónde estaba y suplicándole que me rescatara. Carecía de lacre, pero no importaba mucho: Marie-Céleste, desde luego, no sabía leer, y dudaba de que conociera a alguien que supiese.

Hice algún ruido sin querer. Cuando estaba terminando, la pequeña se sentó en el jergón y empezó a llorar y a frotarse los ojos. Los rizos de color castaño oscuro se le arremolinaban alrededor de la cara. Se parecía tanto a Marie-Céleste que me entraron ganas de reír.

—Vamos, *chérie* —susurré, tomándola en brazos—. Ven a ver a la tonta de tu madre.

Cuando salimos, las monjas volvían de rezar sexta y Marie-Céleste estaba con Béatrice. Juntas ofrecían un curioso contraste, una gigantona con una muñeca. Era difícil imaginárselas de niñas en el convento. Se separaron precipitadamente cuando llegué junto a ellas, y Marie-Céleste no quiso mirar a su hija.

—Cógela un momento —dije, entregando la niña a una sorprendida Béatrice—. Voy a acompañar a Marie-Céleste hasta la puerta.

Béatrice me obsequió con una mirada perruna.

—Recordad que no os dejarán salir.

Le hice una mueca y me colgué del brazo de Marie-Céleste. Cuando tuve la seguridad de que Béatrice no nos veía le puse la nota en la mano.

—¿Sabes dónde vive? —susurré.

Marie-Céleste negó con la cabeza.

—El mayordomo lo sabrá..., le envía mensajes de mi padre. Que te lo diga: haré que lo castiguen si no lo hace.

Marie-Céleste asintió con la cabeza y se soltó de mi brazo. Parecía cansada. La idea de compartir con ella el mismo hombre me repugnaba. ¿Cómo podía haberla deseado Nicolas? Especialmente si pudiera verla ahora, con la nariz roja, los ojos diminutos y el ceño fruncido. No lo entendía.

En la puerta una monja entregó a Marie-Céleste un cesto lleno de huevos, pan y alubias: una caridad con los pobres. Mientras salía, no se volvió para mirarnos ni a mí ni a su hija.

Cuando regresé junto a Béatrice —todavía con la niña, que se retorcía entre sus brazos—, dije:

—Marie-Céleste y tú crecisteis aquí juntas.

Béatrice pareció sobresaltarse, pero luego asintió.

—Mi madre enviudó cuando yo era pequeña, y vino a profesar aquí.

La pequeña Claude tiró de un mechón suelto de los cabellos de Béatrice. Mi dama de honor dio un grito, y la niña y yo nos echamos a reír.

—¿Te gusta haber vuelto, entonces? —le pregunté.

Para sorpresa mía, Béatrice me miró con tristeza.

—Nunca he sido tan feliz como cuando vuestra madre me eligió para que fuera su dama de honor. Para mí es horroroso tener que vivir aquí de nuevo.

Dejé a la pequeña Claude en el suelo para que pudiera corretear por el jardín.

—Entonces ayúdame a escapar.

Béatrice negó con la cabeza.

—Es mejor para vos quedaros aquí, mademoiselle. Lo sabéis bien. ¿Por qué queréis renunciar al camino que tenéis trazado en la vida? Os casaréis con un noble y viviréis como una gran dama. ¿Por qué desear algo distinto? No hay mayor alegría para una mujer que estar casada, *n'est-ce pas?* Para todas las mujeres.

Recogí el bordado que Marie-Céleste había dejado bien doblado sobre el banco, la aguja enhebrada atravesándolo. Saqué la aguja y me la clavé en el dedo, sólo para sentir la sacudida del dolor.

—Vaya —dije—. Mira lo que me ha pasado.

A continuación, para atormentar a Béatrice por comportarse como mi carcelera y no como mi dama, empecé a cantar la canción que tan mal le había parecido. Probablemente la cantaba cuando vivía allí de niña.

Debería estar aprendiendo
el amor
y sus caminos,
pero me tienen
presa.
¡Maldiga Dios a quien
aquí me trajo!

IV. Bruselas

Primero de Mayo de 1491-
Tiempo de Septuagésima de 1492

Georges de la Chapelle

Ya llevábamos horas trabajando cuando llegó. El silencio reinaba en el taller. Durante al menos una hora nadie había hablado, ni siquiera para pedir lana o un carrete o una aguja. Incluso los pedales del telar se movían sin hacer ruido, como si estuvieran envueltos en trapos. Las mujeres también callaban o se habían marchado: Christine preparaba un carrete con hilo de lana, Aliénor se ocupaba de su huerto y Madeleine estaba en el mercado.

Trabajo mejor en silencio. Entonces tejo durante horas sin sentir el paso del tiempo, sin pensar en nada excepto en los hilos de colores entre mis dedos mientras los entrecruzo con la urdimbre. Pero basta un tejedor intranquilo o una mujer parlanchina para que todo el taller funcione mal. Ahora necesitamos ese silencio para trabajar mucho y bien si queremos acabar los tapices a tiempo. Incluso cuando disfrutamos de silencio en estos días, con frecuencia sólo pienso en el tiempo: en el que ya se ha ido y en el que queda, en cómo nos las arreglaremos y en qué podremos hacer para ponernos al día.

Estaba sentado entre Georges le Jeune y Luc, y terminaba las joyas que sostiene la dama en À Mon Seul Désir, al tiempo que no perdía de vista a mi hijo, que empezaba el sombreado en el hombro de la dama, amarillo sobre rojo. Lo estaba haciendo muy bien: en realidad ya no necesito vigilarlo mientras trabaja. Pero es una costumbre difícil de abandonar.

Los dos tejedores contratados, Joseph y Thomas, padre e hijo, trabajaban en las *millefleurs* de El Gusto. Ya han hecho otras veces *millefleurs* para mí: son buenos y trabajan deprisa. Y también en silencio, aunque Thomas usa los pedales de su telar más de lo necesario. A veces pienso que no es casual, sino que se propone hacer ruido, como sucede a menudo con los jóvenes. A mi hijo tuve que enseñarle a mover los pedales en silencio y sólo cuando hace una calada importante. A otro tejedor no le puedo decir, por supuesto, cómo debe comportarse, pero me rechinan los dientes cuando Thomas hace tanto ruido.

No es fácil ser el *lissier*. Además de vigilar a los demás, me corresponden las partes más difíciles: rostros y manos, la melena del león, la cara y el cuerno del unicornio, el paño con más pliegues. Salto de un tapiz a otro, y procuro no retrasarme mientras los demás avanzan con las *millefleurs* y los animales, y esperan a que rellene el hueco en el centro.

Les he dicho a los tejedores que deben estar ya en el telar, dispuestos para empezar, cuando suenan las campanas de la Chapelle; ahora que estamos en el mes de mayo, más pronto incluso. Hoy hemos empezado a las siete. Otros talleres quizá utilicen las campanas como señal para ponerse a preparar la jornada de trabajo, pero no hay nada en las reglas del Gremio que prohíba a los tejedores llegar antes y estudiar el cartón para ver qué es lo que van a tejer ese día y tener preparados los carretes. De esa manera empiezan en el momento en que suenan las campanas.

Georges le Jeune y Luc no me preocupan: saben que no tenemos tiempo que perder por las mañanas. Los otros dos han respondido bien hasta el momento, pero no es éste su taller, ni suyo el encargo y, aunque confío en su competencia —sus *millefleurs* son tan buenas como las mías—, a veces me pregunto si no llegará un día en el que encuentren otro trabajo menos exigente y no aparezcan. Joseph no se ha quejado, pero he visto a Thomas sentarse ante el telar, mirarlo fijamente después de que repiquen las campanas, y alzar por fin las manos hasta los hilos como si tuviera piedras colgadas de las muñecas. Y lo cierto es que necesito diez meses más de trabajo suyo, pedales ruidosos o no. Puede que no se haya curado por completo de su enfermedad invernal. Aunque Aliénor cuidó de él y de Georges le Jeune mientras les duró la fiebre, tardaron mucho en ponerse bien. Todavía no hemos recuperado el tiempo perdido.

Rezad, me dice Christine siempre. Pero rezar requiere mucho tiempo, y le digo que vaya ella a la iglesia de Sablon y diga las oraciones por todos nosotros, para que los demás nos quedemos aquí y nos dediquemos a tejer.

Luego oí voces en la cocina. Madeleine había vuelto del mercado acompañada. Lo olvidé enseguida: Madeleine tiene con frecuencia abejorros alrededor. Un día alguno de ellos le clavará el aguijón.

Pero poco después entró Aliénor, procedente del huerto, con una expresión extraña en el rostro.

—¿Qué sucede? —preguntó Christine, quebrando el valioso silencio del taller.

Aliénor escuchaba los ruidos que llegaban del interior de la casa.

—Ha vuelto.

Georges le Jeune alzó los ojos.

—¿Quién?

No hacía falta preguntar. Yo ya sabía quién era. Nuestra paz iba a saltar hecha añicos, porque el recién llegado no calla nunca.

Madeleine apareció en el taller con una sonrisa ridícula.

—El artista de París está aquí —anunció.

Detrás de ella se presentó Nicolas des Innocents, todavía con el barro del camino, y nos sonrió.

—Todos sentados como os dejé el verano pasado —se burló—. El mundo sigue adelante, pero Bruselas no se mueve.

Me puse en pie.

—Bienvenido —dije—. Christine, nuestro huésped querrá beber algo. Trae cerveza —aunque iba a ser una molestia, no quería que se dijera de mí que no recibía como es debido a los visitantes, sobre todo después de un largo viaje.

Georges le Jeune empezó también a levantarse, al igual que Luc, hasta que les dije que no con un gesto. No hacía falta que Nicolas interrumpiera el trabajo de todo el mundo.

Christine le saludó mientras pasaba a su lado.

—Habéis venido a echar otra ojeada, ¿no es eso? —hizo un gesto con la cabeza que incluía los telares y también a Aliénor, todavía ociosa en el umbral.

—Así es, madame. Esperaba ver a Aliénor bailando alrededor de un mayo, pero he llegado demasiado tarde.

Christine desapareció en el interior de la casa sin decirle que habíamos trabajado también el Primero de Mayo, aunque a Luc y a Thomas los dejé marcharse antes para ver la feria.

Al entrar en el taller, Nicolas hizo un gesto de dolor como si hubiera pisado un clavo.

—¿Estás bien? —le pregunté.

Nicolas se encogió de hombros, pero mantuvo el codo pegado al costado.

—Un poco molido del viaje, eso es todo —se volvió hacia Aliénor—. Y vos, Aliénor, ¿qué tal estáis? —al sonreír a mi hija me fijé en que le faltaban dos dientes de un lado, y en las huellas de una contusión en torno a un ojo. O bien se había caído del caballo o había tomado parte en una pelea. Quizá se había tropezado con ladrones durante el camino.

—Muy bien, monsieur —respondió Aliénor—, pero el huerto está todavía mejor. Entrad y oled las flores.

—Dentro de un momento, preciosa. Quiero echar un vistazo a los tapices antes.

Aliénor sonrió irónicamente.

—Queréis verla, ¿no es eso? Pues habéis venido demasiado pronto.

No supe de qué estaba hablando hasta que Nicolas contempló la tira de El Gusto en el taller.

—Ah —dijo, alicaído. Lo que se veía era un brazo de la dama con un periquito en la mano, un pliegue de una túnica, los comienzos de un mono y el extremo del ala de una urraca. Y *millefleurs,* por supuesto. Para un tejedor había mucho que admirar, pero me daba cuenta de que, para un hombre como Nicolas, la tira debía de ser una desilusión. Se volvió hacia À Mon Seul Désir, quizá con la esperanza de encontrar allí un rostro. Pero sólo había otro brazo de dama, extendido con sus joyas, más túnica, un mono y el faldón de la tienda con llamas de oro salpicándolo.

—Podría ser peor —dijo Aliénor—. Podríamos haber tejido el rostro y haberlo enrollado, de manera que sólo podríais verlo cuando el tapiz estuviera terminado.

—A no ser que lo desenrollaseis para mí, mademoiselle.

—Papá no desenrolla los tapices para nadie —replicó Aliénor con brusquedad—. Echa a perder la tensión de la urdimbre —era la respuesta de la hija de un *lissier.*

Nicolas sonrió de nuevo.

—Bien, en ese caso tendré que quedarme hasta que la hayáis tejido.

—¿Es ésa la razón para hacer tanto camino? ¿Sólo por ver una tira de tapiz? —dije—. Un viaje demasiado largo por un rostro de mujer.

Nicolas negó con la cabeza.

—Tengo asuntos que tratar con vos de parte de Léon le Vieux.

Fruncí el ceño. ¿Qué podía querer Léon ahora? Sabía que estaba demasiado ocupado para aceptar otros encargos. ¿Y por qué enviar a aquel artista en lugar de venir él? Todos los tejedores me estaban mirando. Fuera lo que fuese, quería que trabajaran, no que escucharan.

—Vayamos al huerto, entonces —dije—. Así podrás ver las flores de Aliénor. Hablaremos allí.

Fui delante. Al seguirme Nicolas por la puerta que da al huerto, Aliénor se apartó, dejándonos pasar.

—Ve a ayudar a tu madre —le dije al ver que se disponía a acompañarnos. Ahora fue ella la que se quedó cabizbaja, pero, por supuesto, hizo lo que se le ordenaba.

El huerto de Aliénor alcanza su mejor momento en mayo. Las flores están lozanas y recién abiertas, sin que el sol las haya marchitado aún. Sello de Salomón, vincapervinca, violetas, aguileña, margaritas, claveles, nomeolvides: todas estaban en flor. Lo más llamativo era que el lirio de los valles de Aliénor lucía sus flores, que duran muy poco, y su extraño perfume seductor estaba en todas partes. Me senté en un banco mientras Nicolas deambulaba unos minutos, olfateando y admirando.

—Había olvidado lo hermoso que es el huerto —me dijo al reunirse conmigo—. Resulta un bálsamo curativo, sobre todo después de muchos días de viaje.

—¿Qué te ha traído aquí, entonces?

Nicolas se echó a reír.

—Tan directo como siempre.

Me encogí de hombros. Me temblaban las manos: necesitaban estar tejiendo.

—Soy un hombre ocupado. Es mucho lo que tenemos que hacer.

Nicolas extendió el brazo y arrancó una margarita. A Aliénor no le gusta nada que la gente corte sus flores: ya cuesta bastante trabajo cultivarlas sin necesidad de matarlas. Empezó a dar vueltas al capullo entre los dedos.

—Por eso estoy aquí —dijo al fin—. A Jean le Viste le preocupa que sus tapices no se terminen a tiempo.

El maldito mercader que estuvo curioseando por el taller durante Cuaresma. Sabía que espiaba para Léon le Vieux, aunque dijera que estaba deseoso de encargarme algo. No he vuelto a tener noticias suyas desde entonces.

Se oyó un susurró detrás de mí: Aliénor se había acuclillado en la hierba con unas tijeras de cocina. Trataba de no ser vista, pero una ciega nunca se esconde bien.

—¿Qué haces ahí, muchacha? —gruñí—. Te dije que ayudaras a tu madre.

—Es lo que estoy haciendo —titubeó Aliénor—. Quiere perifollo para la sopa.

Su madre la había mandado a escuchar. Conozco a mi mujer: le desagrada sentirse excluida. No le dije a Aliénor que se fuera; de todos modos, Christine y ella sabrán enseguida lo que sea.

—No repitas lo que oigas —le dije—. Ni a los tejedores, ni a los vecinos, ni a nadie.

Asintió con un movimiento de cabeza y empezó a cortar hierbas y a recogerlas con el delantal.

—No hay motivos para preocuparse —le dije a Nicolas—. Nos retrasamos durante el invierno por enfermedad, pero estamos recuperando el tiempo perdido. Para la próxima Pascua de Resurrección habremos hecho lo que monseigneur Le Viste nos pidió.

Nicolas se aclaró la garganta y se acuclilló para aspirar el aroma de algunos claveles y acariciar sus pétalos. Había algo más que quería decir, me daba cuenta, pero se lo estaba tomando con calma. Cuando se presentó Christine con las jarras de cerveza pareció aliviado.

—Ah, gracias, madame —exclamó, poniéndose en pie y saliendo a su encuentro.

De ordinario Christine enviaría a Madeleine o a Aliénor para servir la cerveza, pero esta vez había venido en persona, con la esperanza de oír las noticias directamente de labios de Nicolas, en lugar de más tarde, de segunda mano, cuando yo se las contara. Me compadecí de ella.

—Siéntate —le dije, haciéndole sitio a mi lado en el banco. Que también Christine las oyera. Fueran las que fuesen, no iban a ser buenas. En el banco, con Nicolas enfrente, y Aliénor cortando en silencio detrás de nosotros, esperamos.

Cuando Nicolas se decidió por fin —después de beber cerveza y de admirar más flores—, lo dijo sin rodeos.

—Jean le Viste quiere los tapices para la Purificación.

Aliénor se inmovilizó detrás de nosotros.

—¡Eso es imposible! —exclamó Christine—. Ya estamos trabajando a pleno rendimiento: todas las horas que Dios nos da.

—¿No podéis contratar más gente? —sugirió Nicolas—. ¿Poner tres personas en cada telar?

—No —respondí—. No podemos pagar otro tejedor; si lo hiciéramos perderíamos dinero. Estaría pagando a Jean le Viste por el privilegio de hacer sus tapices.

—Cuanto antes los acabéis, antes podréis empezar el encargo siguiente, y eso os produciría dinero.

Negué con la cabeza.

—No tengo nada ahorrado para pagar a nadie; no podría contratar un tejedor sin pagarle antes algo a cuenta.

Nicolas hizo un gesto de impotencia con las manos.

—Jean le Viste quiere los tapices para la Purificación y mandará unos soldados para que los recojan. Si no están terminados, los confiscará y no pagará lo que debe.

Resoplé.

—¿Qué soldados?

Después de una pausa, Nicolas dijo:

—Los del Rey.

—Pero el contrato dice Pascua —protestó Christine—. Eso no se puede cambiar.

Rechacé sus palabras con un gesto. Los aristócratas hacen lo que quieren. Y a Léon le queda, además, la baza de las calzas verdes en el tapiz de los Reyes Magos. Si tuviera que pagar una multa por eso, iría sin duda a la ruina.

—¿Por qué no ha venido Léon? —dije, torciendo el gesto—. Hubiera preferido tratarlo con él.

Nicolas se encogió de hombros.

—Estaba demasiado ocupado.

Aliénor se quedó quieta una vez más. Mi hija se parece a mí a la hora de juzgar a las personas. Tiene oído para las mentiras, como yo tengo vista. Aliénor oyó algo en la voz de Nicolas, de la misma manera que yo vi la mentira en sus ojos cuando evitó que se encontraran con los míos. Estaba ocultando parte de la historia. No se lo pregunté, sin embargo, porque sospeché que no le sacaría la verdad en aquel momento: quizá más tarde, en un sitio donde se sintiera más a sus anchas.

—Seguiremos hablando después —dije—. En Le Vieux Chien —me volví hacia Christine—. ¿Está lista la cena?

Se puso en pie de un salto.

—Enseguida.

Dejé a Nicolas en el huerto para que terminara la cerveza y volví al taller. No me puse a tejer otra vez, sino que me quedé en el umbral contemplando a los que trabajaban. Estaban inclinados sobre el tapiz y muy quietos, como cuatro pájaros alineados sobre una rama. De cuando en cuando uno empujaba los pedales para mover los hilos y cambiar la calada, pero aparte de aquel golpe sobre la madera, todo estaba en silencio.

Christine vino a colocarse a mi lado.

—Sabes lo que tenemos que hacer —me dijo en voz baja.

—No podemos —le contesté en el mismo tono—. Aparte de incumplir las normas del Gremio, es perjudicial para los ojos, y la cera de las velas acaba por manchar los tapices. Luego cuesta mucho quitarla, y deja una pista muy fácil para cualquier miembro del Gremio que quiera complicarnos la vida.

—No me refiero a eso. Nadie teje bien de noche, ni siquiera tú.

—¿Quieres que trabajemos los domingos? Me sorprende que sugieras una cosa así. Aunque quizá consigas sobornar al cura: a ti te escucha.

—Tampoco es eso. Por supuesto que no vamos a tejer los domingos: lo que hay que hacer es santificarlos.

—¿A qué te refieres, entonces?

A Christine le brillaron los ojos.

—Déjame tejer *millefleurs* y así nuestro hijo podrá hacer contigo las partes más difíciles.

Guardé silencio.

—Como has dicho antes, no podemos permitirnos pagar a otro tejedor —continuó—. Pero me tienes a mí. Utilízame y deja que tu hijo haga lo que ya sabe hacer —me miró de hito en hito—. Lo has adiestrado bien. Ha llegado el momento de que le dejes responsabilizarse del todo.

Trataba de hacerme ver que aquello era lo más importante, pero sabía lo que ocultaban en realidad sus palabras: Christine quería tejer.

—*Écoute*, me muero de hambre —fue lo que contesté—. ¿Todavía no está lista la cena?

Tan pronto como el repique de las campanas señaló el fin de la jornada de trabajo, me llevé a Nicolas a Le Vieux Chien. No me apetecía mucho estar entre gente ruidosa, pero quizá fuese el sitio más adecuado para discutir con él las exigencias de Jean le Viste. Georges le Jeune vino con nosotros, y mandé a Luc a buscar a Philippe. Hacía bastante tiempo que no echábamos una caña al aire.

—Ah —suspiró Nicolas, mirando alrededor y chasqueando la lengua mientras bebía—. Cerveza de Bruselas y animación de Bruselas. ¿Cómo podría olvidarlo? Tabernas como tumbas donde sirven agua a la que llaman cerveza. ¿Para esto he viajado diez días por pésimos caminos?

En cuanto a mí, prefería el silencio.

—Se animará más tarde. Acabarás divirtiéndote.

Georges le Jeune quería información sobre el viaje de Nicolas: qué tal era el caballo, quién lo había acompañado, dónde se habían hospedado. A mi hijo le fascina pensar en otros lugares, si bien cuando me ha acompañado a Amberes o a Brujas ha dormido mal, ha comido poco y ha tenido miedo de los desconocidos. Siempre se alegra de volver a casa. Dice que quiere conocer París algún día, pero sé que no irá nunca.

—¿Has encontrado ladrones en el camino? —Georges le Jeune le preguntó enseguida.

—No; no hemos tenido otro obstáculo que el barro; el barro y un caballo cojo.

—Entonces, ¿cómo te hiciste eso? —Georges le Jeune señaló las magulladuras amarillentas en torno a un ojo de Nicolas—. Y también te has hecho daño en un costado.

Nicolas se encogió de hombros.

—Eso fue una pelea en una de las tabernas de París que frecuento. Me encontré metido en ella sin comerlo ni beberlo —se volvió hacia mí—. ¿Qué tal está Aliénor? —me preguntó—. ¿Va muy adelantado su ajuar?

Fruncí el ceño. ¿Qué podía saber sobre el ajuar de Aliénor? Sólo Christine y Georges le Jeune estaban al tanto de nuestro acuerdo con Jacques le Bœuf. Christine insistió en que se lo contáramos a nuestro hijo para que supiera qué esperar cuando se haga cargo del taller. Pero me consta que no se lo ha dicho a nadie: sabe guardar un secreto.

Antes de que pudiera pensar una respuesta, se presentó Luc con Philippe.

—No esperábamos que volvieras —le dijo Philippe a Nicolas mientras se sentaba—. Pintaste tan deprisa el verano pasado que estaba seguro de que te alegrabas de marcharte. Creía que habías jurado no volver a salir de París.

Nicolas sonrió.

—Tengo asuntos que tratar con Georges, y quería ver cómo marchan los tapices. Por supuesto siempre es un placer ver a Christine y a Aliénor. Precisamente le estaba preguntando a Georges por su hija —se volvió hacia mí—. ¿Qué tal le van las cosas?

—Aliénor está muy ocupada —dije con sequedad—. Para no estorbarnos durante el día, de noche cose los tapices hasta muy tarde.

—En ese caso tenéis una ventaja sobre otros talleres —dijo Nicolas—. Si viera no sería capaz de coser a oscuras. Pero por ser ciega trabaja por la noche y no sólo durante el día, entre los repiques de las campanas. Deberíais agradecer que Aliénor os ayude tanto.

Yo no había pensado en ello de esa manera.

—No me extraña que no tenga tiempo para trabajar en su ajuar —añadió Nicolas. Philippe se sobresaltó. Supongo que le puede pasar a cualquiera: nadie espera que Aliénor se case.

—A mi hija no le preocupa ningún ajuar, sino esos tapices, como a todos nosotros —murmuré—. Y ahora que nos quitan otros dos meses aún será peor —no tenía intención de que se me escapara, pero Nicolas me había puesto tan nervioso que no pude contenerme.

Georges le Jeune se me quedó mirando.

—¿Por qué nos quitan dos meses? Ya tenemos bastantes problemas con el retraso actual.

—Pregúntale a Nicolas.

Todos —mi hijo, Luc, Philippe y yo— miramos a Nicolas, que se retorció molesto y contempló su jarra de cerveza.

—Ignoro el motivo —dijo por fin—. Léon sólo mencionó que Jean le Viste quiere los tapices antes, pero no el porqué.

Si ni siquiera sabía eso, era bien poco el margen de maniobra que teníamos.

—Seguro que Léon lo sabe —dije, la voz llena de desprecio—. Lo sabe todo. ¿Por qué no ha venido? No me digas que está demasiado ocupado: eso nunca le ha impedido venir, sobre todo si se trata de un encargo de Jean le Viste.

Nicolas me miró desafiante: no le gusta que se le desdeñe. Alzó la jarra y apuró la cerveza. Todos contemplamos cómo se la llenó de nuevo y se la bebió de un tirón. Me clavé las uñas en la palma de la mano, pero no dije nada, aunque nos estaba dejando a los demás sin nada.

Nicolas eructó.

—La esposa de Jean le Viste le dijo a Léon que me mandara a mí. Quería alejarme de París.

—¿Qué le habías hecho? —preguntó Philippe. Habla muy bajo, pero le oímos perfectamente.

—Traté de ver a su hija.

—Insensato —murmuré.

—No pensaríais así si la vierais.

—Georges la ha visto —dijo Philippe—. La hemos visto todos, en El Gusto.

—Ahora, gracias a tu estupidez, vamos a pagar justos por pecadores —dije—. Si Léon estuviera aquí hablaría con él de las condiciones. Se podría hacer que Jean le Viste atendiera a razones. Pero tú no eres más que el mensajero. No hay nada que tratar contigo.

—Lo siento, Georges —dijo Nicolas—, pero dudo que Léon le Vieux pudiera ayudar. Jean le Viste es un hombre difícil: una vez que ha decidido algo, casi nunca cambia de idea. Lo conseguí una vez, cuando se suponía que los tapices iban a ser sobre una batalla. Pero no creo que yo, ni tampoco Léon, pudiéramos lograrlo de nuevo.

—¿Hiciste que cambiara los tapices para que representaran unicornios? Tendría que habérmelo imaginado, dado lo mucho que te gustan las aristócratas.

—Fue su esposa quien tuvo la idea. *En fait,* debéis culparla a ella. Culpad a las mujeres —alzó la jarra para saludar a una prostituta vestida de amarillo al otro lado de la taberna. Ella le sonrió. A las putas de Bruselas les gustan los extranjeros: piensan que un tipo de París pagará mejor y será más delicado. Quizá tengan razón. Ya empezaban a dar vueltas en torno a Nicolas como gaviotas ante tripas de pescado. Sólo he estado una vez con una prostituta, antes de casarme con Christine, pero había bebido tanta cerveza que no consigo recordar lo que hice con aquella mujer. Las putas se me sientan en las rodillas alguna que otra vez, cuando no hay asientos libres o la noche está poco animada. Pero les consta que de mí no sacarán nada en limpio.

—*Écoutez*, Georges —dijo Nicolas—. Siento lo que ha pasado. Os echaré una mano en el taller durante algún tiempo si eso ayuda.

Resoplé.

—Tú... —luego me callé. Casi oía a Christine susurrándome al oído: «Acepta toda la ayuda que te ofrezcan». Asentí con la cabeza—. Ha llegado una nueva partida de lana que habrá que clasificar. Puedes ayudar en eso.

—No has preguntado por los dos primeros tapices —dijo Philippe—. El Olfato y El Oído. La dama de El Gusto no es la única mujer sobre la tierra, después de todo.

El Olfato y El Oído estaban enrollados, con romero dentro para mantener lejos a las polillas, y guardados en una caja larga de madera en un rincón del taller. Nunca concilio igual de bien el sueño cuando hay en casa tapices acabados. Incluso aunque Georges le Jeune y Luc duermen cerca, para mí cualquier ruido de pasos en el exterior es un ladrón que viene a llevárselos, cualquier fuego en la cocina es una hoguera que va a destruirlos.

—¿No los habéis cambiado, verdad? —preguntó Nicolas.

—No, no; están como los pintamos. Y colgados de la pared resultan espléndidos. Cada uno de ellos es un mundo en pequeño.

—¿Es eso lo que las aristócratas hacen todo el día? —preguntó Georges le Jeune—. ¿Tocar algún instrumento, dar de comer a las aves y lucir piedras preciosas en medio del bosque?

Nicolas resopló.

—Algunas quizá —echó mano de la cerveza. Al agitar el recipiente no se oyó ruido alguno.

—Luc, ve a por más cerveza —dije. Había renunciado a enfadarme con Nicolas. Tal vez tenía razón: Jean le Viste quería lo que quería y no había más que hablar.

Luc agarró la jarra grande y se dirigió al encargado del barril en el rincón. Mientras esperaba a que se la llenaran, la puta vestida de amarillo empezó a hablarle, señalando a Nicolas. A Luc se le abrieron mucho los ojos —todavía no está acostumbrado a las atenciones de las mujeres— y negó con la cabeza.

—¿Has visto alguna vez un unicornio, entonces? —preguntó Georges le Jeune a Nicolas.

—No —respondió el otro—. Pero tengo un amigo que vio uno en el bosque, a dos días de París.

—¿En serio? —siempre había pensado que los unicornios vivían muy lejos, hacia levante, junto con los elefantes. Pero soy un lego en la materia, de manera que no abrí la boca.

—Dijo que corría muy deprisa, como una luz blanca y brillante entre los árboles, y que apenas pudo distinguir sus rasgos a excepción del cuerno, aunque afirmaba que tuvo la sensación de que le sonreía. Ésa es la razón de que lo haya pintado tan contento en los tapices.

—¿También las damas están todas contentas? —preguntó Philippe.

Nicolas se encogió de hombros.

La gran jarra estaba llena, pero el encargado se la pasó a la prostituta en lugar de a Luc, que se limitó a seguirla mientras ella abrazaba el recipiente y se dirigía hacia donde nos encontrábamos.

—Vuestra cerveza, caballeros —dijo, situándose delante de Nicolas e inclinándose para mostrar el pecho mientras colocaba la jarra sobre la mesa—. ¿Hay sitio aquí para mí?

—Por supuesto —dijo Nicolas, sentándola a su lado en el banco—. Una mesa no está completa sin una puta o dos.

Nunca le diría nada parecido a una mujer, ni siquiera a una mujer de la calle, pero la fulana de amarillo se limitó a reír.

—Voy a llamar a mis amigas, entonces —dijo. Al cabo de un momento dos más se habían unido a nosotros y nuestro rincón era el más animado de la taberna.

No me quedé mucho más tiempo después de aquello. Las prostitutas son una diversión para jóvenes. Cuando me marchaba, la de amarillo estaba sentada en el regazo de Nicolas, la de verde rodeaba con el brazo a un Georges le Jeune con el rostro encendido y una tercera, vestida de rojo, provocaba a Luc y a Philippe.

Durante el camino de vuelta oriné la mayor parte de la cerveza. Al llegar a casa, Christine estaba levantada, esperándome. No preguntó nada: ya sabía yo lo que quería oír.

—Tejerás —le anuncié—. Es la única manera de acabarlos. Pero ni una palabra a nadie.

Christine asintió con la cabeza. Luego sonrió. Y a continuación me besó y me llevó hacia nuestra cama. Sí; las putas es mejor dejárselas a los jóvenes.

Aliénor de la Chapelle

Nunca pensé que volviera a quedarme a solas en el huerto con Nicolas des Innocents. Mis padres nos dejaron allí, tan preocupados por las noticias que el pintor traía de París que mamá ni siquiera me dijo que entrara en casa. Me senté sobre los talones, con cuidado para no aplastar el lirio de los valles que crecía cerca. Se balanceaba cerca de mis piernas y cada vez que las rozaba un aroma muy agradable llenaba el aire.

Cuando Nicolas se marchó el verano pasado pensé que no regresaría nunca. Se había sentido a gusto con nosotros al principio, pero de repente dejó de coquetear conmigo y empezó a mostrarse brusco con papá y mamá. También se puso a pintar más deprisa. Luego un día no vino al taller y Philippe nos dijo que se había ido y le había encargado que terminara solo el último cartón. Quizá lo habíamos ofendido con nuestras sencillas costumbres de Bruselas. Tal vez no elogiamos lo suficiente su trabajo. Algunas veces venían amigos de papá y lo contemplaban mientras pintaba y señalaban los errores: el unicornio se parecía demasiado a un caballo, o a una cabra, o el león parecía un perro, o la jineta un zorro, o el naranjo un nogal. A Nicolas aquello le molestaba mucho.

Ahora estaba a mi lado. Me puse en pie. No me alejé, sino que me quedé muy cerca de él, tan cerca que sentía el calor de su túnica, olía el cuero de las riendas en sus manos, el sudor en sus cabellos y la piel del cuello, calentada por el sol.

—Pareces cansada, preciosa.

—Velo la mitad de la noche para coser. Ahora, con vuestras noticias, pasaré despierta toda la noche.

—Lo siento. No me gusta dar malas noticias a nadie.

Retrocedí un paso.

—¿Por qué os fuisteis sin decir adiós el verano pasado?

Nicolas resopló.

—Eres como tu padre; sincera hasta decir basta.

No respondí.

—Tenía trabajo en París que me hizo volver.

—Noto en la voz cuándo una persona miente.

Nicolas hizo ruido con los pies en el camino.

—¿Qué más te da, preciosa? Para ti y para tu familia no era más que un molesto artista de París.

Sonreí.

—Eso es posible, pero siempre esperamos la cortesía de una despedida.

Aunque a él no se lo contaría nunca, estuve tres días sin hablar cuando se marchó. Nadie lo notó —soy una chica callada— a excepción de mamá, que no dijo nada pero que me besó en la frente cuando por fin abrí la boca de nuevo. Muy pocas veces besa a nadie.

Nicolas suspiró.

—Me enteré de cosas que hubiera preferido no saber. Quizá te lo cuente algún día. Ahora no.

Antes de que pudiéramos continuar, mamá nos llamó para comer. Después Nicolas se marchó y no regresó hasta que las campanadas de la tarde señalaron el fin de la jornada de trabajo. Papá y los muchachos se lo llevaron a la taberna mientras mamá cosía El Gusto y yo À Mon Seul Désir. Estuvimos muy calladas: a mamá le preocupan los tapices y ni siquiera me preguntó qué opinaba de la reaparición de Nicolas.

Más tarde papá regresó y entró en casa con mamá mientras yo me quedaba cosiendo. Mucho después regresaron Luc y mi hermano. A Luc lo había mareado mucho la cerveza y tuvo que salir varias veces a la calle.

No quería manifestar interés, pero fue más fuerte que yo.

—¿Nicolas no ha venido con vosotros? —le pregunté a Georges le Jeune, que se había tumbado en su catre, cerca de mis pies. Olía a cerveza, al humo del hogar de la taberna y, arrugué la nariz, a un agua de flores barata que las prostitutas compran en el mercado.

Mi hermano soltó una gran carcajada, como si hubiera bebido demasiado para darse cuenta de que hacía mucho ruido. Lo hice callar para que no despertara a nuestros padres o a Madeleine.

—No creo que vuelva esta noche. Ha encontrado su propio catre, y es amarillo —a continuación rió de nuevo.

Me levanté y pasé por encima de él para entrar en casa. Prefería volver a mi cama y no seguir en el taller, con su peste a cerveza y sus tonterías, aunque me quedara trabajo pendiente. Me levantaría pronto y cosería mientras los hombres dormían aún.

Nicolas no regresó hasta bien avanzada la mañana, cuando llevábamos horas trabajando, a excepción de Luc, todavía tan mareado que no servía para nada y dormía en casa. Los tejedores estaban en sus telares. Mamá y yo trabajábamos con la remesa de lana nueva que acababa de llegar: en parte para los tapices que estábamos haciendo, el resto para preparar los dos últimos. Mamá la clasificaba, y utilizaba una devanadera para formar madejas con el hilo de lana, que luego colgaba por colores sobre rodillos. Yo preparaba carretes uniendo hebras de hilo de los rodillos y enrollándolas, de manera que quedaran ya listos para que los usasen los tejedores.

—¿Por qué no aparece? —preguntaba mamá una y otra vez, mientras tiraba de la lana.

Papá no parecía preocupado.

—Vendrá cuando esté listo.

—Lo necesitamos ahora.

No entendía por qué se enfadaba tanto. Nicolas no nos debía nada y tampoco lo necesitábamos. Si quería pasar la mañana durmiendo con su puta, estaba en su derecho. No tenía que importarnos su paradero.

Finalmente se presentó, casi tan maloliente como Jacques le Bœuf. Pero aún estaba alegre después de una noche en Le Vieux Chien, mientras que los demás callaban, con su resaca a cuestas. Palmeó a papá y a Georges le Jeune en la espalda y luego se dirigió a mamá y a mí.

—¿Sabéis —dijo— que Philippe ya ha conocido los placeres de la carne? Anoche encontró el camino con una prostituta o, más bien, ella se lo enseñó. Ahora sabrá ya lo que tiene que hacer —aquellas últimas palabras me parecieron otras tantas flechas dirigidas contra mí desde el lado opuesto del taller. Agaché la cabeza sobre el carrete y enrollé el hilo más deprisa.

Mamá me puso una mano sobre las mías para que no corriera tanto. Sentí la indignación en su manera de tocarme.

—No habléis de pecar con tanta desvergüenza delante de Aliénor —murmuró—. Podéis volveros directamente a París con vuestras fornicaciones.

—Christine... —dijo papá.

—No voy a tolerar semejante porquería en mi casa. Me da lo mismo lo mucho que necesitemos su ayuda.

—Cállate ya —dijo papá.

Mamá se calló. Cuando mi padre utiliza un determinado tono de voz siempre lo hace. Papá se aclaró la garganta y yo dejé de enrollar el hilo: de ordinario hace ese ruido cuando se dispone a decir algo que merece la pena escuchar.

—Veamos, Nicolas —empezó papá—, anoche dijiste que nos ayudarías durante algún tiempo. Quizá la cerveza se haya llevado esas palabras, de manera que las repito para que las recuerdes. Nos puedes ayudar con esta nueva entrega de lana: Aliénor y tú la preparaíais, para que Christine se dedique a otras cosas. Aliénor te enseñará lo que hay que hacer y tú podrás ser sus ojos.

Me recosté sorprendida. No quería tenerlo sentado junto a mí, con olor a otras mujeres.

Luego papá nos sorprendió todavía más.

—Christine, teje en lugar de Luc por el momento. Cuando ese muchacho esté otra vez bien, ocuparás el sitio de tu hijo. Georges le Jeune, tú harás las figuras en À Mon Seul Désir.

—¿Las figuras? —dijo mi hermano—. ¿Qué partes?

—Todas. Empieza con la cara en cuanto esté lista la lana. Tienes la preparación necesaria para hacer ese trabajo sin que yo te supervise.

Georges le Jeune movió los pedales con estrépito.

—Gracias, papá.

—Vamos, Christine —dijo papá.

El banco crujió cuando mamá y Georges le Jeune se sentaron uno al lado del otro. Por lo demás el taller permaneció en silencio.

—No nos queda otro remedio que hacer estos cambios —dijo papá—. De lo contrario nunca terminaremos los tapices a tiempo. Ni una palabra de todo esto fuera del taller. Si el Gremio tuviera noticia de que Christine está tejiendo podría multarnos o incluso cerrarnos los telares. Mi mujer trabajará siempre en el telar de atrás, junto a la puerta del huerto, de manera que nadie la vea al mirar por la ventana que da a la calle. Joseph y Thomas, al final habrá una bonificación para los dos por tener la boca cerrada.

Joseph y Thomas no dijeron nada. ¿Qué podían decir? Sus empleos dependían de que mamá trabajara también. Como había explicado papá, no nos quedaba otro remedio.

Nicolas se me acercó.

—Bueno, preciosa, ¿qué tengo que hacer? Enséñame. Aquí están mis manos —las colocó sobre las mías. Todo él olía a cama poco limpia.

Retiré las manos.

—No me toquéis.

Nicolas rió.

—¿No estarás celosa de una puta, verdad? Creía que yo ni siquiera te gustaba.

—¡Mamá!

Pero mi madre comentaba algo con Georges le Jeune y reía en voz baja. Había olvidado su enfado con Nicolas, tan contenta estaba de empezar a tejer ya. Tendría que defenderme sola de Nicolas.

Me volví de espaldas y coloqué las manos en la devanadera abandonada por mamá, tirando de los tensos hilos con los dedos.

—Enrollamos esta lana en madejas —dije con decisión—. Luego preparamos los carretes a partir de ellas. *Tiens,* tendremos que desenrollar lo que mamá ha hecho y empezar otra vez. Sostened aquí y enrollaos el hilo alrededor de las manos mientras lo saco de la devanadera. No lo dejéis caer al suelo porque se mancharía.

Nicolas recogió el hilo y empecé a girar la devanadera, cada vez más deprisa de manera que no pudiera seguirme.

—¡Cuidado! —exclamó—. Recuerda que nunca he manejado lana. Habrás de tener paciencia conmigo.

—No disponemos de tiempo para eso. Vos y Jean le Viste os habéis encargado de que así sea. Seguid a mi ritmo.

—De acuerdo, preciosa. Como quieras.

Al principio me cuidé de mantenerme todo lo lejos de Nicolas que pude, sin permitir que nuestras manos se tocaran, algo que no es fácil cuando se trabaja con lana. No conversaba con él y respondía a sus preguntas con las palabras imprescindibles. Lo criticaba en cuanto tenía ocasión y nunca lo alababa.

En lugar de enfadarse o distanciarse, mi reserva parecía atraerlo aún más. Empezó a llamarme Señora de la Lana, y me hacía más preguntas a medida que mis respuestas se acortaban. Incluso después de que hubiera aprendido a hacer una madeja uniforme con la devanadera, con frecuencia se le enredaban los hilos, por lo que tenía que ayudarle a deshacer los nudos y le tocaba los dedos. Era un buen alumno. A los pocos días podía hacer madejas y preparar carretes casi tan bien como mamá o como yo. En ocasiones le dejaba incluso que trabajase solo mientras me ocupaba de mis plantas: mayo no es época en la que se pueda descuidar un huerto.

Nicolas tenía un ojo excelente para el color y separaba la lana en más madejas de tonos diferentes de lo que mamá lo hubiera hecho. Se dio cuenta incluso de que un lote de lana roja era en realidad dos, teñidos por separado y mezclados, de manera que no hacían juego por completo. Papá devolvió el lote y pidió una indemnización al tintorero a cambio de no presentar una reclamación ante su gremio. Para celebrarlo, aquella noche llevó de nuevo a la taberna a Nicolas, que no reapareció hasta bien entrada la mañana. Esta vez nadie lo reprendió. Me limité a pasarle el carrete que había estado preparando y escapé al huerto para no tener que soportar el olor a prostituta que llevaba encima.

Ahora que se había quedado a ayudarnos, a mamá le preocupaba menos que Nicolas estuviera conmigo, dado que eso le permitía tejer a ella. Nunca la he sentido tan feliz como cuando trabajaba en el telar. No nos prestaba apenas atención ni a Madeleine ni a mí, a no ser que Nicolas o yo le pidiéramos ayuda con la lana. Durante el día trabajaba en silencio con tanta eficacia como cualquiera de los otros tejedores y de noche, cuando me ocupaba de coser lo que había tejido, comprobaba que era de buena calidad, tenso y uniforme. Después de la cena se sentaba con papá y hablaba de lo que ya había hecho y de lo que aún podría hacer. Papá no intervenía mucho cuando se explayaba así, excepto para decir «no» al mencionar mi madre que le gustaría aprender a hacer sombreado.

Nicolas iba a Le Vieux Chien casi todas las noches, aunque no siempre se quedaba hasta la mañana siguiente. Georges le Jeune lo acompañaba a veces, pero no Luc, que había escarmentado con la cerveza de aquella primera noche. Lo más frecuente, sin embargo, era que Nicolas fuese solo. Más tarde le oía regresar calle adelante, cantando o hablando con los individuos que había conocido en la taberna. Me sorprendió que encontrara acomodo entre las gentes de aquí con tanta facilidad. Cuando estuvo con nosotros el verano anterior no se había mostrado tan amable y cordial con otras personas, siempre en su papel de arrogante artista parisiense. Ahora había hombres —y también mujeres— que iban a buscarlo y que nos preguntaban por él en el mercado.

A menudo aún seguía cosiendo cuando él regresaba. Tenía incluso más trabajo, porque mamá no me ayudaba ya: estaba cansada después de tejer todo el día y necesitaba descansar los ojos para el día siguiente. Nicolas se alojaba con nosotros esta vez, para ahorrarse el precio de la posada, y cuando regresaba de la taberna se tumbaba en su catre cerca del telar donde se tejía El Gusto. Siempre que yo trabajaba en ese tapiz, Nicolas yacía casi a mis pies. Noche tras noche estábamos juntos de esa manera en la oscuridad. No hablábamos apenas, porque yo no quería despertar a Georges le Jeune y a Luc. Pero algunas veces sentía que estaba vuelto hacia mí. Si ver es como un hilo de urdimbre atado entre dos barras de un telar, yo sentía su hilo, muy tenso.

Una noche regresó muy tarde. Todo el mundo se había acostado hacía tiempo, excepto yo. Cosía el rostro de la dama en El Gusto, con cuidadosas puntadas alrededor de un ojo. La cara estaba a medio terminar: Nicolas satisfaría pronto su deseo de verla.

Cuando se tumbó en el catre a mis pies sentí que se tensaba el hilo que nos unía. Nicolas quería decir algo, pero se contuvo. El silencio pesaba mucho. Esperé hasta que no pude aguantar más.

—¿De qué se trata? —susurré en el taller en calma, con la sensación de que por fin me rascaba la picadura de una pulga.

—Algo que quiero decirte desde hace mucho, preciosa. Desde el verano pasado.

—¿Lo que hizo que os marcharais?

—Sí.

Contuve el aliento.

—Jacques le Bœuf ha estado esta noche en la taberna.

Apreté los dientes.

—*Alors?*

—Es de una zafiedad espantosa.

—Eso no es ninguna novedad.

—No soporto la idea...

—¿Qué idea?

Nicolas hizo una pausa. Recorrí con los dedos la hendidura del ojo de la dama y clavé la aguja con fuerza.

—El verano pasado oí hablar a tus padres de Jacques le Bœuf. Georges había llegado a un acuerdo con él. Sobre ti.

No le resultaba nada fácil, pero no dije nada para ayudarle.

—Vas a casarte con él. Para Navidad, tal era el acuerdo, aunque quizá eso cambie ahora que los tapices se necesitan antes. Imagino que cuando los terminéis. Para Cuaresma, diría yo.

—Estoy al corriente.

—¿Lo sabes?

—Me lo dijo Madeleine. Se lo oyó a mi hermano. Esos dos... —agité la mano y no terminé de decir lo que Georges le Jeune y Madeleine hacían. Nicolas se lo podía imaginar—. Aunque me aseguró que no se lo contaría a nadie, es probable que lo sepa todo Bruselas. Pero ¿qué os importa lo que me suceda? No soy nada para vos: tan sólo una chica ciega que no puede admirar vuestra apostura.

—No me gusta que una muchacha bonita tenga que casarse con una bestia, *c'est tout* —su tono de voz no me dio la impresión de que aquello fuera todo. Esperé.

—Es extraño —continuó—. Esos tapices: es como si me hicieran ver a las mujeres de otra manera. Algunas mujeres.

—Pero no son mujeres de verdad haciendo cosas de verdad.

Nicolas rió entre dientes.

—Las caras, sin embargo, son de verdad: al menos algunas de ellas. Por eso se me conoce, después de todo: por pintar retratos de damas. Y ahora, tapices.

—¿Os ha ido bien con esos diseños, *alors*?

—Mejor que a tu padre, por lo que parece.

—Al pobre papá lo está destrozando vuestro Jean le Viste.

—Lo siento mucho.

No dijimos nada durante un rato. Escuché su respiración regular.

—¿Qué vas a hacer con Jacques le Bœuf? —me preguntó a continuación.

Luc se dio la vuelta en el catre y murmuró algo sin llegar a despertarse.

Reí sin alzar la voz.

—¿Qué puedo hacer? No soy más que una ciega que tiene la suerte de que alguien quiera casarse con ella.

—Un individuo que huele a orines de oveja.

Me encogí de hombros, aunque mi despreocupación era fingida.

—*Tu sais,* Aliénor, hay algo que puedes hacer.

Le cambió la voz al decir aquello. Me quedé helada. Sabía qué era lo que estaba pensando. También a mí se me había ocurrido. Pero podía dejarme en peor situación que la de casarme con Jacques le Bœuf.

Nicolas no parecía tener dudas, sin embargo.

—Anímate, preciosa —dijo—, y te contaré toda la historia del cuerno del unicornio.

Pasé los dedos suavemente sobre las crestas de la urdimbre del tapiz, los bultos ásperos, uniformes, de lana y seda que me hacían cosquillas y dejé que mis manos descansaran allí un momento. Mamá y el cura decían que era pecado si no estabas casada, pero no me constaba que aquello hubiera detenido a muchas mujeres, ni siquiera a mamá. Aunque insistiera en que papá y ella se habían casado para unir los talleres de sus padres, mi hermano nació cuando sólo llevaban un mes compartiendo cama como marido y mujer. Ni a Madeleine ni a Georges le Jeune parecía preocuparles su pecado, como tampoco a Nicolas, ni a las parejas que oía en los callejones, ni a las mujeres que reían hablando de ello junto a la fuente o en el mercado.

Clavé la aguja en la boca de la dama para saber dónde tenía que reanudar el trabajo y luego extendí las manos hacia Nicolas. Después de tomarlas, tiró de mí, me levantó del asiento y me llevó, por encima de los que dormían, hasta el huerto. Me colgué de su cuello y hundí la nariz en su piel tibia, que olía maravillosamente.

Me tumbó sobre un lecho de flores: margaritas y claveles, nomeolvides y aguileñas. No me importaba lo que quedase aplastado, excepto el lirio del valle que se balanceaba por encima de mi cara. Requiere muchos cuidados, dura muy poco y su aroma es muy agradable. Me corrí hacia un lado. Ahora tenía la cabeza en un macizo de melisas que me rozaron la frente y las mejillas con sus hojas frescas y rugosas. Afortunadamente la melisa se recupera con facilidad incluso después de aplastarla.

Nunca habría creído que cuando por fin estuviese con un hombre fueran a preocuparme las plantas.

—¿De qué te ríes, preciosa? —dijo Nicolas, su rostro exactamente encima del mío.

—De nada —dije, alzando una mano para tocarlo.

Se apretó contra mí, sus piernas sobre mis caderas, su pecho sobre los míos, su entrepierna empujándome con fuerza. Nunca había tenido encima un peso semejante, pero no me asusté. Quería que me apretara más. Puso su boca en la mía, los labios moviéndose, su lengua me llenó tanto la boca que tuve otra vez ganas de reír. Era suave y al mismo tiempo dura, húmeda y en constante movimiento. Me sorbió la lengua hasta llevarla a su boca y era un sitio cálido, y sentí el sabor de la cerveza que había estado bebiendo, y de algo más que no conocía: su sabor. Me tiró de la ropa, levantándome la falda y apartando el corpiño. La piel se me estremeció al contacto con el aire frío y con la suya.

Todos los sentidos trabajaban, excepto uno. Me pregunté cómo sería ver mientras se hacía aquello. De lo poco que sabía sobre lo que pasaba entre hombres y mujeres —por haber oído a papá con mamá por la noche, o a Georges le Jeune con Madeleine en el huerto, o por las mujeres que bromeaban en el mercado, o que cantaban coplas alusivas—, siempre había pensado que se necesitaban ojos para disfrutarlo, que no se trataba de algo que estuviera a mi alcance, o sólo si era con alguien como Jacques le Bœuf y que en ese caso resultaría doloroso y que siempre me daría miedo. Pero ahora me dolió sólo un momento, cuando Nicolas me penetró la primera vez, y luego mi cuerpo lo sintió por todas partes, su sabor, su tacto, su olor, los ruidos que hacía.

—¿Qué miras? —le pregunté a Nicolas mientras entraba y salía, y los dos estábamos muy húmedos y hacíamos ruidos de ventosa, como cuando se saca un pie del barro.

—Nada: tengo los ojos cerrados. Es mejor así, porque se siente más. Está demasiado oscuro para ver, de todos modos: no ha salido la luna.

De manera que no me perdía nada. Estaba verdaderamente con él, tanto como pudiera estarlo cualquier otra. Se trataba por tanto de un placer del que también yo podía disfrutar. Algo empezó a alzarse en mí, cada vez más intenso con el ritmo de sus movimientos, hasta que no pude resistir más, y grité al tiempo que mi cuerpo se tensaba y luego se relajaba, como una mano que se transforma en puño y luego se deja ir.

Nicolas me tapó la boca.

—¡Calla! —susurró, pero también se estaba riendo—. ¿Quieres que te oiga todo el mundo?

Respiré hondo. Más que asustada estaba sorprendida.

Nicolas se movía cada vez más deprisa y hacía sus propios ruidos, la respiración acelerada como la mía, y luego algo caliente se esparció dentro de mí. Dejó de moverse y se me derrumbó encima, tan pesado su cuerpo que no me dejaba respirar. Al cabo de un momento se hizo a un lado. Oí el crujido de las plantas, olí el aroma del lirio de los valles y supe que lo había aplastado. Pero, después de todo, era demasiado dulce, como miel sola, sin pan en el que extenderla. Bajo aquel aroma empalagoso yo olía algo más, más real y semejante a la tierra. Era el olor a cama que había descubierto en otros, pero aquél más reciente, como de brotes nuevos y de tierra cuando acaba de llover.

Respiramos y soltamos el aire, una y otra vez al mismo tiempo, cada vez más despacio hasta quedarnos en silencio.

—¿Es eso lo que haces con tus putas, entonces? —pregunté.

Nicolas resopló.

—Más o menos. Unas veces es mejor que otras. De ordinario es mejor cuando la mujer disfruta.

Yo había disfrutado.

—¿Qué olor es ése? —preguntó.

—¿Cuál?

—El dulce. El otro lo conozco.

—Lirio de los valles. Te has tumbado encima.

Rió entre dientes.

—Nicolas, quiero hacerlo otra vez.

—¿Ahora? —rió con más fuerza—. Tendrás que darme un minuto, preciosa. Déjame descansar un poco, luego veré si estoy en condiciones de complacerte.

—Mañana —dije—. Y la noche siguiente y la otra.
Nicolas se volvió para mirarme.

—¿Estás segura, Aliénor? ¿Sabes lo que puede pasar?
Asentí con la cabeza.

—Lo sé —también me lo habían enseñado las conversaciones, las coplas y los chistes. Sabía lo que quería. Era mucho lo que se me había ocultado a causa de mis ojos sin luz. Quería tener aquello y también sus consecuencias.

Durante dos semanas trabajamos juntos en el taller todos los días y yacimos juntos en el huerto por la noche, aplastando todas mis flores. Al final de aquel periodo la lana estaba ordenada, tejidas las damas de El Gusto y de À Mon Seul Désir, y habíamos acabado. Papá introdujo un espejo bajo El Gusto para que Nicolas pudiera ver el rostro completo de su dama. Aquella noche me dijo adiós en el huerto. Después, con la cabeza sobre mi regazo, añadió:

—No te entristezcas, preciosa.

—No estoy triste —respondí—, y no soy preciosa.
Al día siguiente salió camino de París.

Christine du Sablon

Es un tipo listo, el tal Nicolas des Innocents. Eso se lo reconozco. Cometió su fechoría delante de nuestras narices y ni siquiera lo sospeché hasta mucho después de que se hubiera marchado. Tejer debe de haberme cegado. Estaba tan ocupada, con los ojos tan fijos en el trabajo, que no me di cuenta de lo que sucedía a mi alrededor. Me culpo por el pecado de orgullo en que se convirtió tejer, orgullo que acabó en arrogancia: eso y no ir a misa a la iglesia de Sablon durante la semana, como siempre había hecho antes. Descuidé a Nuestra Señora y a Nuestro Señor y se nos castigó por ello.

Un domingo, después de misa, Georges y nuestro hijo desenrollaron y colgaron El Oído y El Olfato, los dos primeros tapices terminados, para que los viese Nicolas. Cuando estuvieron listos los admiré desde el umbral. Noté, sin embargo, que las manos de la dama, mientras toca el órgano, se podrían haber hecho mejor. Si Georges se hubiera decidido antes a dejarme tejer, habría tenido más tiempo para hacer las manos como es debido. Pero no lo comenté con nadie.

—Hay algo que os llena de satisfacción, madame —me dijo Nicolas precisamente en aquel momento.

Negué con la cabeza.

—Sólo estaba admirando la pericia de mi esposo —respondí. Siguió sonriéndome hasta que di una palmada y abandoné el umbral—. Ya hemos pasado bastante tiempo con la boca abierta —añadí—. Enrolladlos otra vez, antes de que los ataquen las polillas. Aliénor, corta un poco de romero.

Después de ver terminados los dos primeros tapices, y el tercero y el cuarto mientras se hacían, Nicolas dijo que quería examinar los cartones de los dos últimos —La Vista y El Tacto— para asegurarse de que todos tenían las mismas características. Al menos eso fue lo que dijo.

Confieso que no pensé mucho en ello. Luc sacó los cartones y Nicolas los contempló a solas en el huerto mientras los demás trabajábamos. Poco después volvió a entrar y dijo:

—Me gustaría hacer un cambio.

—¿Por qué? —preguntó Georges—. Ya están aceptados.

—Quiero volver a pintar el lirio de los valles, ahora que he podido verlo al natural en el huerto de Aliénor.

Desde detrás de la devanadera, mi hija rió de una manera que me resultó desconocida. Aquello no me dijo nada por entonces, aunque lo entendí más adelante.

—Podemos hacer el cambio en el momento de tejerlo —dijo Georges—. Recuerda que estamos autorizados para cambiar la *verdure* cuando lo consideremos oportuno.

—Me gustaría hacerlo, de todos modos —insistió Nicolas—. No me vendría mal dedicarme a otra cosa; manejar la lana me ha dejado los dedos tan ásperos que me preocupa lo que dirán las mujeres cuando las toque —le guiñó un ojo a Georges le Jeune. Aliénor dejó escapar otra risita.

Fruncí el ceño, pero Georges se limitó a encogerse de hombros.

—Como gustes. La lana ya está ordenada. No te vamos a necesitar mucho más tiempo.

Ahora que me paro a pensar, nadie se molestó en ver lo que hacía Nicolas. Ya había demostrado su habilidad el verano anterior cuando colaboró con Philippe, y no teníamos tiempo para ponernos a mirarlo por encima del hombro. Trabajó en el huerto, y cuando los cartones estuvieron secos los volvió a enrollar y los guardó con los demás.

Su marcha habría revestido cierta solemnidad si no hubiésemos estado tan ocupados. Por entonces tejíamos catorce horas diarias, sin apenas un momento para las comidas, y yo tenía delante de los ojos el diseño del tapiz incluso cuando no tejía. Caía todas las noches en la cama y dormía como un tronco hasta que Madeleine me despertaba a la mañana siguiente. Quedaba poco tiempo para pensar en que alguien se marchaba. La noche anterior los varones fueron a la taberna, pero se durmieron mientras bebían. Incluso Nicolas regresó pronto, en lugar de acostarse por última vez con la prostituta del vestido amarillo. Parecía haberla olvidado en los últimos días. Ahora, por supuesto, ya sé el motivo.

Después de aquello vino una sucesión de idénticos días de verano, uno tras otro, en los que tejimos, sin hablar apenas. Los días de verano son largos, hay menos festividades que en otras épocas del año, y empezábamos antes y terminábamos más tarde. Quince, dicciséis horas pasábamos en los telares, acalorados, inmóviles y silenciosos. Habíamos dejado de hablar; ni siquiera Joseph y Thomas decían muchas cosas. La espalda me dolía todo el tiempo, los dedos se me habían endurecido con la lana, tenía los ojos enrojecidos y, sin embargo, nunca había sido tan feliz. Estaba tejiendo.

Madeleine nos facilitaba las cosas: traía cerveza sin necesidad de pedírsela y servía las comidas deprisa y sin problemas. Cocinaba mucho mejor desde que delegué en ella, de manera bastante parecida a lo sucedido con Georges le Jeune, cuyo trabajo yo ya no era capaz de distinguir del de su padre. Tampoco Aliénor hablaba mucho, aunque siempre ha sido una chica callada. Cosía para nosotros, trabajaba en el huerto y ayudaba a Madeleine en las tareas de la casa. A veces dormía durante el día y luego cosía toda la noche, cuando no había nadie trabajando en los tapices.

Al final del verano, muy poco después de la fiesta de la Natividad de la Virgen, acabamos. Desde hacía varias semanas me daba cuenta de que faltaba poco: mis dedos se iban acercando lentamente al borde superior con los diferentes colores que terminaba: verde, después amarillo, luego rojo. Había pensado que lo celebraría, pero, cuando completé el último borde rojo, anudé el último carrete y ayudé a Aliénor a coser la última hendidura, me sentí vacía, tan insípida como un guiso sin sal. No era un día diferente de cualquier otro.

Me sentí orgullosa, por supuesto, cuando Georges me permitió usar las tijeras a la hora de separar el tapiz del telar. Nunca se me había permitido cortar los hilos de la urdimbre. Y cuando los desenrollamos para verlos enteros por primera vez, fueron un gozo para los ojos. Lo que yo había tejido en Á Mon Seul Désir no sólo no se diferenciaba de lo de los demás, sino que encajaba perfectamente, como si hubiera sido tejedora toda mi vida.

No pudimos descansar. Había que tejer dos tapices más en cinco meses. Georges no dijo nada, pero yo sabía ya que iba a participar. Los días eran más cortos y se necesitaba a todo el mundo. Si Aliénor no hubiera sido ciega, probablemente Georges la habría puesto también a tejer.

Un domingo después de misa, cuando nos disponíamos a dar un paseo por la Grand-Place —la única ocasión ya en la que yo salía a ver gente—, Aliénor me agarró del brazo.

—¡Jacques le Bœuf! —me susurró.

Su olfato no la engañaba; el tintorero estaba al otro extremo de la plaza y venía hacia nosotros. Confieso que no había pensado ni una sola vez en él en todo el verano. No le habíamos dicho nada a Aliénor de su boda, ni yo había cosido siquiera una cofia para su ajuar.

Puse la mano de Aliénor en el brazo de Georges le Jeune.

—Llévatela a L'Arbre d'Or —le susurré. Sólo a los tejedores y a sus familias se les permite entrar en la sede de nuestro gremio. Mientras mis hijos se alejaban a buen paso, me cogí del brazo de Georges y nos quedamos muy juntos, como si temiéramos que la tempestad nos derribara. Los dos miramos al Hôtel de Ville, tan sólido e imponente, con sus arcos, sus esculturas y su torre. Ojalá pudiéramos ser tan sólidos.

Jacques llegó pisando fuerte hasta donde estábamos.

—¿Dónde se ha ido la chica? —gritó—. Siempre sale corriendo: no sirve de gran cosa tener una mujer que huye cada vez que se acerca su marido.

—¡Chis! —susurró Georges.

—No me digas que me calle. Estoy cansado de guardar silencio. ¿No he tenido la boca cerrada todo el año pasado? ¿Acaso he dicho algo a las chismosas del mercado que me preguntan si me voy a casar con ella? ¿Por qué tendría que callarme? ¿Y por qué se me impide verla? Tiene que acostumbrarse a mí alguna vez. Y bien podría ser ahora —se volvió hacia L'Arbre d'Or.

Georges lo agarró del brazo.

—Ahí no, Jacques; sabes que no te está permitido entrar ahí. Y sólo te pido que guardes silencio un poco más.

—¿Por qué?

Georges dejó caer la mano y miró al suelo.

—Aún no se lo he dicho.

—¿No lo sabe? —bramó Jacques, todavía con más fuerza que antes. Empezaba a reunirse un grupo de curiosos, aunque a cierta distancia debido al olor del tintorero.

Tosí.

—Tienes que tener paciencia con nosotros, Jacques. Como sabes, hemos estado muy ocupados con los tapices, en los que tu lana azul desempeña un papel muy importante. Tan importante —seguí, cogiéndolo del brazo y empezando a caminar muy despacio con él, aunque los ojos se me llenaron de lágrimas por el hedor—, que no me cabe la menor duda de que te inundarán con más encargos de azul cuando la gente los haya visto.

A Jacques le Bœuf le brillaron los ojos, aunque sólo un instante.

—Pero la chica, la chica. La tendré para Navidad, ¿no es eso? ¿Todavía no habéis comprado la cama?

—Precisamente voy a encargarla mañana —dijo Georges—. Castaño. Nosotros tenemos una y nos ha hecho buen servicio.

Jacques rió entre dientes de una manera que me revolvió el estómago.

—Georges irá muy pronto a verte para concretarlo todo —dije—, porque, como es lógico, no debemos tratar de cuestiones económicas en domingo —lo miré desafiante y bajó la cabeza. Regañándolo un poco más conseguí que se marchara, de manera que los curiosos se dispersaron sin averiguar cuál era el motivo de sus gritos, si bien, por lo que había dicho sobre las chismosas del mercado, ya lo sabían de todos modos.

Georges y yo nos miramos.

—La cama —dijo.

—El ajuar —dije yo al mismo tiempo.

—¿Dónde voy a encontrar el dinero para comprarla?

—¿Cuándo voy a encontrar el tiempo para coserlo?

Georges movió la cabeza.

—¿Qué dirá Jacques cuando le explique que no será para Navidad sino para la Purificación?

Poco después tuve las respuestas a aquellas preguntas, pero no las que esperaba.

Al principio nadie se fijó. Los telares estaban vestidos para La Vista y El Tacto y empleamos la mayor parte del día preparando la urdimbre, con Philippe y Madeleine ayudándonos. A continuación Georges desenrolló los cartones, dispuesto a deslizarlos por debajo de la urdimbre. Examiné los bordes de los dibujos, para comprobar que teníamos preparados todos los colores que hacían falta. Mientras lo hacía, miré de pasada a la dama en el cartón de La Vista. Tardé un momento en darme cuenta, pero cuando lo hice di un paso atrás como si alguien me hubiera golpeado en el pecho. Nicolas había introducido cambios, no cabía la menor duda, y no se trataba sólo del lirio de los valles.

Al mismo tiempo mi hijo empezó a reírse.

—*Regarde*, mamá —exclamó—. De manera que era eso lo que Nicolas hacía en el huerto. Debería agradarte.

Sus risas me irritaron tanto que lo abofeteé. Georges le Jeune me miró asombrado. Ni siquiera se frotó la mejilla, aunque le había golpeado con fuerza y se le estaba enrojeciendo.

—¡Christine! —dijo mi marido con dureza—. ¿Qué sucede?

Volví mi indignación hacia Aliénor, sentada en un taburete, desenredando hilo. No estaba enterada, por supuesto, de lo que Nicolas había hecho con La Vista.

—Sólo le decía a mamá que Nicolas la ha retratado en El Tacto —dijo Georges le Jeune—. Y entonces va ¡y me da una bofetada!

Lo miré primero, todavía enfadada, y luego me volví hacia El Tacto. Lo estuve contemplando mucho tiempo. Mi hijo tenía razón: la dama se me parecía, con el pelo hasta más abajo de la cintura y la cara larga, la barbilla puntiaguda, la mandíbula poderosa, y las cejas de curvas pronunciadas. Era la orgullosa mujer del tejedor, sosteniendo, con aire de suficiencia, un estandarte en una mano y el cuerno del unicornio en la otra. Recordé el momento captado por el pintor, cuando estaba en la puerta y pensaba en mi trabajo de tejedora. Nicolas des Innocents me conocía demasiado bien.

—Lo siento —le dije a mi hijo—. Creía que hablabas de La Vista, porque también ha hecho que la dama se parezca a Aliénor.

Todo el mundo miró el cartón del otro tapiz, y Aliénor alzó la cabeza.

—Me he enfadado —mentí deprisa—, porque considero cruel que una chica ciega represente La Vista —no dije nada sobre el unicornio en el regazo de mi hija y lo que eso podía significar. Vigilé a Georges y a los demás varones mientras miraban, pero no parecieron darse cuenta. Los hombres pueden ser bastante romos a veces.

—Sí que se te parece, Aliénor —dijo Georges le Jeune—, con los ojos torcidos y la sonrisa también torcida.

Aliénor se puso muy colorada y fingió trabajar con la lana que tenía en el regazo.

—¿Vamos a dejarlas así, papá? —siguió Georges le Jeune—. No estamos autorizados a cambiar figuras que ya han sido aprobadas por el cliente.

Georges se frotaba la mejilla y fruncía el ceño.

—Quizá tengamos que utilizarlas tal como están: no recuerdo las caras de antes. ¿Te acuerdas tú, Philippe?

Philippe miraba con fijeza el cartón. Luego alzó los ojos hasta Aliénor y supe que estaba tan preocupado como yo por el cambio en los dibujos y su posible significación. Philippe, gracias a Dios, sabe guardar secretos: es casi tan callado como Aliénor.

—Tampoco yo las recuerdo —dijo—. No lo bastante como para reconstruirlas.

—De acuerdo, entonces —dijo Georges—. Tendremos que tejer así los tapices y confiar en que nadie lo note —agitó la cabeza—. Maldito pintor. No me hacen ninguna falta más preocupaciones.

Aliénor alzó bruscamente la cabeza al oír las palabras de su padre y por un momento parceió tan triste como la dama en La Vista. Me mordí los labios. ¿La había pintado Nicolas como la Virgen que doma al unicornio sólo para expresar su deseo, o había sucedido de verdad?

Empecé a vigilar a mi hija: vigilarla como debería haberlo hecho cuando estaba aquí Nicolas. La estudié con ojos de madre. No parecía distinta. Ni vomitaba, ni estaba más cansada de lo que lo estábamos todos los demás, ni tenía jaquecas ni ataques de mal humor. Todo eso me había sucedido a mí cuando estuve embarazada de Aliénor y de Georges le Jeune. Tampoco se le había ensanchado la cintura ni se le había redondeado el vientre. Quizá había logrado escapar de la trampa que los varones tienden a las mujeres.

Aunque en un aspecto sí había cambiado: ya no sentía tanta curiosidad por las cosas. Antes siempre me estaba pidiendo que le describiera algo, o que le dijera lo que yo hacía o lo que hacían los demás. Ahora, por la noche, cuando no podíamos tejer, había empezado a prepararle el ajuar. A medida que avanzaba el año y se acortaban las jornadas de trabajo, ya no estaba tan cansada al terminar, y podía coser un poco después de la cena. Las noches en las que hice camisas o pañuelos para llenarle el baúl, Aliénor no me preguntaba por qué no trabajaba con ella en los tapices, ni en qué me ocupaba. De hecho parecía feliz cosiendo sola. En ocasiones me paraba a mirarla cuando estaba junto a la devanadera, o en el huerto, o ayudando a Madeleine en la cocina, o inclinada sobre un tapiz, y me daba cuenta de que sonreía de una manera distinta: como si fuese un gato que ha comido bien y ha encontrado un buen sitio junto al fuego. Entonces me dominaba la angustia y sabía, en el fondo de mi corazón, que la trampa también la había cazado.

Fue su ceguera lo que la descubrió. Aliénor nunca ha entendido cómo la ven los demás. Siempre estoy quitándole hojas del pelo o limpiándole la grasa de la barbilla o enderezándole la falda, porque no se le ocurre que los demás vean esas cosas. De manera que cuando por fin empezó a engordar, pensó que su recia falda invernal ocultaba la transformación, pero no se dio cuenta de que toda su manera de estar y de moverse había cambiado.

No hubo un momento preciso en el que supiera con certeza que estaba embarazada. Fui notándolo como se nota el atardecer, de manera que un día de noviembre cuando la vi en el huerto moviéndose torpemente entre las coles que tenía que recoger antes de que llegaran las nieves, me pregunté sencillamente en qué momento convendría decírselo a Georges. Debería de haberlo hecho semanas antes, por supuesto, cuando estaba tan preocupado con la cama de Aliénor. Toda dote debe incluir una, y ya había ido a ver a un carpintero y había vuelto a inquietarse por el costo.

—No tenemos ni un *sou* con que pagarle —me dijo—, a no ser que recurra al dinero que apartamos para pagar la última entrega de lana. De todos modos, Jacques se pondrá furioso cuando le diga que no podrán casarse hasta febrero.

—¿Cuándo se lo dirás a tu hija? —pregunté. Aliénor no sabía aún lo que planeábamos.

Georges se encogió de hombros. No es cobarde, pero no le gustaba nada la idea de hacerla tan desgraciada.

Tampoco yo soy cobarde, pero ni le conté lo que sospechaba ni le pedí a Aliénor que confirmara mis sospechas. Debería haberlo hecho, por supuesto, pero no quería echar a perder la paz de que disfrutábamos en el taller. Durante todos aquellos meses consagrados a los tapices, Georges y yo habíamos dejado a un lado los problemas, pensando en volver a ocuparnos de ellos cuando hubiésemos terminado aquel encargo. Todo estaba detenido: la casa, sucia; el huerto de Aliénor, descuidado; Georges no se ocupaba de buscar nuevos encargos para el año siguiente; yo no iba al mercado ni estaba al tanto de lo que pasaba en el mundo. Me avergüenza decir que incluso nuestras oraciones eran más breves y que descuidábamos los días de fiesta. Sé que trabajamos la tarde de Todos los Santos y la del día de los Difuntos cuando deberíamos habernos quedado en la iglesia.

Pero el problema de Aliénor no podía esperar. Un bebé no se puede dejar para el día siguiente.

Fue Thomas quien lo descubrió. De entre todos los tejedores, sus ojos eran los que más se paseaban, los que no podían quedarse pegados al trabajo que tenía entre los dedos. Si alguna persona se movía por el taller —en especial Aliénor o Madeleine— sus ojos la seguían. Una mañana, Aliénor se detuvo junto a uno de los telares, para pasarle un carrete de lana blanca a Georges, que estaba empezando precisamente el rostro de la dama en La Vista. Joseph y Thomas se hallaban a ambos lados. Al inclinarse sobre el telar, la forma del vientre de Aliénor quedó de manifiesto para quien quisiera verla. Nadie se fijó, excepto Thomas, sentado muy cerca, y en busca de una excusa para dejar de trabajar.

—Vaya, Señora de la Lana —dijo, imitando a Nicolas, aunque sin su encanto—, veo que te estás redondeando. ¿Para cuándo es la cosecha?

Empujé con fuerza los pedales hasta conseguir que traqueteara todo el telar, pero el ruido no impidió que se oyeran sus palabras. Cuando mi telar se inmovilizó, el taller entero quedó en silencio.

Aliénor dejó caer el carrete sobre la urdimbre y dio un paso atrás. Luego se apretó los costados con las manos, pero aquel movimiento le estiró la falda sobre el vientre, de manera que si alguien no había entendido aún las palabras de Thomas, lo hizo entonces.

Fue mi marido, al parecer, quien más tardó en darse cuenta. Cuando Georges teje, se enfrasca en su trabajo y no pierde la concentración con facilidad. Se quedó mirando a Aliénor pero parecía no verla, aunque la tenía delante, las manos apretándose los costados, la cabeza inclinada. Cuando por fin entendió, me miró, y el gesto adusto de mi boca confirmó sus sospechas. Se puso en pie, el banco crujió, Joseph y Thomas se apartaron para hacerle sitio.

—¿Tienes algo que decirme, Aliénor? —preguntó sin alzar la voz.

—No —la respuesta de nuestra hija fue todavía más sosegada.

—¿Quién es el responsable?

Silencio.

—Dime quién es.

Ni se movió ni habló. Tenía el rostro descompuesto.

Georges pasó por encima del banco y la derribó de un golpe violento. Como cualquier madre, Aliénor protegió a su hijo, cruzando las manos sobre el vientre mientras caía. Se dio con la cabeza contra el banco del telar. Me levanté de mi asiento y fui a colocarme entre los dos.

—No, Christine —dijo Georges. Me detuve. Hay ocasiones en las que una madre no puede proteger a su hija.

Hubo un movimiento en el umbral. Madeleine había estado mirando lo que sucedía y acto seguido desapareció. Un momento después pasó corriendo por delante de las ventanas del taller.

Aliénor se incorporó. Sangraba por la nariz. Quizá el espectáculo de aquel rojo intenso detuvo la mano de Georges. Nuestra hija se puso de pie tambaleante, luego se dio la vuelta, cruzó el taller cojeando y salió al huerto.

Georges miró a su alrededor: Joseph, Thomas, Georges le Jeune y Luc, sentados en hilera como jueces, lo miraban fijamente.

—Volved al trabajo —les dijo.

Lo hicieron, uno a uno, inclinando la cabeza sobre los tapices.

Georges me miró y su rostro sólo reflejaba desesperación. Le hice un gesto con la cabeza, y me siguió al interior de la casa. Nos quedamos uno al lado del otro delante del fuego. Hasta que no sentí el calor de la lumbre no me di cuenta de lo fría que me había quedado en el taller.

—¿Quién crees que es el padre? —preguntó Georges, que no había relacionado lo que hacía la dama de La Vista con el problema de Aliénor. En cierta manera, yo abrigaba la esperanza de que no lo averiguara nunca.

—No lo sé —mentí.

—Quizá se trate del mismo Jacques le Bœuf —Georges trataba de mostrarse esperanzado.

—Sabes que no. Tu hija nunca se habría prestado a eso con él.

—¿Qué vamos a hacer, Christine? Jacques no la querrá ya. Probablemente nunca volverá a teñir lana para nosotros. Y está el dinero de la cama que ya he pagado y que es suyo.

Pensé en Aliénor, estremecida en la iglesia de Sablon cuando hablaba de Jacques le Bœuf, y una parte de mí se alegró de que se librara de compartir cama con el tintorero, aunque, por supuesto, tenía que callármelo.

Antes de que pudiera responder se oyeron pasos fuera y entró Madeleine, con Philippe de la Tour pisándole los talones. Suspiré: otra persona más, ajena a la familia, que iba a ser testigo de nuestra vergüenza y de la humillación de Aliénor.

—Márchate —le dijo Georges a Philippe antes de que abriera la boca—. Estamos ocupados.

Philippe hizo caso omiso de su descortesía.

—Quiero hablar con vos —dijo. Luego pareció perder el valor. Madeleine le dio un empujón—. Sobre..., sobre Aliénor —continuó.

Georges cerró los ojos un instante y gruñó.

—De manera que te ha faltado tiempo para contárselo a todo el mundo, ¿no es eso? —le dijo a Madeleine—. ¿Por qué no vas a gritarlo al mercado? O, mejor aún, busca a Jacques le Bœuf y tráelo de la mano, para que vea por sí mismo lo que ha pasado aquí.

Madeleine lo miró con el ceño fruncido.

—Estáis todos ciegos —dijo—. Nunca habéis entendido cuánto la quiere.

La miramos asombrados. Madeleine nunca se atreve a contradecirnos. ¿Podía estar hablando de Jacques le Bœuf? No era la clase de persona que quiera a nadie.

—No os enfadéis, Georges: la intención de Madeleine es buena —dijo Philippe, la voz transida por el miedo—. No he venido a burlarme. Es sólo que... —se detuvo, como si el terror lo ahogara.

—¿Qué sucede, entonces? ¿Qué servicio nos puedes prestar ahora?

—Soy..., soy yo el padre.

—¿Tú?

Philippe me miró desesperado. De repente entendí. Hice un leve gesto de asentimiento para darle valor y permitirle seguir adelante. Madeleine debía de tener razón: Philippe quería a Aliénor. Estaba dispuesto a ayudarla: a ella y también a nosotros.

Philippe tragó saliva y, para mantenerse sereno, no apartó los ojos de mi cara.

—Soy el padre y me casaré con Aliénor si ella me acepta.

Philippe de la Tour

Mi esposa es una mujer callada. Eso no es mala cosa: las mujeres calladas no chismorrean y es poco probable que sean motivo de habladurías.

De todos modos me gustaría que conversara más conmigo.

No dijo nada cuando nos casamos, excepto responder a la pregunta del sacerdote. Nunca me habló del hijo que llevaba en el vientre ni de Nicolas. Nunca me dio las gracias. En una ocasión le dije que me alegraba de haberla salvado.

—Me salvé yo —fue su respuesta, antes de darme la espalda.

No vivíamos aún con mis padres, ni lo haríamos hasta que se terminaran los tapices. La necesitaban para coser de noche, no para que durmiera conmigo. Pese a habernos arrodillado ante el sacerdote en la iglesia de Sablon, no habíamos estado juntos aún, y no habíamos hecho las cosas que la prostituta me enseñó durante el verano. Aliénor estaba demasiado hinchada, y poco dispuesta todavía. Todo a su tiempo, era mi esperanza.

Después de que fueran a ver a Jacques le Bœuf, Georges y Christine me dijeron que me refugiara en casa de unos vecinos hasta que pasara el peligro. Me negué: no iba a esconderme de él el resto de mis días. Nunca me explicaron qué pasó cuando le contaron que Aliénor iba a casarse conmigo, pero pocos días después tuve que enfrentarme con él. Me descubrió en la place de la Chapelle, donde yo estaba comprando nueces, y se puso a bramar desde el otro lado del mercado. Tuve tiempo de salir corriendo, pero me quedé quieto y vi que se me venía encima como un toro. Me debería haber asustado, pero sólo pensé en la sonrisa torcida de Aliénor. La verdad es que a mí me sonreía más bien poco, pero nunca habría obsequiado con una sonrisa a aquel bruto maloliente. Incluso cuando Jacques le Bœuf venía a por mí seguía alegrándome de haberla salvado.

Perdí el conocimiento cuando me derribó. Al recuperarme estaba tumbado en la nieve —la primera del invierno— con las nueces esparcidas por el suelo y Jacques le Bœuf mirándome desde lo alto. Contemplé, tras él, las altas ventanas afiligranadas de la Chapelle, y me pregunté si me mataría. Pero en el fondo es un hombre sencillo, con necesidades sencillas. Dejarme tirado en el suelo fue suficiente. Se inclinó sobre mí y gruñó:

—Quédate con ella. ¿De qué sirve una esposa sin ojos? Me casaré con mi prima, que me ayudará más.

No iba a discutir con él. No pude, de todos modos: el hedor me hizo perder otra vez el conocimiento. Cuando me recobré Jacques se había ido y, entre varios, me llevaban por la rue Haute a casa de Georges. Aliénor en persona me lavó las magulladuras, sujetándome la cabeza contra el bulto de su regazo. No dijo nada cuando quise saber qué había sucedido. Sólo habló al preguntarle qué planta había puesto en el agua:

—Verbena —dijo. Era una sola palabra, pero me sonó a música.

Jacques le Bœuf me dejó tranquilo después de aquello, pero insistió en que Georges le pagara de inmediato la remesa final de lana azul, porque en caso contrario no se la entregaría. Georges había dado el dinero a un carpintero para la cama que era parte de la dote de Aliénor. Me fue posible ayudarle con aquello: mi primer acto útil como yerno. Una prima mía estaba a punto de casarse, y convencí a sus padres para que le compraran la cama de madera de castaño, de manera que Georges recuperó el dinero. A Aliénor y a mí no nos corría tanta prisa tener cama.

Ayudarlo en aquel problema hizo que mi relación con Georges fuera un poco menos tensa, aunque todavía lo sorprendía a veces mirándome furioso. En otras ocasiones, sin embargo, su actitud era de perplejidad, porque no entendía cómo podía haber estado con Aliénor sin saberlo él ni por qué lo había hecho. Había disfrutado de su confianza en otro tiempo, pero ahora no sabía qué pensar. Tenía que aceptarme como yerno, pero en lugar de acogerme con los brazos abiertos, se sentía molesto y preocupado.

Georges le Jeune también me trataba de una manera peculiar y menos amistosa que antes, pese a que ahora éramos hermanos. A Thomas y a Luc les gustaba reírse de mí y gastarme bromas, lo que no es ninguna sorpresa. Por lo menos dejaban tranquila a Aliénor. Nadie le dijo nada sobre lo sucedido.

Todo resultaba más fácil de soportar porque Christine era amable conmigo. Me aceptó como parte de la familia sin ningún reparo, y eso hizo que los demás controlaran sus sentimientos. Nadie pareció adivinar lo que había sucedido en realidad, pese a tener una pista delante de sus narices, en los hilos del telar, que lo indicaba claramente. Aunque son buenos tejedores, quizá estaban demasiado cerca de su trabajo para verlo en perspectiva. Nunca pensaron en Nicolas: dieron por sentado que el unicornio era yo. Todo era más fácil así.

Por otra parte, había muy poco tiempo para pensar en lo sucedido, porque el problema acuciante era terminar La Vista y El Tacto. Con días más cortos teníamos menos luz. A veces parecía que nada más sonar las campanas de la Chapelle para iniciar la jornada de trabajo, volvían a oírse para darla por terminada, con muy poco progreso en la confección de los tapices. El frío no ayudaba. Los talleres de los tejedores son especialmente fríos porque hay que dejar abiertas puertas y ventanas para que haya más luz y porque tampoco se encienden fuegos por temor a las chispas. Muchos talleres cierran o reducen el trabajo durante los meses fríos, pero, por supuesto, Georges no podía hacerlo. Aunque sólo estábamos en Adviento, hacía tanto frío como si la Epifanía no fuera más que un recuerdo. Madeleine colocaba cubos con brasas a los pies de los tejedores, pero apenas se notaba. Tampoco se podía utilizar ropa de mucho abrigo en brazos y hombros, porque dificultaba el trabajo. Se usaban en cambio guantes sin dedos que Christine había tejido con restos de lana, lo que no evitaba los sabañones.

A Georges las escasas horas de trabajo le resultaban especialmente duras. Los meses de preocupación por el encargo de Jean le Viste lo habían marcado. Tenía ojeras pronunciadas y ojos enrojecidos. De la noche a la mañana el pelo pareció volvérsele completamente gris. Se cargó de hombros y hablaba poco y nunca con alegría. Christine no le permitía trabajar los domingos, pero estaba tan cansado que se quedaba dormido en Notre Dame du Sablon tan pronto como se sentaba para oír misa. Nadie trataba de despertarlo, ni siquiera cuando debía ponerse en pie o arrodillarse. El sacerdote no decía nada. Sabía, como todo el mundo, que el taller tenía problemas.

Yo iba casi a diario para ayudar. Tampoco tenía cartones que dibujar en otros sitios: los *lissiers* raras veces reciben nuevos encargos en invierno, una época en la que nadie viaja hacia el norte ni desde París ni desde ningún otro sitio. Además, quería estar allí, aunque sólo fuera para hacer compañía a mi mujer. Aliénor ayudaba a Madeleine, o cosía los tapices cuando había sitio para ella. Pero buena parte del tiempo tanto ella como yo parecíamos gatos que deambulan por callejones en busca de algo que los mantenga ocupados. Era penoso ver a otros trabajar tanto y no ser capaces de hacer lo mismo. Envidiaba la laboriosidad de Christine, aunque todavía me asustaba un tanto verla tejer tapices a los que el Gremio tenía que dar el visto bueno. Por supuesto no decía nada. Era parte de la familia y sabía guardar sus secretos.

Apenas celebramos la Navidad. Es verdad que se festejó la Nochebuena, aunque la comida fue poca y carente de interés, sin dinero para carne, pasteles o vino. Sólo Joseph y Thomas no trabajaron el día de San Esteban. Christine acudió a misa el día de los Inocentes, e insistió en que todo el mundo fuera a Notre Dame du Sablon en la fiesta de la Epifanía, aunque después trabajáramos en lugar de celebrarla. Para entonces ni siquiera Joseph y Thomas se incorporaron al júbilo de las calles, porque estaban a punto de acabar El Tacto y querían terminar de una vez.

Se adelantaron a los demás —aunque no se trataba de un juego, ni hubo ganadores— debido a un problema con La Vista. Un día Georges examinó el tapiz y frunció el ceño ante las hojas de un roble que Christine había estado tejiendo.

—Has olvidado un trozo de rama. ¿Ves? Acaba aquí y empieza otra vez ahí, con hojas donde debería haber madera.

Christine miró fijamente su trabajo. Los otros tejedores callaron. Georges le Jeune se acercó para mirar.

—¿Importa? —dijo, examinando las hojas—. Nadie se dará cuenta.

Georges lo miró con desaprobación y dijo:

—Apártate, Christine.

Mi suegra se colocó junto a Aliénor ante la devanadera y lloró mientras Georges empezaba a deshacer lo que había tejido. Nunca la había visto llorar.

—*Bonjour!*

Al volvernos, vimos que una cabeza asomaba por la ventana del taller. Era otro *lissier,* Rogier le Brun, que venía a comprobar si el trabajo del taller se hacía de acuerdo con las normas del Gremio. Georges había hecho en el pasado similares visitas inesperadas a otros talleres: de esa manera el Gremio se aseguraba de que sus miembros se atenían a las reglas, de que los *lissiers* no hacían trampas, y de la excelente calidad de los tapices de Bruselas.

No sé el tiempo que llevaba Rogier le Brun observándonos. Si había visto tejer a Christine podíamos tener problemas. Sin duda la había visto llorar y podía preguntarse por qué. Todos pensábamos en eso mientras Christine se secaba las lágrimas con la manga y se apresuraba a reunirse con su marido para dar la bienvenida al *lissier.*

—Por supuesto beberás una cerveza y probarás alguno de los bollos con especias que han quedado de la Epifanía. ¡Madeleine! —llamó, al tiempo que se dirigía hacia la casa, mientras Rogier le Brun intentaba rechazar la bebida y la comida que le ofrecían. Sin duda estaba al tanto de las dificultades por las que atravesaba el taller. Aquellos bollos eran regalo de un vecino compasivo.

—Madeleine ha salido —le susurré a Aliénor, quien, rápidamente, me pasó la lana que había estado enrollando y fue a ayudar a su madre. Los ojos de Rogier le Brun la siguieron mientras cruzaba el taller, el vientre estirándole el vestido. Cuando hubo salido me miró un momento, como si tratara de adivinar de qué manera un individuo tan tímido como yo podía haber hecho una cosa así. Sentí que la cara me ardía de vergüenza.

—¿Deshaciendo el trabajo, eh? —comentó Rogier le Brun, volviéndose hacia el roble que Georges se disponía a rectificar en el tapiz—. El aprendiz estropea las cosas como de costumbre, ¿no es eso? —le dio unos suaves golpecitos a Luc en la cabeza. Luc lo miró furioso, pero, gracias a Dios, no lo negó. Es un chico listo y sabe cuándo callar. Rogier le Brun entornó los ojos y se volvió hacia Georges—. Cómo te comprendo, Georges. No hay nada peor para un *lissier* que deshacer lo que ya está hecho. Pero tratándose de tapices como éstos, hasta el último adorno ha de estar bien, ¿eh? No se podrían utilizar tejedores poco competentes. El Gremio no aceptaría el trabajo, ¿verdad que no?

Todos los presentes guardaron silencio.

—Luc se equivoca muy pocas veces —murmuró Georges al cabo de un momento.

—Por supuesto: estoy seguro de que le has enseñado bien. Pero eso os retrasará, *n'est-ce pas,* precisamente cuando más necesitas el tiempo. ¿En qué fecha se han de entregar los tapices?

—Para la Purificación.

—¿La Purificación? ¿Cómo vas a poder acabarlos tan pronto?

Antes de que Georges pudiera responder había reaparecido Christine con jarras de cerveza.

—No te preocupes por nosotros, Rogier —intervino—. Nos las arreglaremos. Mira, el otro tapiz está casi acabado y después todos los tejedores se dedicarán a este otro.

Thomas resopló.

—Si se nos paga más, quizá.

Rogier le Brun apenas escuchaba. Comprendí que estaba calculando el trabajo que quedaba por hacer, el número de tejedores —¿contaría a Christine entre ellos?— y el tiempo disponible para hacerlo. Todos le observamos mientras hacía sus cuentas. El banco de los que trabajaban crujió al moverse inquietos sus ocupantes. También yo cambié los pies de sitio. A pesar del frío, por la frente de Georges caían gotas de sudor.

Christine cruzó los brazos sobre el pecho.

—Nos las arreglaremos —repitió—, como espero que te suceda a ti cuando Georges te haga una visita en nombre del Gremio —a continuación le sonrió.

Se produjo un breve silencio mientras Rogier le Brun asimilaba aquel recordatorio acerca de cómo los *lissiers* se ayudaban unos a otros. Miró a la dueña de la casa y me fijé en cómo se le movía la nuez al tragar.

Aliénor apareció entonces y se le acercó sin apresurarse.

—Por favor, monsieur, tomad uno —dijo, presentándole la bandeja con los bollos.

Aquello hizo que Rogier le Brun se echara a reír.

—Georges —exclamó, probando uno de los dulces—, ¡quizá tengas problemas con el taller, pero tus mujeres lo compensan!

Cuando se hubo marchado, Georges y Christine se miraron.

—Me parece —dijo mi suegra, moviendo la cabeza— que San Mauricio se está encargando de protegernos. Si no me hubiera equivocado con ese roble, Rogier me habría sorprendido trabajando. Y si me hubiera visto sentada ante el telar, no habría podido hacerse el distraído.

Georges sonrió por vez primera desde hacía muchas semanas. Fue como cuando se quiebra el hielo en un estanque después de un largo invierno, o como cuando se rompe un maleficio. Los jóvenes rieron, se pusieron a imitar a Rogier, y Christine fue a buscar más cerveza. Por mi parte, me acerqué a donde estaba Aliénor y la besé en la frente. No alzó la cabeza, pero sonrió.

Dos semanas antes de la Purificación los tejedores contratados terminaron El Tacto. El corte del tapiz para separarlo del telar no fue la solemne ceremonia que quizá les hubiera gustado a Georges le Jeune, a Joseph y a Thomas, sino una cosa rápida y expeditiva. Cuando se desenrolló el tapiz y se le dio la vuelta para verlo, Georges movió la cabeza afirmativamente y elogió el trabajo, pero sus pensamientos estaban en sus dedos, y sus dedos querían seguir tejiendo. Christine, sin embargo, advirtió la desilusión de los otros y procedió a dar un codazo a su marido. El *lissier* entregó a los contratados sus últimos *sous* para que brindaran en la taberna.

Georges le Jeune se trasladó al otro telar para seguir trabajando con su padre y con Luc en La Vista, y Christine se retiró para ocuparse del dobladillo de El Tacto. Aliénor y ella recogieron los finales de los hilos de la urdimbre, y a continuación, y para rematar el tapiz, empezaron a coser una tira de tejido de lana marrón siguiendo todo el borde. Mientras estaba sentado junto a Aliénor, viéndolas coser a ella y a Christine, se me ocurrió decir de repente:

—Enséñame a hacer eso.

Christine rió entre dientes y Aliénor frunció el ceño.

—¿Por qué? Eres pintor, no mujer.

—Quiero ayudar —en realidad quería decirle que era mi esposa y que quería sentarme con ella.

—¿Por qué no trabajas en algo tuyo?

Entonces tuve una idea.

—Si me enseñas, te podré ayudar con el dobladillo y tu madre quedará libre para el otro tapiz.

Christine miró a Georges, que, al cabo de un momento, asintió con la cabeza.

—De acuerdo —dijo mi suegra, clavando su aguja en la lana y poniéndose en pie—. Aliénor te enseñará lo que tienes que hacer.

—Mamá —intervino entonces Aliénor. Parecía molesta.

Christine se volvió a mirarla.

—Es tu marido, hija mía. Será mejor que te acostumbres y que se lo agradezcas. Piensa en la otra posibilidad.

Aliénor inclinó la cabeza. Christine me dedicó una leve sonrisa y le di las gracias con la mirada.

Aliénor, en lugar de dejarme coser el dobladillo de inmediato, me obligó a practicar en un retazo de tela. Eran unas puntadas bastante sencillas, pero no conseguía que me salieran tan iguales como las suyas, y logré pincharme los dedos una y otra vez hasta que Aliénor se echó a reír.

—Mamá, nunca terminaremos si dejas trabajar a Philippe. Estaré siempre deshaciendo lo que haga para empezar de nuevo. ¡O lo llenará todo de sangre!

—Dale una oportunidad —dijo Christine sin levantar los ojos de su trabajo—. Quizá te sorprenda.

Después de un día de errores empecé a mejorar y, a la larga, Aliénor me dejó trabajar en el dobladillo, aunque cosía más despacio que ella. Al principio no hablábamos mucho mientras trabajábamos, pero pasar tantas horas juntos pareció facilitar las cosas entre nosotros. El silencio siempre es un tónico para Aliénor. Luego, poco a poco, empezamos a hablar: del frío, del dobladillo que cosíamos, o de las nueces en escabeche que habíamos comido. Cosas sin importancia.

Casi habíamos terminado el dobladillo cuando reuní el valor suficiente para preguntarle algo más importante. Contemplé el enorme bulto del regazo, sobre el que descansaban sus manos como sobre una mesa, y el tapiz que lo cubría.

—¿Cómo vamos a llamar al niño? —le dije en voz muy baja para que no nos oyeran los demás.

Aliénor dejó de coser, la aguja detenida sobre la tela. Como sus ojos están muertos, no basta con mirarle a la cara para saber lo que piensa. Hay que esperar a escuchar su voz. Esperé mucho tiempo. Cuando por fin respondió, el tono no era tan triste como yo esperaba.

—Etienne, por tu padre. O Tiennette, si es niña.

Sonreí.

—*Merci*, Aliénor.

Mi mujer se encogió de hombros. Pero no empezó a coser enseguida. Clavó la aguja en la costura y la dejó allí. Luego se volvió hacia mí.

—Me gustaría tocarte la cara, para saber cómo es mi marido.

Me incliné hacia ella y puse sus manos en mis mejillas. Aliénor empezó a restregarme y pellizcarme toda la cara.

—¡Tienes la barbilla tan puntiaguda como mi gato! —exclamó. Le tiene afecto a su gato: la he visto acariciarlo durante horas cuando se le tumba en el regazo.

—Sí —dije—. Como tu gato.

Una semana antes de la Purificación, Georges terminó la última curva de la cola del león. Tres días antes, primero Christine y luego Luc, llegaron al borde del tapiz. Georges trabajaba todavía en un conejo —su firma, que consiste en uno de esos animales llevándose una pata al hocico—, mientras Georges le Jeune terminaba el rabo de un perro. Aliénor se unió entonces a su padre y a su hermano para coser las hendiduras, aunque su vientre abultaba tanto que la obligaba a quedarse lejos del tapiz. Mientras la estaba mirando se detuvo por un momento, las manos apretadas contra el vientre, la frente llena de surcos. Luego empezó otra vez a coser. Unos minutos más tarde hizo lo mismo una segunda vez y supe que estaba empezando el parto.

Si Aliénor guardaba silencio, tampoco querría que yo lo mencionara. De manera que hice un aparte con Christine y le señalé en silencio lo que sucedía.

—Creíamos que faltaban aún varias semanas: se está adelantando —comentó Christine.

—¿No debería acostarse? —pregunté.

Christine negó con la cabeza.

—Todavía no. Ya tendrá después tiempo de sobra. Puede que tarde aún varios días. Déjala que trabaje si quiere: eso hará que no piense en el dolor.

De manera que Aliénor cosió durante muchas horas aquel día, incluso después de que anocheciera y de que los tejedores hubieran dejado de trabajar. Y aún siguió cosiendo cuando todos dormían ya. Yo me quedé con ella, despierto, tumbado en un catre y oyéndola moverse y ponerse tensa en el banco. Por fin, muy avanzada la noche, me dijo entre gemidos:

—Philippe, busca a mamá.

La acostaron en la cama de sus padres y Georges pasó a dormir al taller. Por la mañana, Luc, a quien Christine había mandado a buscar a la comadrona, regresó precipitadamente al taller poco después.

—¡Los soldados de Jean le Viste están aquí! —exclamó—. Lo he oído en la calle. Han ido al Gremio en la Grand-Place para preguntar por vos.

Georges y su hijo alzaron la vista del trabajo.

—Todavía quedan dos días para la Purificación —dijo Georges. Se miró las manos—. Acabaremos hoy, pero todavía falta el dobladillo y las mujeres están ocupadas —miró hacia el interior de la casa, desde donde nos llegó un largo gemido que terminó en un grito.

—El dobladillo lo puedo hacer yo —dije muy deprisa, contento de ser útil por fin.

Georges me miró.

—*Bon* —dijo. Por primera vez desde que Aliénor y yo nos habíamos casado sentí que colaboraba de verdad con el taller.

—No te preocupes, muchacho —añadió Georges dirigiéndose a Luc, que no lograba estarse quieto—. Los soldados esperarán. *Tiens,* ve a decir a Joseph y a Thomas que vengan esta tarde para el corte del tapiz: querrán estar aquí. No podemos hacer nada por las mujeres —otro gemido procedente del interior hizo que padre e hijo hundieran sus cabezas en el trabajo y que Luc saliera corriendo del taller.

Aliénor gritaba cuando separamos La Vista de su telar. Se supone que el corte de un tapiz es un momento de alegría, pero sus alaridos nos empujaron a cortarlo lo más deprisa que pudimos. Sólo cuando le dimos la vuelta y lo vimos entero por primera vez dejé de prestar atención a los gritos de Aliénor.

Georges lo miró y se echó a reír. Era como si hubiera contenido el aliento durante meses y de repente pudiera por fin respirar de nuevo. Mientras Georges le Jeune y Luc y Thomas se daban unos a otros palmadas en la espalda, Georges rió y rió, con Joseph haciéndole compañía. Rieron tanto que tuvieron que sujetarse el uno con el otro, mientras lloraban a lágrima viva. Era una extraña respuesta a un largo viaje, pero descubrí que también reía yo. Habíamos recorrido, desde luego, mucho camino juntos.

Aliénor gritó de nuevo y todos nos detuvimos. Georges se secó los ojos, me miró y dijo:

—Estaremos en Le Vieux Chien. Hazme saber quién llega primero, si el niño o los soldados.

Luego, después de casi dos años de un trabajo que lo había encanecido, que lo había cargado de hombros y le había hecho empezar a bizquear, el *lissier* se alejó del tapiz sin volverse siquiera a mirarlo. Creo que lo hizo deliberadamente.

Cuando se hubieron marchado, estudié La Vista durante mucho tiempo. La dama está sentada, y el unicornio descansa en su regazo. Podría pensarse que se aman. Quizá sea así. Pero la dama sostiene un espejo y el unicornio podría muy bien contemplarse con ojos amorosos en lugar de mirar a la dama, que tiene los ojos torcidos y le pesan los párpados. Su sonrisa está llena de aflicción. Puede que ni siquiera vea al unicornio.

Eso es lo que pienso.

Me alegré de que Georges me confiara el dobladillo. Busqué la tira de lana marrón, aguja e hilo y, con mucho cuidado, recogí los hilos de la urdimbre como les había visto hacerlo a Aliénor y a Christine. Luego me senté junto a la ventana y di primero una puntada y luego otra. Cosí tan despacio como si estuviera contando los cabellos de un bebé dormido. Cada vez que oía gritar a Aliénor, apretaba los dientes y luchaba contra el temblor que se apoderaba de mis manos.

Había cosido la mitad de un lado del tapiz cuando cesaron los alaridos. También me detuve yo y me limité a esperar. Aunque debería haber rezado, estaba demasiado asustado para hacer hasta eso.

Finalmente, Christine apareció en el umbral con un atadijo de tela suave en los brazos y me sonrió.

—¿Aliénor? —pregunté.

A Christine le hizo reír la expresión de mi cara.

—Tu esposa está bien. Todas las mujeres gritan. Los partos son así. Pero ¿no quieres saber qué te ha nacido? Te presento a un nuevo tejedor —me mostró a su nieto. Tenía la cara aplastada y roja y ni un solo pelo en la cabeza.

Me aclaré la garganta y extendí los brazos para recibir a Etienne.

—Habéis olvidado quién es su padre —dije—. Este niño será pintor.

V. París

Tiempo de Septuagésima de 1492

Nicolas des Innocents

Nunca me han gustado las semanas que preceden a la Cuaresma. Hace frío: un frío que ha durado demasiado, un frío que se me ha metido en los huesos. Estoy cansado de sabañones, de articulaciones que crujen, y de la manera en que mantengo tenso el cuerpo, porque si me dejo ir siento aún más frío. Hay poco que comer y lo que queda no es nada apetitoso: está escabechado y salado y es seco y duro. Echo de menos las lechugas recién cortadas, la caza recién muerta, una ciruela o una fresa.

No trabajo mucho durante Septuagésima: tengo las manos agarrotadas por el frío y no soy capaz de empuñar un pincel. Y tampoco encuentro mujeres que me agraden. Espero. Prefiero la Cuaresma, pese a sus rigores. Al menos cada día que pasa hace más calor y hay más luz, aunque todavía escasee la comida.

Una mañana glacial, cuando tiritaba en la cama bajo muchas mantas y me preguntaba si merecía la pena levantarse, recibí un mensaje para reunirme con Léon le Vieux en Saint-Germain-des-Prés. No voy por allí desde hace tiempo, por temor a encontrarme con Geneviève de Nanterre. Tenía, en cambio, escaso temor y ninguna esperanza de ver a su hija. Un amigo que mantiene los ojos abiertos en beneficio mío sobre lo que sucede en la rue du Four —donde no me atrevía a dejarme ver— me contó que a Claude la habían desterrado de París el verano pasado, aunque ninguno de los criados sabía dónde. También Béatrice había desaparecido.

Me puse toda la ropa que poseo y apresuré el paso hacia el sur, cruzando el Sena helado por el pont au Change y el pont Saint-Michel. No me paré en Notre Dame: hacía demasiado frío incluso para eso. Cuando llegué a Saint-Germain-des-Prés miré dentro de la iglesia con precaución, preguntándome si encontraría arrodillada a Geneviève de Nanterre. Pero no había nadie: era un momento intermedio entre dos misas y el recinto estaba demasiado frío para entretenerse allí.

Finalmente encontré a Léon en el marchito jardín del claustro. Pocas cosas crecían en aquella época del año, aunque había unas cuantas campanillas de invierno y otros brotes que asomaban entre el barro. Ignoraba en qué podrían convertirse. Aliénor había tratado de instruirme acerca de las plantas, pero todavía necesitaba algo más que un bultito verde para discernir su futuro.

En invierno Léon le Vieux camina con un bastón para protegerse contra la nieve y el hielo. Ahora lo utilizaba para hurgar en las matas de espliego y romero. Alzó la vista.

—Siempre me sorprende lo resistentes que son en invierno, cuando todo lo demás está muerto —se agachó y arrancó unas hojas de cada una, luego las aplastó entre los dedos, que se llevó a la nariz—. Por supuesto que no son tan aromáticas ahora: para eso necesitan sol y calor.

—También dependerá del jardinero, *non?*

—Quizá —Léon le Vieux dejó caer las hojas y se volvió hacia mí—. Han llegado los tapices de Jean le Viste.

La noticia me produjo una inesperada oleada de alegría.

—¡De manera que Georges consiguió terminarlos para la Purificación! ¿Habéis ido a Bruselas?

Léon le Vieux negó con la cabeza.

—Me niego a viajar en invierno dado el estado de los caminos; no lo haría ni aunque me lo pidiera el Rey.

A mi edad hay que estar sentado junto al fuego y no dedicarse a viajar día y noche por nieve y fango para traer los tapices a París a tiempo. Quiero morir en mi cama y no en una posada mugrienta, de camino para cualquier sitio. No; envié un mensaje con los soldados y le pedí a un mercader de Bruselas, conocido mío, que comprobara la calidad del trabajo. Y, por supuesto, el gremio de tejedores los aprobó: eso es lo importante.

—¿Los habéis visto? ¿Qué aspecto tienen?

Léon le Vieux hizo un gesto con el bastón y empezó a caminar hacia el arco por donde se salía del claustro.

—Ven conmigo a la rue du Four y podrás verlos.

—¿Seré bien recibido?

—Monseigneur Le Viste los ha colgado ya, y quiere que los examines para estar seguro de que la altura es la correcta —se volvió a mirarme y añadió—: *Écoute*, pórtate bien cuando estés allí —luego se echó a reír.

Ni siquiera en las fantasías más alcohólicas de mis veladas en Le Coq d'Or había soñado con que se me invitara a entrar sin problemas en casa de Claude le Viste. Allí estaba, sin embargo, con el mayordomo de gesto avinagrado dejándonos pasar. Si no me hubiera acompañado Léon le Vieux me habría lanzado contra él, para devolverle la paliza. Tuve, en cambio, que seguirlo mansamente mientras nos conducía a la Grande Salle y luego nos dejaba allí para ir en busca de su señor.

Me situé en el centro de la estancia, con Léon le Vieux a mi lado, y fui mirando a las diferentes damas, mis ojos de un lado a otro, tratando de captarlas todas a la vez. Las contemplé más tiempo del que he pasado nunca examinando cualquier cosa. Léon tampoco se movía ni hablaba. Era como si estuviéramos atrapados en un sueño. Y no estaba seguro de querer despertarme.

Cuando por fin Léon cambió de postura, abrí la boca para decir algo, pero lo que hice fue reírme. Fue una reacción inesperada. Sin embargo, seguía pensando ¿cómo he podido alguna vez preocuparme por leones con aspecto de perros, unicornios gordos y naranjas que parecían nueces, cuando estaban aquí estas damas? Todas ellas eran hermosas, y vivían tranquilas, satisfechas. Hallarse entre ellas era formar parte de su existencia mágica, llena de felicidad. ¿Qué unicornio no se dejaría seducir por ellas?

No eran sólo las damas lo que daba tanta fuerza a los tapices, sino también las *millefleurs*. Las faltas que pudiera haber en los dibujos se esfumaban en aquel campo azul y rojo con miles de flores. Tenía la sensación de hallarme en un prado estival, pese a que en París el día fuese frío y oscuro. Aquellas *millefleurs* completaban la habitación, y unían a las damas y a sus unicornios, a los leones y a las criadas, y también a mí. Sentí que estaba con todos ellos.

—¿Qué te parecen? —me preguntó Léon.

—Gloriosos. Son incluso mejores de lo que nunca soñé que pudiera hacerlos.

Léon rió entre dientes.

—Veo que tu orgullo sigue incólume. Recuerda que sólo has sido una parte de su creación. Georges y su taller merecen los mayores elogios —era el tipo de comentario que a Léon le Vieux le gustaba hacer.

—Gracias a ellos a partir de ahora le irán muy bien las cosas a Georges.

Léon negó con la cabeza.

—No le enriquecerán: Jean le Viste es más bien tacaño. Y, por lo que he oído, es posible que Georges tarde en aceptar nuevos encargos. Mi amigo, el mercader de Bruselas, me ha dicho que sólo lo vio borracho o dormido, y que ahora bizquea. De hecho, fue el cartonista quien ayudó a Christine a coser el dobladillo del último tapiz: Georges estaba borracho y la hija acababa de dar a luz —me miró entornando los ojos—. ¿Sabes algo de eso?

Me encogí de hombros, aunque sonreí para mis adentros: Aliénor había conseguido de mí lo que quería.

—No he estado en Bruselas desde mayo pasado, ¿cómo podría saberlo?

—No has estado en Bruselas desde hace nueve meses, ¿eh? —Léon le Vieux movió la cabeza—. Es igual: Aliénor se ha casado con el cartonista.

—Ah.

Mi sorpresa fue mayor de lo que dejé traslucir. Philippe no era tan tímido con las mujeres como yo creía. Sin duda había sido una ayuda presentarle a la prostituta. De todos modos, me alegraba por Aliénor. Philippe era un hombre bueno, bien distinto de Jacques le Bœuf.

—No habéis dicho lo que pensáis de los tapices —comenté—. Vos, que queréis que vuestras mujeres sean reales. ¿Os he..., os hemos hecho cambiar de idea, Georges y yo, y también Philippe?

Léon recorrió otra vez toda la sala con los ojos; luego se encogió de hombros y apareció en sus labios una sonrisa.

—Hay algo en ellas que no había visto ni sentido antes. Entre todos habéis creado, para que vivan esas damas, un mundo completo, aunque no sea nuestro mundo.

—¿Os tientan?

—¿Las damas? *Non.*

Reí entre dientes.

—De manera que no os hemos convertido, a pesar de todo. Las damas no son tan poderosas como creía.

Se oyó un ruido del otro lado de la puerta y Jean le Viste y Geneviève de Nanterre entraron en la Grande Salle. Hice deprisa una reverencia para esconder mi sorpresa, porque no esperaba ver a la señora de la casa. Al alzar los ojos vi que me sonreía como lo había hecho el día que la conocí, cuando por primera vez coqueteé con Claude: me sonreía como si ya conociera mis pensamientos.

—Veamos, ¿qué opina el pintor de los tapices? —quiso saber Jean le Viste. Me pregunté si había olvidado mi nombre. Antes de que pudiera hablar, añadió—: ¿Cuelgan a la altura conveniente? Se me ha ocurrido que quizá estuvieran mejor a una braza más por encima del suelo.

Era una suerte que no hubiera hablado, porque me di cuenta de que Jean le Viste no quería hablar de la belleza de los tapices ni de la habilidad de los tejedores, sino, más bien, de en qué medida realzaban su sala. Estudié un momento su colocación. Quedaban del suelo a la distancia de una mano. Eso situaba a las damas casi a nuestra altura. Elevarlos más las alejaría en exceso.

Me volví hacia Geneviève de Nanterre.

—¿Qué os parece, madame? ¿Deben estar más altas las damas?

—No —dijo—. No es necesario.

Asentí.

—Creo, monseigneur, que estamos de acuerdo en que la sala resulta admirable tal como se halla.

Jean le Viste se encogió de hombros.

—Servirá para la ocasión.

Se dio la vuelta para marcharse.

No pude resistirlo.

—Por favor, monseigneur, ¿qué tapiz os gusta más?

Jean le Viste se detuvo y miró a su alrededor como si sólo en aquel momento se diera cuenta de que los tapices estaban para mirarlos. Frunció el ceño.

—Ése —dijo, señalando El Oído—. La bandera es excelente y el león, noble. Venid —le dijo a Léon le Vieux.

—Voy a quedarme un momento para hablar con Nicolas des Innocents —anunció Geneviève de Nanterre. Jean le Viste apenas pareció oír, y se dirigió hacia la puerta seguido de Léon le Vieux. El anciano se volvió a mirarme antes de salir, como para recordarme su advertencia anterior acerca de mi comportamiento. Sonreí ante la idea. No me quedaba con la mujer adecuada para hacer fechorías.

Cuando se hubieron marchado, Geneviève de Nanterre rió en voz baja.

—Mi marido no prefiere ninguno. Ha elegido el tapiz que tenía más cerca, ¿no lo habéis notado? Y no es el mejor: las manos de la dama son poco elegantes y el diseño del mantel es demasiado recto y duro.

Estaba claro que había estudiado los tapices con detenimiento. Al menos no había acusado de gordura al unicornio.

—¿Qué tapiz os gusta más, madame?

Lo señaló con el dedo.

—Ése —me sorprendió que eligiera El Tacto: esperaba que prefiriese À Mon Seul Désir. Después de todo, la dama era ella.

—¿Por qué ése, madame?

—La dama está muy tranquila; tiene el alma en paz. Se halla en un umbral, se dispone a pasar de una vida a otra, y mira feliz hacia el futuro. Sabe lo que le espera.

Pensé en lo que me había servido de inspiración para presentar a la dama de aquella manera: Christine en el umbral del taller, feliz porque iba a tejer. Era tan diferente de lo que Geneviève de Nanterre acababa de describir que tuve que contener el impulso de corregirla.

—¿Qué os parece esta otra dama? —señalé a la de À Mon Seul Désir—. ¿No abandona también un mundo por otro?

Geneviève de Nanterre no dijo nada.

—La pinté especialmente para vos, madame, con el fin de que los tapices no se ocupen sólo de una seducción, sino que traten también del alma. Si os fijáis, es posible empezar con este tapiz, el de la dama poniéndose el collar, y dar la vuelta a la sala siguiendo la historia de cómo seduce al unicornio. O se puede hacer el recorrido contrario, de manera que la dama diga adiós a cada uno de los sentidos y la historia termine con este tapiz, en el que se quita el collar para guardarlo, y renuncia a la vida corporal. ¿Os dais cuenta de que lo he hecho para vos? Cuando la dama sostiene las joyas de la manera en que lo hace, no sabemos si se las pone o se las quita. Puede ser cualquiera de las dos cosas. Ése es el secreto que he encerrado para vos en los tapices.

Geneviève de Nanterre negó con la cabeza.

—La dama no parece haber decidido qué es lo que prefiere: si la seducción o el alma. Yo sé lo que prefiero, y me hubiera gustado que su elección quedase reflejada con toda claridad. *Tiens,* es mejor que los tapices cuenten la seducción del unicornio; a la larga pasarán a mi hija, y a Claude le gustará la seducción —me miró y me sonrojé.

—Siento que no os gusten, madame —lo sentía de verdad. Creía haber sido muy inteligente, pero la inteligencia me había jugado una mala pasada.

Geneviève de Nanterre se volvió, abarcando una vez más todos los tapices al mismo tiempo.

—Son muy hermosos y eso es suficiente. Sin duda Jean está contento, aunque no lo demuestre, y a Claude le encantarán. Para daros las gracias, me gustaría que acudierais mañana por la noche a la fiesta que celebraremos aquí.

—¿Mañana?

—Sí, la fiesta de San Valentín. El día en que las aves eligen su pareja.

—Eso dicen.

—Os veremos aquí mañana, entonces —me miró una vez más antes de alejarse.

Le hice una reverencia cuando ya me daba la espalda. Una de las damas de honor miró un instante al interior de la sala y luego se marchó con su señora.

Entonces me quedé a solas con los tapices. Estuve mucho tiempo en la sala, mirándolos y preguntándome por qué ahora me llenaban de melancolía.

No había asistido nunca a una fiesta de la aristocracia. A los pintores no se les suele invitar a esas celebraciones. De hecho, no estaba nada seguro de por qué Geneviève de Nanterre reclamaba mi presencia. Muy deprisa y con un gasto considerable hice que me confeccionaran una nueva túnica —terciopelo negro con ribetes amarillos— y una gorra a juego. Me limpié las botas y me lavé, aunque el agua estaba helada. Conseguí cuando menos que, al llegar a la casa de la rue de Four, iluminada con antorchas, los criados me permitieran el paso sin pestañear, como si fuera otro noble más. En mi cuarto me había encontrado muy elegante con mi túnica y mi gorra nuevas —y había recibido el aliento de hombres y mujeres en Le Coq d'Or—, pero mientras me dirigía hacia la Grande Salle entre las damas y los caballeros ricamente ataviados que me rodeaban me sentí como un palurdo.

Tres niñas corrían entre los invitados. La de más edad era Jeanne, la que miraba el interior del pozo el día que conocí a Claude, su hermana e hija mayor de Jean le Viste. La segunda se parecía a ella y debía de ser Geneviève, la menor. La otra niña sólo me llegaba a la rodilla y no se parecía en nada a las Le Viste, aunque era bonita a su manera, con tirabuzones de color rojo oscuro que se le desordenaban por el cuello. Como éramos muchos, una de las veces que pasó cerca de mí se me enganchó entre las piernas, y cuando la enderecé me miró con el ceño fruncido de una manera que me pareció familiar. Pero se fue corriendo antes de que pudiera preguntarle cómo se llamaba.

La sala estaba abarrotada de invitados, con juglares que tocaban, bailaban y hacían acrobacias, y con criados que ofrecían vino y exquisiteces: huevos de codorniz escabechados, chuletas de cerdo, albóndigas decoradas con flores disecadas, incluso frambuesas, de ordinario imposibles de encontrar en invierno.

Jean le Viste se hallaba en un extremo de la sala, junto al tapiz de El Olfato, vestido de rojo con ribetes de piel, rodeado de otros caballeros que vestían de la misma manera. Conversarían sobre el Rey y la Corte, cuestiones que nunca me han interesado en exceso. Prefería el lado de la sala de Geneviève de Nanterre, donde podía contemplar a las damas con sus brocados y sus pieles de visón, zorro y conejo. La señora de la casa vestía, con bastante sencillez, seda azul celeste y piel de conejo gris, y se había colocado muy cerca de À Mon Seul Désir.

Los tapices eran muy admirados pero, aunque templaban la sala y suavizaban el ruido de tantas personas, no resultaban ya tan llamativos como cuando había estado a solas con ellos. Entendía ahora que una batalla, con el estruendo de caballos y jinetes, podía haber resultado más adecuada para una sala de fiestas, mientras que los tapices del unicornio deberían colgarse en la cámara de una dama. Jean le Viste tenía razón, después de todo.

Traté de no pensar mucho en aquello, y bebí todo el vino especiado que me ofrecieron los criados que lo servían. Al principio me mantuve a un lado, contemplé a los acróbatas y a las damas que bailaban, y comí un higo asado. Luego una aristócrata a la que había hecho un retrato en cierta ocasión me llamó a su lado. Después todo fue más fácil, hablar y reír y beber como lo habría hecho si estuviera en una taberna.

Cuando entró Claude, vestida de terciopelo rojo, rodeada de damas —Béatrice entre ellas— sentí que se me caían los hombros y que los brazos me colgaban a los lados del cuerpo como trozos de cordel. Por supuesto estaba esperando a que apareciese, incluso mientras bebía y coqueteaba y me comía el higo e incluso mientras bailaba una gallarda con una dama muy alegre. Sin duda tenía que aparecer. No era otro el motivo de que yo estuviese allí.

Había mucha gente en la sala y creo que no me vio. Al menos no lo manifestó en absoluto. Estaba más delgada y huesuda que la última vez que la había visto, pero sus ojos eran todavía como membrillos y estaban tan llenos de vida como siempre. Los mantenía fijos en sus damas de honor, en lugar de seguir a los que bailaban, o bien miraba a algo distante, quizá a una de las *millefleurs* de El Olfato o El Gusto, situados al otro lado de la sala, pero no a las protagonistas de los tapices.

Béatrice me vio y me miró descaradamente con sus grandes ojos oscuros. También había adelgazado. No se inclinó hacia su señora, ni le susurró nada al oído ni me señaló: se limitó a mirarme fijamente hasta que aparté la vista.

No traté de acercarme a Claude. Sabía que iba a ser inútil: alguien se interpondría en mi camino, y llamarían al mayordomo para sacarme de la casa y arrojarme a la calle, quizá incluso propinándome de paso unos cuantos golpes. Lo sabía sin que nadie me lo dijera. Sabía ya por qué me había invitado Geneviève de Nanterre: me había convocado para castigarme.

Pronto cesaron la música y el baile y sonaron las trompetas para dar comienzo a la cena. Claude se reunió con sus padres y algunos invitados más en la mesa principal, la mesa de roble a la que me había subido en una ocasión para medir las paredes. El resto de los invitados ocupaba mesas de caballete a los lados de la sala. Me encontré situado en un extremo, en el sitio más oscuro, el más alejado de Claude. Justo detrás de mí colgaba El Gusto. Enfrente La Vista, con el rostro de Aliénor, dulce y triste, haciéndome compañía.

Un sacerdote de Saint-Germain-des-Prés dirigió la acción de gracias. Luego Jean le Viste se puso en pie y alzó la mano. No endulzó sus palabras, sino que habló sin rodeos, de manera que cuando oí lo que decía, la herida fue limpia y profunda.

—Nos hemos reunido aquí para anunciar los esponsales de Claude, mi primogénita, con Geoffroy de Balzac, miembro de la *Noblesse d'Epée* y *premier valet de chambre* del Rey. Nos sentiremos orgullosos de llamar hijo a un miembro de tan distinguida familia —extendió la mano y un joven de barba castaña, también sentado en la mesa principal, se puso en pie e hizo una leve reverencia a Jean le Viste y a Claude, que no quitó los ojos de la mesa que tenía delante. Geneviève de Nanterre no inclinó la cabeza, sino que recorrió con la vista las mesas de caballete hasta llegar a mí, sentado al final. Ahora recibes tu castigo, decía su mirada. Bajé los ojos a mi cuchillo y vi que había cortado el pan con las iniciales CLV y GDB entrelazadas. Aves que encontraban su pareja, sin duda.

Después de aquello dejé de escuchar lo que decía Jean le Viste, aunque alcé la copa con todos los demás en un brindis que no oí. Cuando sonaron las trompetas, los criados trajeron los asados de aves: un pavo real abriendo la cola ante la hembra, un par de faisanes con las alas dispuestas para echar a volar, dos cisnes con los cuellos enlazados. Aquel espectáculo no me produjo ningún placer y tampoco hice intención de utilizar mi cuchillo para servirme. Mis vecinos debieron de pensar, estoy seguro, que no era un comensal muy animado.

Cuando trajeron un jabalí cubierto con panes de oro, supe que no me quedaría a ver los muchos platos anunciados, que no participaría en la bebida y la comida, ni presenciaría tampoco el espectáculo que se prolongaría toda la noche e incluso el día siguiente. No estaba de humor para la fiesta. Me puse en pie y, después de una última mirada a los tapices —porque sabía que no volvería a verlos—, me dirigí discretamente hacia la puerta. Para llegar allí tenía que pasar cerca de la mesa principal y, al hacerlo, un movimiento atrajo mi atención. Claude golpeó de repente la mesa con la mano y su cuchillo cayó al suelo con estrépito.

—¡Oh! —exclamó. Una de las damas se dispuso a recogerlo, pero ella la detuvo con una risa: la primera manifestación de alegría que le había visto en toda la velada—. Lo recogeré yo —dijo, y procedió a sumergirse bajo la mesa. Quedó oculta: el mantel blanco, adornado con el escudo de Le Viste, llegaba hasta el suelo, escondiendo todo lo que quedaba dentro.

Esperé un momento. Nadie parecía fijarse en mí. Béatrice se hallaba detrás de la silla de su señora, hablando con el criado de Geoffroy de Balzac. Geneviève de Nanterre conversaba con su futuro yerno. Jean le Viste, aunque vuelto hacia mí, parecía atravesarme con la mirada sin verme. Ya no se acordaba de quién era. Cuando llamó por encima del hombro para pedir más vino, me quité la gorra, la dejé caer, y luego me puse de rodillas para recuperarla. Un segundo después había levantado el mantel y estaba debajo de la mesa.

Claude se había acurrucado, brazos alrededor de las piernas, barbilla sobre las rodillas. Me sonrió.

—¿Siempre tenéis vuestros *rendez-vous* debajo de las mesas, mademoiselle? —le pregunté mientras me volvía a colocar la gorra.

—Las mesas están muy bien para esconderse debajo.

—¿Es ahí donde has estado escondida todo este tiempo, preciosa? ¿Debajo de una mesa?

Claude dejó de sonreír.

—Sabes muy bien dónde he estado. Nunca viniste a buscarme —apoyó la mejilla contra las rodillas, de manera que su rostro quedó oculto. Todo lo que veía era su tocado de terciopelo rojo, bordado de perlas, y el cabello cuidadosamente recogido debajo.

—No sabía dónde estabas. ¿Cómo querías que lo supiera?

Claude se volvió de nuevo hacia mí.

—Sí que lo sabías. Marie-Céleste dijo... —dejó de hablar, la duda arrugándole la frente.

—¿Marie-Céleste? No la he visto desde la última vez que te vi a ti..., cuando me dieron la paliza. ¿Me enviaste un mensaje con ella?

Claude afirmó con la cabeza.

—Nunca lo recibí. Mintió si te dijo que me lo dio.

—Oh.

—Maldita sea. ¿Por qué mintió?

Claude apoyó la cabeza en las rodillas.

—Tiene sus razones. No me porté muy bien con ella.

Un galgo se metió debajo de la mesa, olfateando en busca de restos, y Claude extendió un brazo para acariciarlo. Al subírsele la manga vi que tenía la muñeca en carne viva, como si se hubiera rascado con uñas furiosas, crecidas más de la cuenta. Suavemente le sujeté el brazo.

—¿Qué te ha pasado, preciosa? ¿Te has hecho daño tú misma?

Claude retiró la muñeca.

—A veces es la única cosa que me hace sentir. Bueno —continuó, rascándose las heridas—, no importa, de verdad. No hubieras podido sacarme.

—¿Dónde estabas?

—En un lugar que es un paraíso para mamá y una prisión para mí. Pero en eso consiste la vida de una dama, como he podido descubrir.

—No digas eso. Ya no estás prisionera. Ven conmigo. Escapa de tu *fiancé*.

Por un momento el rostro de Claude se iluminó como si brillara el sol sobre el Sena, pero al seguir pensando en ello, su cara se oscureció de nuevo, hasta adquirir el turbio color normal del río. Donde quiera que hubiese estado, le habían cambiado el espíritu. Era bien triste verlo.

—¿Qué hay de *mon seul désir*? —le pregunté en voz muy baja—. ¿Ya lo has olvidado?

Claude suspiró

—Ya no tengo deseos. Y ése era de mamá —el perro le olfateó el regazo y Claude le sujetó el hocico con las dos manos—. Gracias por los tapices —añadió, mirando al perro a los ojos—. ¿Te ha dado alguien las gracias? Son muy hermosos, aunque me entristecen.

—¿Por qué, preciosa?

Me miró fijamente.

—Me recuerdan cómo era antes, toda despreocupada y feliz y libre. Ahora sólo la dama que tiene al unicornio en el regazo se parece a mí: está triste y sabe algo del mundo. La prefiero a las otras.

Suspiré. Al parecer, me había equivocado con todas las damas.

El mantel se agitó una vez más y la niñita de cabellos rojos se metió a gatas debajo de la mesa. Había encontrado el rabo del perro y lo estaba siguiendo hasta su fuente. No manifestó ningún interés por nosotros y se limitó a palmear los lomos del animal con las dos manos, apretándole las costillas. El perro no pareció notarlo: había encontrado un hueso de cordero y lo estaba royendo.

—De todos modos, encontré una cosa buena en la cárcel —Claude señaló a la niña con la cabeza—. La he traído conmigo. Nicolette, llévate al perro. Béatrice le encontrará un hueso más grande. Idos, ya —le dio un empujón al animal en el trasero.

Ni la niña ni el perro le hicieron el menor caso.

—Será una de mis damas de honor cuando crezca —añadió Claude—. Por supuesto, tendrá que aprender, pero todavía le queda mucho tiempo. Aún es un bebé, en realidad.

Miré a la niña.

—¿Se llama Nicolette?

Claude se rió como lo hacía en otro tiempo: una risa juvenil llena de promesas.

—Le cambié el nombre. No podíamos tener dos Claude en el convento, ¿no te parece?

Rió de nuevo cuando moví la cabeza con tanta violencia que me golpeé contra el tablero de la mesa. Miré a la criatura que era mi hija y luego otra vez a Claude, que me contemplaba con ojos transparentes. Por un momento sentí que la antigua fuerza del deseo me empujaba hacia ella, y extendí los brazos.

Nunca llegué a saber si Claude me hubiera permitido tocarla. Una vez más —como había sucedido la primera vez que Claude y yo estuvimos juntos bajo una mesa— la cabeza de Béatrice apareció en nuestro escondite. Su cometido era interponerse entre los dos. Ni siquiera pareció sorprendida al verme. Casi con seguridad había estado escuchando todo el tiempo, como hacen las damas de honor.

—Mademoiselle, vuestra madre os llama —dijo.

Claude hizo una mueca pero se puso de rodillas.

—*Adieu,* Nicolas —dijo con una sonrisa apenas visible. Luego señaló a Nicolette con la cabeza—. Y no te preocupes, la tendré conmigo siempre. ¿No es cierto, *ma petite?* —arrastrándose, salió de debajo de la mesa. Nicolette y el perro la siguieron.

Béatrice me estaba mirando.

—Ahora os tengo —dijo—. He tenido que vivir nueve meses en el infierno por vos. He extraviado mensajes por culpa vuestra. No os voy a dejar escapar —retiró la cabeza y desapareció.

Seguí de rodillas debajo de la mesa, desconcertado por sus palabras. Finalmente, sin embargo, también salí de mi escondite y me incorporé. Nadie se dio cuenta. Jean le Viste había abandonado la mesa y, de espaldas a mí, hablaba con Geoffroy de Balzac. Geneviève de Nanterre se hallaba al otro extremo, de pie, con Claude. Béatrice le susurraba algo al oído.

Geneviève de Nanterre se volvió para mirarme.

—*Bien sûr* —exclamó alegremente, alzando una mano y avanzando hasta situarse entre Béatrice y yo.

—Nicolas des Innocents, ¿cómo podía haberme olvidado de vos? Béatrice me dice que está cansada de su trabajo y preferiría la vida de esposa de un artista, ¿no es así, Béatrice?

La interpelada asintió.

—Por supuesto no soy quien tiene la última palabra, dado que Béatrice ya es dama de honor de mi hija. Debe decidirlo ella. ¿Qué te parece, Claude? ¿Darás libertad a Béatrice para que se case con Nicolas des Innocents?

Claude miró a su madre y luego a mí, los ojos brillantes por las lágrimas. Los dos estábamos siendo castigados.

—Claude y yo sentiremos perderte, Béatrice —añadió Geneviève de Nanterre—. Pero mi hija dará su permiso, ¿no es cierto, Claude?

Al cabo de un momento Claude se encogió levemente de hombros.

—Lo haré, mamá. Como tú digas —no me miró mientras su madre tomaba la mano de Béatrice y la unía a la mía, sino que clavó los ojos en el tapiz de El Gusto.

Por mi parte, no miré los tapices ni a las damas que bajaban los ojos desde las paredes de la Grande Salle, ni tampoco a los nobles que comían, bebían, reían y bailaban. No era necesario mirarlos para saber que todos estarían sonriendo.

Epílogo

A Nicolas des Innocents se le encargó que diseña-
ra una vidriera para Notre Dame de París. Engendró tres
hijos más, ninguno de ellos con Béatrice.

Claude le Viste y Geoffroy de Balzac no tuvieron
descendencia. Después de la muerte de su primer marido,
en 1510, Claude se casó con Jean de Chabannes. Tampoco tuvieron hijos. Después de su muerte, los tapices de la
dama y el unicornio pasaron a la familia de su segundo
esposo.

Nicolette fue toda su vida dama de honor de Claude le Viste.

A raíz de la muerte de Jean le Viste en 1501, Geneviève de Nanterre profesó en el convento de Chelles.

Philippe y Aliénor tuvieron tres hijos varones más.
El primogénito, Etienne, y el más joven fueron pintores;
los otros dos, tejedores.

A Georges quisieron encargarle en varias ocasiones tapices con unicornios, pero no aceptó. «Demasiados
problemas», le dijo a Christine.

Christine tejió un pequeño tapiz de *millefleurs* para
el tardío ajuar de su hija. Nunca volvió a trabajar para el
taller.

Léon le Vieux murió en su cama, rodeado de su
mujer y de sus hijos.

Observaciones y nota de agradecimiento

Este relato es una obra de ficción, aunque esté basado en suposiciones razonables relativas a los tapices de la dama y el unicornio. No se sabe con certeza qué miembro de la familia Le Viste los encargó, ni por qué se hicieron, ni cuándo, exactamente, aunque las vestiduras de las damas y las técnicas de tejido indican que se confeccionaron probablemente hacia el final del siglo XV. Jean le Viste era el único varón que disfrutaba en aquel momento del derecho de utilizar el escudo de armas familiar. Tampoco sabemos quién hizo los tapices, aunque la destreza y las técnicas empleadas indican que el taller debió de ser septentrional, posiblemente de Bruselas, cuyos tejedores, por aquel entonces, estaban especializados en las *millefleurs*.

Pese al gasto considerable y a la exaltación del escudo de armas de los Le Viste, los tapices no permanecieron mucho tiempo en manos de la familia: a la muerte de Claude (algo antes de 1544) pasaron a los herederos de su segundo marido. En 1660 se sabe que adornaban un castillo de Bousac, en el centro de Francia. Prosper Mérimeé, inspector de monumentos históricos, los volvió a descubrir en 1841. Estaban en mal estado, porque habían sido roídos por las ratas y cortados en algunos sitios: al parecer, personas de los pueblos vecinos habían utilizado trozos como manteles y cortinas. La escritora George Sand se convirtió pronto en su defensora, y escribió acerca de ellos en artículos de prensa, en novelas y en su diario. En 1882 el Gobierno francés los compró para el Musée de Cluny (ahora Musée National de Moyen-Âge) de París, donde todavía se exhiben, restaurados y en una sala que les está especialmente dedicada.

He tratado de ser fiel a lo poco que se sabe sobre los tapices, pero en cuestiones más generales me he tomado algunas libertades, como hacen siempre los novelistas: quizá la más llamativa sea hacer que los habitantes de Bruselas hablen en francés cuando lo más probable es que se comunicaran entre ellos en flamenco, aunque tal vez no cuando recibían visitas.

Abundan las fuentes sobre la Francia del final del Medioevo y el Renacimiento, y sobre la vida de la Edad Media en general. Uno de los libros más entretenidos es *Life on a Mediaeval Barony [La vida en una baronía medieval]* de William S. Davis (1923). Entre los libros que me han ayudado para temas más concretos, figuran: *La Tapisserie au Moyen-Âge [La tapicería en la Edad Media]* de Fabienne Joubert (2000); *Tapestry in the Renaissance: Art and Magnificence [Tapices en el Renacimiento: arte y magnificencia]*, editado por Thomas P. Campbell (2002); *The Lady and the Unicorn [La dama y el unicornio]* de Alain Erlande-Brandenburg (1991); *The Unicorn Tapestries [Los tapices del unicornio]* de Margaret B. Freeman (1976); *Medieval Tapestries in the Metropolitan Museum of Art [Tapices medievales en el Metropolitan Museum of Art]* de Adolfo Salvatore Cavallo (1993); *The Oak King, the Holly King, and the Unicorn: The Myths and Symbolism of the Unicorn Tapestries [El rey del roble, el rey del acebo y el unicornio: los mitos y el simbolismo de los tapices del unicornio]* de John Williamson (1986); *Sur la terre comme au ciel: Jardins d'Occident à la fin du Moyen-Âge [En la tierra como en el cielo: jardines de occidente a finales de la Edad Media]*, editado por Élisabeth Antoine (2002); *Le Château d'Arcy et ses seigneurs [El castillo de Arcy y sus dueños]*, de A. y C.-M. Fleury (1917).

Quisiera, además, dar las gracias a Élisabeth Antoine, del Musée National de Moyen-Âge, de París; a Philip Sanderson, Katharine Swailes y en especial a Caron Penney, del Tapestry Studio en el West Dean College de Sussex, que están recreando otro famoso tapiz con unicornios y me mostraron directamente cómo se tejían los tapices medievales; a Lindsey Young; a Sally Dormer; a Katie Espiner; y también a Susan Watt, Carole Baron, Jonny Geller y Deborah Schneider.

La dama y el unicornio
se terminó de imprimir en octubre de 2004,
en Litográfica Ingramex, S.A. de C.V.
Centeno 162, Col. Granjas Esmeralda,
C.P. 09810, México, D.F.

Certificado No. 02-2082